# 千里眼　ノン＝クオリアの終焉

松岡圭祐

角川文庫
22747

# 目次

# 1

規模は過去の被災の比ではない。二十代の終わりに、こんなにも悲劇的なできごとに見舞われるとは、まるで予想もつかなかった。

嵯峨敏也は昭和四十三年製のカローラを、凹凸の激しい未舗装の地面に徐行させた。夏の陽射しは容赦なく被爆地の一帯に降り注ぎ、視野のすべてを白く染めあげる。はるか遠方まで、荒廃しきった不毛の大地がひろがる。

瓦礫の撤去が進んだせいだろう、砂漠のような眺めだった。いたるところに崩壊したビルの残骸が点在する。熱線で溶けた道路標識や、割れたアスファルトの破片も、依然として目につく。ニュース映像で観たシリアやリビアの内戦地帯を彷彿させる。

辺りは無人ではない。むしろ賑やかだった。復興の歩みは遅くとも着実で、いまや遠方には宅地整備すら始まったのが見える。ショベルカーやブルドーザーが頻繁に行き来する。ヘルメットに作業服が絶えず仕事に追われている。

ネクタイを締めたワイシャツ姿もそこかしこにいた。杉並区役所の職員だった。仮設テントで業務をつづけている。犠牲になるのを免れた区民らのクルマが、テント付近に密集し、自発的に駐車場を形成する。給付金の申請のため、避難先から出向いてきたのだろう。

このところ晴天がつづき、地面は乾ききっている。それでも数台のクルマが立ち往生していた。タイヤが窪みに嵌まってしまうと、抜けだすのに難儀する。一方、嵯峨の骨董品に等しいカローラは、すいすいと起伏を乗り越えていった。古いクルマは車体が軽い。パワーはなくとも荒れ地の走行に支障がなかった。

軽トラのめだつ駐車車両のなか、まるで似つかわしくない車種のリア部分が目に入った。四本だしの太いマフラー、極端に低い車高のランボルギーニ・ウラカンだった。長いこと洗車していないらしく、車体は泥だらけだ。嵯峨はウラカンの隣りにカローラを滑りこませた。

ドアを開けると、汗ばむような熱気を肌身に感じる。ワイシャツの袖をまくった。スーツの上着は車内に残していくことにした。

嵯峨は深くため息をついた。何度訪ねても慣れない。ここがかつてのJR阿佐ケ谷駅付近だとは、まるで信じがたい。

杉並区全域に加え中野区の半分、三鷹市と武蔵野市の一部を含む、半径約三キロ圏内がほぼ消滅。判明した死者は二十八万二千六百六十二人、負傷者四十九万六千七百八十五人、行方不明者十七万四千九百四十六人。それでも当初の予想よりは少なかったという。青森市と鹿児島市の被害を併せても、全国の死者の総数は、六十万人以下に留まる。

感覚が麻痺してくる。東日本大震災、福島第一原発事故、コロナウイルス禍。さらなる災厄の発生すら絵空事ではない、そう思っていた矢先のできごとだった。

考えてみれば、半島から試し撃ちされたミサイルが、頻繁に日本をかすめ飛んでいた。国内のあちこちに軍事基地がある。原因は周辺国ではなかったが、こんな惨劇が起きるのも時間の問題だったのかもしれない。

世界が襟を正し、平和への思いを強くする、そのきっかけにはなっただろうか。嵯峨は蒸し暑い微風のなか、ぼんやりと虚無に浸った。

小さな子供たちのはしゃぐ声がする。幼児らが無数に駆けまわっていた。遊んでばかりでもない。何人かが農具を運んでいる。剝きだしの土の一角が耕され、一時的に畑になっていた。ここにアスファルトが敷かれるのは半年先になる。区役所もジャガイモの自給自足だけは認めたようだ。

幼女ふたりがバケツを携えながら向かう先、大人の女性の姿があった。痩身(そうしん)の白いワンピースが、鍬(くわ)を振り下ろしている。長い黒髪に鍔広(つばびろ)の麦わら帽子を被(かぶ)っていた。細く引き締まった腕が、無駄のない美しいフォームでストロークを描く。肌はいっこうに日焼けしていない。女性パイロットの必需品、国内で販売されていないSPF100の日焼け止め、その効果にちがいなかった。

嵯峨は歩み寄り、愛想よく声をかけた。「食料の支援物資は充分なはずなのに」

先に幼女たちが反応した。ふたりは笑顔で見上げてきた。「こんにちは、嵯峨先生」

「こんにちは」嵯峨も応じた。五歳の愛奈(まな)と四歳の茉莉(まり)だった。いつしかここの子供たちの名前と顔は、全員おぼえてしまった。

麦わら帽子の鍔が上がった。やはり白いままの小顔に、猫のように大きな瞳(ひとみ)と、すっきり通った鼻筋がある。薄い唇は固く結ばれていた。わずかに丸みを帯びた頬を、大粒の汗が滴り落ちる。二十八歳のわりには童顔だった。

重労働にちがいない。だが岬美由紀(みさきみゆき)のまなざしはいたって涼しげだった。「畑仕事はほとんど教育のため」

「ああ。子供たちには社会勉強になるか」

「こんな環境だから」美由紀は視線を落とした。「働いてる大人を見せてあげたくて」

子供たちはみな保護者を失っている。臨時の児童養護施設を設立するにあたり、施設長が常駐のカウンセラーを求めた。臨床心理士会事務局の人選をまたず、美由紀がその任に着くと申しでた。

嵯峨は辺りを眺め渡した。「きのう久保谷首相が視察に来たらしいね。あんな事態のあとでも、まだ内閣が存続するとは思わなかった」

「国際社会の手厚い援助を受けられたからでしょ」美由紀はまた鍬を振り下ろした。ざっくり耕しては後退する。「総理も面目が潰れずに済んでる」

外交には詳しくない。あれでも宮村内閣や矢幡内閣のころよりはましなのかもしれない。嵯峨にわかるのはそのていどだった。

耕し方がラフに思える。嵯峨はきいた。「そんな感じでいいの？」

「丁寧にやりすぎると、雨が染みこみやすくなって、かえって土が堅く締まっちゃうの」

「へえ……」嵯峨は幼女ふたりに目を向けた。「岬さん。この子たちは、ふだんどこで過ごしてる？」

「ここから一キロほど離れた仮設住宅。児童養護施設として使用許可を得てる」

「一キロ？　ほかの仮設村からは遠いね」

「子供たちの声が響くから」美由紀が上目づかいに見つめてきた。「なんでそんなことをきくの？」

「きみの留守中、しばらく仕事を代わろうかと思って」

「留守って……？」

嵯峨は封筒をとりだした。箔押し加工がなされた洋風の封筒だった。

美由紀が戸惑い顔で受けとる。まだ幼女たちが近くにたたずんでいた。美由紀は愛奈と茉莉にささやいた。「ここはもういいから、あっちで遊んできて」

「はあい」ふたりはバケツを置くと、さも楽しげに駆けだしていった。

子供たちが塞ぎこんでいないのは美由紀のおかげだった。あれだけショッキングな事態に遭遇し、親や家族を失っておきながら、こんなに早く笑顔を取り戻せるとは。並みのカウンセラーに可能なわざではなかった。よほど親身になって接したのだろう。でなければ、いちど閉じた幼い心は二度と開くことがない。

もっとも、ひとたび子供たちの信頼を勝ち得れば、環境の及ぼす悪影響は最小限に留められる。幼少期はどんな状況だろうと順応できる。廃墟と化した一帯も、無垢なまなざしには新鮮な遊び場に映る。

美由紀が封筒から便箋（びんせん）をとりだした。英文をしばし読みこむ。「これ、臨床心理士会事務局のわたし宛……。差出人は国際クオリア理化学研究所？」

「世界保健機関（WHO）直轄の施設だね。所在は香港。クオリア研究の世界的権威、李俊傑（リージュンジェ）所長の論文を読んだことがある。心脳問題に斬新な科学的分析を試みてた」

「ええ」美由紀は便箋を読みながらうなずいた。「その道の研究者として最も信頼できる人」

「きみから臨床心理士会を通じて、見学と面会の要望を伝えてたんだろ？　そこに書いてあるとおり、先方の許可が下りたよ」

「ほんとに？　無理だと思ってた。こんなに早く……」

「臨床心理士会は日本政府にも働きかけをしたらしい。結果として文科省の後押しを得た。さすが岬さんだよ。政府には大きな貸しがあるからね」

「日本の政府関係者を心より歓迎します……って、なんだか大げさな話になってるけど」

「文科省の役人がひとり同行するって。そうでもしないと、所長との面会はかなわないんじゃないかな」

「ありがとう。このためにわざわざ……。わたしが香港に行ってるあいだ、嵯峨君が子供たちを……?」

「ああ。きみが本当に行くならね」嵯峨は本音を口にした。「ねえ岬さん、心脳問題はたしかに重要だよ。カウンセラーはずっと心を扱ってきたけど、その心ってものは、いったいどこにあるのか。胸にあるのは心臓だけ。脳内の分子が物理法則に従って動いてるだけなら、心はただの錯覚みたいなものでしかないのか。とても興味深いことだけど、いまの日本は……」

嵯峨は言葉を切った。美由紀の表情にかすかな憂いのいろを見てとったからだ。

千里眼の異名をとる美由紀ほどでなくとも、嵯峨も臨床心理士として観察眼を有する。美由紀は無表情を努めながら、胸のうちに激しい葛藤を抱えているようだ。彼女が復興より自分の興味を優先させるとは考えにくい。研究所の訪問それ自体に、国家の命運を左右するほどの重要性を感じている。そうとしか思えない。

嵯峨は美由紀を見つめた。「この研究所は最近、クオリア実存の証明に成功したっていう報道があったよね」

「そう」美由紀が真剣な顔で見かえした。「それが事実なら、人類史に残る画期的な発見だって、世界じゅうの研究者がいろめき立ってる」

「年末の学会で詳細が公表されるらしいけど……」

「それまでまてない。クオリア実存の証明を見過ごせない勢力が、きっと研究所に目をつける」

「メフィスト・コンサルティング？」

美由紀は首を横に振った。「もっと厄介な集団」

そういうことか。嵯峨は思わず唸った。深く問いただしたところで始まらない。メフィスト・コンサルティングの存在すら、当初は荒唐無稽な話に思えてならなかった。しかし常軌を逸した使命感を抱くメンバーらが構築する、けっして人目に触れない上位世界は、現にいまも機能しつづけている。ほかにも秩序を根底から揺るがす勢力がないと、どうして断言できるだろう。

彼女が確信していることなら疑いの余地はない。嵯峨は笑ってみせた。「わかった。さっそく引き継ぎといこう。その鍬を貸して」

美由紀はほっとした顔になった。微笑を浮かべながら鍬を渡してくる。ふと不安のいろがのぞいた。「だいじょうぶなの……？」

「心配ないよ」嵯峨はそういったものの、鍬を振りあげたとたんふらつき、後方にのけぞりそうになった。なんとか前のめりに振り下ろすと、鍬の先が土のなかにめりこんだ。

てのひらに感じる反動の強さに、嵯峨は思わず苦笑した。美由紀もこわばった笑みで見かえした。

鍬(くわ)のひと振りだけでも、痺(しび)れるような痛みをともなう。嵯峨は復興の道のりの長さを実感した。なるほど、実地の教育は重要だ。農具をつかむてのひらに、遅かれ早かれ生じる肉刺(まめ)の存在など、いままですっかり忘れていた。

## 2

岬美由紀の両手はランボルギーニ・ウラカンのステアリングを握っていた。遮るもののない東の空から、昇ったばかりの陽光が照りつけてくる。左手に東京湾がひろがっていた。交通量の少ない首都高一号羽田(はねだ)線を、パドルで変速しながら駆け抜ける。けさばかりはデュアルクラッチも悪くないと感じる。運転しながら考えごとにふけっていられるからだ。小ぶりなウラカンは乗りやすい。アヴェンタドールならきっと、微妙なパワーの調整に気をとられるばかりになる。

ノン＝クオリアという集団のことが頭を離れない。特定の国家や地域に属するものではなく、活動範囲は全世界。メンバーの数は百万とも二百万ともいわれているが、実態はあきらかでない。むろん本拠地も判明していない。

組織を構成する人員はすべて、一般的な社会通念とはまったく異なる環境で生まれ、育成される。ノン＝クオリアに属するか否かを選択するすべはなく、そこで生まれた以上、その道を歩むことを余儀なくされる。閉鎖的かつ排他的なカルト教団に顕著な状況だった。独特の教義を叩きこまれるものの、幼少の信者たちは外の世界を知らないため、迷いが生じようもない。ただしノン＝クオリアの場合、メンバーの発育過程の奇異さに限っても、ありふれたカルト教団の比ではなかった。

ノン＝クオリアのメンバーに保護者はいない。生まれた直後に両親から引き離され、白と黒のみで統一された環境に閉じこめられるという。十歳になるや、唐突に色彩のある世界に放りだされる。いろという概念を認識せず、なんの感銘も受けない子供のみ、正規メンバーと認められる。

いろの赤さ、青さという漠然とした感覚。それをクオリアと呼ぶ。人が主観的に意識しうる感覚質。脳科学の分野においても、なんらかの脳活動によって生じるとされる。

クオリアは科学者よりも、むしろ哲学者に多く論じられる。一部の科学者は、クオリアという概念を持つこと自体、意味がないのではと疑っている。

人間がなにかに注意を喚起されたとき、そこに生じる独特な質感がある。見目麗しさや醜悪さ、いい匂いや悪臭、甘さや苦さ。それらは人類に共通のものなのか。外界からの刺激を感覚器で受けとり、脳に伝達することで認識すると同時に、なんらかの感覚が沸き起こる。感動と呼ぶほど大げさな話ではない。いまもこうしてクルマを飛ばしていれば、速さを実感する。その速さとはなんだろうか。けっして物体の移動速度そのものではない。運転にともなう危険、冒険心、気分の昂揚。どれも的確な表現に思えない。言葉で説明しきれない、かたちを伴わない感覚。それがクオリアだった。

主観のみに生じる現象のため、完全に客観的な言語化となると不可能。計測によるデータ化もなしえない。科学的分析で実体を解明できるか否かさえ不明。脳医学や認知心理学の分野でも、研究者によって見解が分かれる。たとえ脳信号を計測しようと、クオリアが発生する理由は説明できない。単なる擬似問題にすぎないという意見もある。

普遍的にはどう解釈できるだろう。ヒトの五感で物質をとらえたとき、結果として得られる感覚を、ただクオリアと呼んでいるにすぎないとする。それなら感覚はまさしく十人十色のはずだ。

自分と他人ではどう異なるのか。光の波長については科学で解明されている。網膜の仕組みも、視神経の刺激伝達も、後頭葉の視覚野から脳内のどの部位に伝わるかも証明済みだ。しかしどれだけ分析しようと、なぜ赤さや青さといった特定の感覚が生じるかはわからない。匂いも鼻腔の嗅細胞で感知される。ある特定の分子に対し、特定の感覚につながる。その組み合わせは、なぜ人々に共通するのか。メントール分子を吸いこむと、かならずハッカのにおいがする。どう説明がつくのだろう。

クオリアは心脳問題の解明の重要な糸口になる。心脳問題とは、心と脳の関係をどうとらえるかという、人類にとっての究極の課題だ。

脳が心を生みだすのなら、心的活動のすべては脳の働きに還元できるのか。脳内の分子が物理法則に従って動く、ただそれだけのことなのか。ならばあらゆる心の問題は、脳外科手術でいかようにも治りうるのか。心にこそ目を向けようとするカウンセリングは無意味でしかないのか。

ノン＝クオリアなる集団はその名のとおり、クオリアを完全否定する急進派だ。色彩の赤さ、青さといったクオリアなど存在しないと信じることに、なんらかの意義をみいだしている。なぜそこまでクオリアを拒絶したがるのか。真意はよくわからない。目的は人間性の否定かもしれない。人間が物質にすぎないとする教義を広め、機械万能主義を掲げる。人類を抹殺し、機械による地球環境支配を実現しようとしている、そんな主張もかつて耳にした。

以前にノン＝クオリアのメンバーと出会った。彼の解釈によれば、人類はしょせん錯覚にすぎないクオリアなるものを重視し、安心や喜びを追求してきた。それら創意工夫が科学の発達につながり、さまざまなテクノロジーを生みだすに至った。しかしすべては、この星の自然を維持するメカニズムを作りだすという、人類に課せられた使命でしかない。なにもかも機械の支配に委ね、不完全な人類はその使命をまっとうし、地上から淘汰される。人類に代わり、すべてを統括する巨大なメカニズムにより、星は永遠に維持される。地球温暖化も人口増加も解決する。それがノン＝クオリアの理想郷らしい。むろんノン＝クオリアのメンバー全員が、その実現に命を捧げる覚悟だという。

すなわち彼らは死を恐れない。その一点にかぎればメフィスト・コンサルティングと共通している。ただしメフィストはクオリアを認める側だ。集団の扇動に心の存在は欠かせないからだった。ノン＝クオリアとメフィストのあいだに、長きにわたる抗争の歴史があるときいても、さほど驚くには値しない。

ノン＝クオリアの中心にあるものはなんだろう。母という存在を崇めているようだが、特定の人物とも思えない。集団意識の生みだした信仰の対象か、あるいはメンバーの行動規範を定めるコンピューターのプログラミングの類いか。

美由紀はバックミラーのなかに動きをとらえた。ウラカンの後方視界は見づらかったが、猛スピードで近づいてくる車両がある。配送業者とおぼしきミニバンだった。わずかにステアリングを切り、ウラカンを左に寄せる。ミニバンは瞬時に追い抜いていったが、右車線の行く手はトラックに塞がれていた。車間距離を詰め、ミニバンはしきりにトラックを煽りだした。

ところがすぐに白バイが追跡してきて、赤色灯を点滅させた。ミニバンのドライバーは失態を自覚したらしい。おとなしく速度を下げ、ウラカンの後方に遠ざかった。

考えごとにふけっていても、あらゆる感覚が自発的に生じ、判断と行動につながる。単に危険を察知し、回避するに留まらない。思考と呼ぶ以前のレベル、直感としかいいようがない意識が働く。そこにクオリアはどれぐらいの割合で混在するのだろう。脳のことを脳で考える。これほど難しい問題はほかにない。完全に客観視することは、そもそも無理なのだろうか。

だが国際クオリア理化学研究所は、クオリア実存の証明を果たした。その報道を目にした瞬間から、どうしても研究所を訪問したくなった。証明データを確認したい思いはもちろんある。けれどもそれ以上に警戒を呼びかけたかった。ノン＝クオリアはきっと研究所を狙う。

美由紀はわずかにステアリングを切った。ウラカンを高速道出口への分岐に差し向ける。スロープを下り、ETCのゲートを抜けると、一帯は羽田空港周辺だった。

F－70襲来の直後、この辺りは大混乱になった。空港の閉鎖は一週間つづいた。しばらくは陸上自衛隊がターミナル付近に展開し、道端に地対空誘導弾の特殊車両が連なっていた。

いまは以前の風景に戻りつつある。迷彩服や特殊車両もいくらか居残っているものの、道路の検問は撤廃されていた。

ウラカンを国際線ターミナルの立体駐車場に乗りいれる。政府関係者のひとりとして香港に発つ身でも、旅客としては一般人と同じだった。駐車券の精算も自前になる。駐車場内でウラカンを降りた。大きな荷物は前もって現地の宿泊先に空輸してある。どうせウラカンのフロントトランクには、機内持ちこみ可の手荷物サイズしか収まらない。

渡り廊下を経て出発ロビーに向かう。やはり緊急事態の名残が目についた。いたるところに制服警官が配置されている。それも半数はSATの装備だった。見えないところに自衛隊も待機しているだろう。国際紛争地帯の空港にも似た緊張感が漂う。

出発ロビーはそれなりに混んでいた。アクセスホールの待ち合わせ場所に向かうと、スーツ姿の男性がトランクを転がしながら近づいてきた。

年齢は三十代前半、七三にきちんと分けた髪、眼鏡をかけている。いかにも生真面目そうな役人顔ながら、愛想のよさをしめしていった。「岬美由紀さんですね。おはようございます。文科省の科学技術・学術政策局政策課、芳野庄平(よしのしょうへい)と申します」

美由紀は芳野と会釈を交した。「初めまして。よろしくお願いします」

「こちらこそ」芳野の笑いは多少ひきつっていた。「心を読まれるんじゃないかとビクビクしてるんですが」

「まさか」美由紀は微笑した。「なにもわかりません」

「でも噂では、表情の微妙な変化を見てとるとか……」

「カウンセリングのときだけです。見込みちがいも頻繁にあります」

「そうですか。それはよかった」芳野がトランクとともに歩きだした。「搭乗手続きを済ませましょう」

「はい」美由紀は歩調を合わせた。警戒心を抱かれないよう、気づいたことはいっさい口にしなかった。

日本人は西洋人にくらべ、表情の変化に乏しい。表情筋の七割以上が使われていない。だが美由紀の観察眼は微妙な表情筋の変化を、一瞬で見てとる。対面してから二秒で、芳野の内面が手にとるようにわかっていた。

頬の皮膚のたるみぐあいは寝不足をしめす。スマホを長時間凝視したらしい目の疲れも顕著だった。きょうの出張への不安というより、家で充分に休めていない。顔に現れる感情表現の乏しさから、そんな事情がうかがえる。ストレスの原因は人間関係。すなわち家庭内に不和がある。

ロビーを歩きながら芳野がいった。「正直なところ、今回の出張はいい息抜きです」

「そうでしょうね」

「え？」

「いえ……。なんでもありません」

芳野がつづけた。「李(リー)所長が以前に著した論文を読んだんですが、どうもしっくりきません。クオリアがなんなのか、いま知る必要があるのかという声さえ、職場ではあがっていまして。復興で大変なときなので」

「どうも申しわけありません」

「とんでもない、岬さんを責めているわけではないんです。訪問がいまになったのも、研究所側の都合ですから、非難されることではないでしょう。同僚はみんな私をやっかんでるんですよ。気楽な出張なので」

表情から本心を語っているとわかる。美由紀はなにもいわず、ただ歩きつづけた。国家のお墨付きで哲学的命題に逃げられる。いい気分転換に思えるのかもしれない。家族とうまくいっていないのなら、余計にそうなのだろう。

いま事実を伝えようと、芳野はきっと本気にしない。気の毒に思えてならない。これが世界の行方を左右する旅になることを、同行者はまだ知らずにいる。

## 3

香港はいまやシンガポールに似て、アジアでもとりわけ美しく、発達した都市になっていた。このところデモが激減したのは、当局の取り締まり強化のせいらしい。事情はどうあれ、午後の街並みは平穏を取り戻しているように見えた。

美由紀は芳野とともにタクシーに乗り、中環（セントラル）のマンダリン・オリエンタルホテルに向かった。空はすっきりと晴れている。路上にトラムが割って入っても、クルマの流れに滞りはない。歩道を行き交う人々の混雑ぶりも、前に来たときのままだった。

中環の景観は洗練されていた。東京都心とほとんど差を感じない。漢字の看板もさほど主張しない。最近は尖沙咀の繁華街ですら、路上に張りだすネオン看板は数を減らしている。いま道沿いにひろがるビクトリア・ハーバーにも、ジャンク船は一隻しか見えない。むろん観光客向けに運行している遊覧船だった。昔ながらの混沌とした情緒は、まずもって目につかない。

時刻は現地時間で午後三時。ホテルにチェックインし、部屋でフォーマルなドレススーツに着替えた。ツイード素材のジャケットに膝丈スカートだった。タクシーで西環方面に向かう。香港島を南西へとまわりこみ、文教地区の薄扶林にある国際クオリア理化学研究所をめざす。

太平山の斜面から西方の海岸沿いまで、洋風の家屋が連なる高級住宅街がひろがる。高層マンションも建ち並ぶ。高低差が大きく、地形は変化に富んでいた。

整備された埠頭公園が見えてきたと思いきや、大学のキャンパスに似た敷地の一角だとわかる。タクシーはそちらに向かっていった。緑豊かな丘陵地帯に、円錐型とドーム型の巨大な建造物が存在する。ポストモダニズム建築で、外壁は煉瓦調、海に面する側はガラス張りになっていた。自然とほどよく調和している。

道路の行く手はゲートに遮られていた。警備小屋が併設してある。タクシーが一旦停車した。英字の立て看板には、幾何学模様のロゴが刻まれている。ここが国際クオリア理化学研究所の入口だった。制服の警備員が応対したのち、タクシーが発進し、ゆっくりとゲートをくぐる。芝生の丘に延びる私道を上り、ドーム型の建物へと向かっていった。

ドームの正面エントランス前は、高級ホテルさながらの車寄せになっていた。タクシーが横付けする。レディススーツに身を包んだ、若い女性が歩み寄ってきた。巻き髪を後ろで束ね、小顔には控え目なメイク。ジャケットの胸に、研究所のロゴが入ったバッジがある。膝丈のタイトスカートに黒タイツ、ローヒールの靴。礼儀をわきまえた優雅な身のこなし。几帳面な性格もうかがえる。

だが女性はタクシーの後部ドアを開けると、ごく親しげな笑みを浮かべた。会釈をしながら歓迎の意をしめす。

芳野はあわてぎみにカードの支払いを済ませ、車外に降り立った。「ニイハオ……いえ、ネイホウ。ンゴ・ハイ・ヨシノ……」

女性は微笑とともに日本語でいった。「職員の磯村理沙です。初めまして。本日は案内役を務めさせていただきます」

「ああ」芳野は安堵のいろとともに、眼鏡の眉間を指で押さえた。「恐れいります。文科省の科学技術・学術政策局政策課の芳野です」

美由紀もタクシーを降りた。潮風が吹きつけてくる。かすかに波の音もきこえた。空はまだ赤みを帯びてはいないが、すでに陽は傾きかけている。

芳野は理沙という女性職員に対し、すっかり打ち解けた態度をしめしていた。表情を深読みするまでもなく、二十代の美人を前にした男性がしめしがちな喜びだとわかる。美由紀に対しては向けられなかった笑顔だった。だいたいのことはわかった。芳野は女好きだが、それが原因で家族とひと悶着あった。秘密を暴かれるのを恐れているため、美由紀とはなるべく目を合わせようとしない。

理沙が美由紀に向き直った。芳野も理沙の視線を追い、美由紀を一瞥したものの、また顔をそむけた。

まだ本心が見透かされていないと思っているらしい。声だけは愛想よさげに芳野がいった。「こちらは臨床心理士の岬美由紀さんです」

すると理沙がにこやかにおじぎをした。「ようこそ。おまちしておりました」

美由紀は頭をさげた。「ご無理をいってすみません」

「とんでもない。当研究所はWHO西太平洋地域加盟各国の援助が欠かせないんです。

所長以下、日本政府には大変感謝しております」

「クオリアの実証データは、学会への発表前ですし、拝見するのは難しいかと……」

「いえ。トップシークレットというわけでもないんです。きょうも国連からボスフェルト博士がお越しになりますし」

「エフベルト・ボスフェルト医学博士ですか。アムステルダム大学で認知神経科学を研究しておられた……」

「そうです。博士は国連の依頼のもと、心脳問題に関する専門チームを組織しておられます。やはり当研究所によるクオリア実存の証明について、多大な関心を寄せておられ、学会での発表をまてないとおっしゃって」

芳野が声を弾ませた。「奇遇ですね。われわれと同じ日に」

というより国連チームの訪問のついでに招かれたのだろう。研究所の都合もある。貴重なデータを開示するにあたり、最重要の訪問者を相手にするのなら、ほかの客も同時にあしらっておけばいい。もっとも李(リー)所長とボスフェルト博士のトップ会談に、美由紀らが同席できるとは思えなかった。こちらの面談は後まわしにされるだろう。

理沙がエントランスを指ししめした。「どうぞ。なかをご案内します」

美由紀は芳野とともに自動ドアへと歩きだした。もういちど広大な庭園を振りかえる。近くに警備小屋はないようだ。ゲート付近にいた警備員は数人、ここからは離れている。目視可能な範囲内に立つ警備員はいない。エントランス周辺に防犯カメラは点在するものの、数はごく少なかった。

開いた自動ドアを抜けながら、美由紀は理沙にきいた。「警備本部はこの建物内ですか」

「隣りのケミカルバイオロジー研究棟……円錐型の建物の一階です。このドームは脳科学研究棟で、当研究所のメインビルディングになります。ここの二階にも第二警備室があって、敷地内を常時モニターしています」

「警備は民間委託ですか」

「ええ。民間警備会社ですが、研究内容の重要性を認められ、銀行や宝石商と同じ取り扱いになっています。なので警備員は……」

美由紀はうなずいた。「武装してますね」

ゲートにいた警備員も、腰に拳銃(けんじゅう)をさげていた。香港では日本と同様、銃の所持は禁止されているが、一部に例外もある。国家別銃器所持取締法(ファイヤアームズレギュレーション)に基づき、警察と軍のほか、銀行と宝石商を担当する民間警備会社は武装可となっている。

つまり銃による襲撃を受けた場合も、警察が駆けつけるまで、自力で抗戦しうる警備員がいる。ただし問題は頭数の少なさだった。防御が堅いとはいいがたい。絶えず警戒の目を配っているようにも見えない。

自分でも気づかないうちに、美由紀はよほど険しい顔をしていたらしい。理沙が不安そうにたずねてきた。「どうかしましたか」

「いえ……。ただ、ずいぶん開かれた施設だなと」

「ご心配にはおよびません。わかりやすくお金になるような物は、当研究所内にありませんから。研究データはとても貴重ですけど、盗んだところで売る先もないでしょうし」

そうでもない。美由紀は冷やかな気分に浸った。世のなかには多種多様な襲撃犯がいる。札束やインゴットに興味をしめさずとも、ここの研究データをこそ標的にしたがる集団もいる。

芳野はひとり無邪気に、感嘆の声を発した。「わあ。これはすごいな」

ロビーは吹き抜けで、全面ガラス張りの歪曲した外壁が、ドーム内の天井近くまで達している。真っ白な大理石の床敷きに、未来的なフォルムの椅子とテーブルが並ぶ。DNA配列の構造を模した螺旋階段が、三階の高さのキャットウォークに延びていた。キャットウォークの端は、ランパートの石壁の真んなかに空いた通用口につながり、白衣の研究員が出入りしている。すべてはガラス越しの自然光を受け、まんべんなく輝いていた。

「へえ」芳野はまた笑顔になった。「すばらしい職場環境ですね」

理沙が苦笑ぎみに応じた。「クオリアの研究者らが、仕事にストレスを感じるわけにもいかないので」

美由紀の心はいっこうに弛緩しなかった。ロビーの中央に半円形の受付カウンターがある。理沙と同じくスーツ姿の女性職員がふたりいた。なにかあれば彼女たちが、警備室に知らせるボタンを押すのだろう。不測の事態への備えといえばそれだけしかない。せめてエントランスのわきに警備員を立たせておくべきではないのか。

そう思ったとき、螺旋階段を靴音が下りてきた。男性の落ち着いた声が広東語で呼びかける。「理沙、ここにいたのか。パーコレーション転移のC8モデルのファイル、どこかな」

理沙が螺旋階段を見上げた。「神経細胞動態研究室の棚に戻してあります」

「なんだそうか。もう戻してあったのか」痩身のスーツに白衣を羽織った、頬のこけた三十代、東洋人の男性だった。目もとはやさしく、口髭をたくわえているが、威圧感はない。男性は階段を下りきると、美由紀と芳野をかわるがわる見た。「お客さんかな？」

「はい」理沙が紹介した。「日本の文科省から芳野さん。臨床心理士の岬さんです」

「ようこそ」男性は美由紀に手を差し伸べてきた。「ここに就職なさる気なら、いつでもどうぞ。あなたみたいに綺麗な人なら大歓迎です」

くだけた性格のようだった。美由紀は手を握りかえした。「帳皓然博士のもとで働ければ光栄ですが、日本もいま大変なときなので……」

帳皓然は目を丸くした。「私を知ってるのかね」

「もちろんです。ニューラル・ネットワークの相互作用同時性に関する論文、拝読しました。こちらの副所長であることも存じあげております」

「聡明な人だ。広東語もお上手ですな」帳は芳野に視線を移した。ふたたび手を差し伸べる。「副所長の帳です」

「ああ、ハイ」芳野がたどたどしく応じた。「ネイホウ。ンゴ・ハイ・ヨシノ……」

帳は英語に切り替えた。「ひょっとして英語のほうが話しやすいですか」

今度は芳野も流暢に返事した。「ああ、どうも。申しわけありません、お手数をおかけしまして」

「それで、ご訪問の目的は？　ボスフェルト博士のチームに同行なさったとか？」

理沙が首を横に振った。「同じ研究データをご覧になりに来られたんですが、国連のチームとはまた別のお客様で」

「そうですか」帳が美由紀に向き直った。「いまなにかと立てこんでいて、所長の李はまずボスフェルト博士らに面会しなきゃなりません。博士の到着が遅れているので、夕方以降になるかと。あなたがたにデータをお披露目するのは、明朝でかまいませんか」

「もちろんです」美由紀は深々とおじぎをした。「ありがとうございます」

こんなに積極的にデータを開示してくれるとは思わなかった。日本政府からの申しいれという、格式張ったやり方が功を奏した。同行してくれた芳野にも感謝せねばならない。もっとも芳野は、まだ美由紀と目を合わせるのを恐れているようだが。

美由紀は帳を見つめた。「クオリア実存の証明とは画期的ですね」

「まったくですよ。しかし私はまだデータの詳細までは突き詰めていなくてね。すべて李所長の管理下にある。細部に至るまでの検討は、きょうボスフェルト博士の立ち会いのもとでおこなわれる」

意外な返答だった。美由紀はいった。「すると副所長のあなたも、まだ全容を把握しておられないんですか。クオリア実存の証明がなされたと、研究所が発表したのに」

「むろん理論は呑みこめているよ。どのように証明がなされたか、立証方法とその経緯も理解している。ただしあまりに複雑なアプローチなので、証明データのすべてに目を通すには、途方もない労力がいる。いよいよその根気を求められるときがきた。あなたがたも明朝、音をあげないといいんですけどね」

芳野が笑顔でうなずいた。「努力します」

やはりクオリア実存の証明とは、ひとつの画期的な発見に集約されるものではなく、多大な検証を積み重ねた結果のようだ。それらは真に水も漏らさぬ経緯をたどっているだろうか。わずかなほころびや見落としが潜んでいはしまいか。ボスフェルト博士率いる国連のチームも、おそらくそこを気にしているのだろう。

帳がきいてきた。「ほかになにか質問は？　なければ仕事に戻らせてもらいますが」

美由紀は単刀直入に問いかけた。「ノン＝クオリアをご存じですか」

「……ああ」帳は真顔で見かえした。「知ってるよ」

衝撃を顔にだすまいと努めた。美由紀は内心驚きを禁じえなかった。帳がノン＝クオリアを知っている、その事実ばかりではない。理沙も平然とうなずいたからだ。受付の女性職員らにも、会話はきこえたにちがいない。だが彼女たちも眉ひとつ動かさない。

帳は屈託のない笑いを浮かべた。「ここの職員ならみんな知ってるよ。ノン＝クオリアね。いつも妙な脅しのメッセージを送りつけてくる」

美由紀は茫然とした。「メッセージ……？」

「ああ。研究所のメールフォームやSNS、郵便などおかまいなしさ。クオリアなんかないと一方的に書き連ねてる。研究所はWHOの予算を食いものにしてるとか、そういう認識なんだろうな。たぶんカルト集団の一種だ」

理沙も肩をすくめた。「SNSをブロックしても、毎分のようにアカウントを変えて、同じメッセージを送りつけてくるんです。そういうプログラミングなのかも」

帳はいっこうに臆さない態度をしめした。「警察にも通報してあるんだけど、ネットの嫌がらせは、なかなか尻尾をつかめないらしくて」

ずいぶん呑気な反応だった。美由紀はささやいた。「国連の安全保障理事会も以前、極秘裏に討議したんです。ノン＝クオリアという危険分子の存在について」

「きいたよ」帳はこともなげにいった。「国連は過去に、UFOについて何度も議論してる。ネッシーやUMA、超能力も議題に上ったことがある。彼らが取り沙汰したからといって、ことさら本気でとらえるべきじゃないよ」

「そうですけど、現にノン＝クオリア絡みの、無人領空侵犯機の飛行記録が……」

「無人機が二度、空の安全を脅かしたって？　そういう噂があるらしいね。ノン＝クオリアという都市伝説に感化された誰かが、国際クオリア理化学研究所のサイトを見つけ、馬鹿な悪戯（いたずら）を繰りかえしている。それだけのことだよ」

芳野も呆（あき）れたような態度をのぞかせている。防衛省の上層部が知る極秘情報について、文科省の役人は認識していないのだろう。

美由紀には納得できなかった。帳（チャン）や理沙が、突拍子もない話を受けいれられないのはわかる。だがノン＝クオリアの無人戦闘機を撃ち落としたのは、ほかならぬ美由紀自身だ。

帳（チャン）が眉をひそめた。「気になるのなら、警備本部に行って記録を見るといい。ノン＝クオリアの脅し文句なら、まとめて保存してありますよ。警察にそうしろといわれてるので」

「拝見できるんですか？」美由紀は真剣にきいた。

「もちろん。あなたたちも、ボスフェルト博士がおいでになったら、挨拶（あいさつ）ぐらいはするんでしょう？　それまでの暇つぶしにはなる」帳（チャン）はふしぎそうな顔で、美由紀をまじまじと見つめてきた。「変わってるね。そんなに研究所への嫌がらせに関心があるのかね?」

4

円錐型のケミカルバイオロジー研究棟のほうは、エントランスロビーにさほど面積をとっていない。受付カウンターの前を通り、すぐ一階通路に至る。警備本部は右手のドアだった。

先導する磯村理沙が振りかえっていった。「研究所の警備状況は、すべてここに集約されます」

美由紀と芳野は理沙につづき入室した。発電所のコントロールセンターを思わせる、やや広めの部署だった。壁面には大型モニターが並び、各所のようすを映しだしている。パソコンを備えた複数のブースが、それらのモニターに向かいあうように設置され、警備員らが着席する。ここだけでも二十人以上の警備員が詰めていた。

部屋の中央には円卓があり、敷地全体の縮尺模型が載せられていた。こうして見ると立地は海辺のリゾートホテルのように開放的だった。公園風のタイル張りの埠頭は無警戒に等しい。昼間はメインビルディングのガラス越しに海原を見渡せるが、陽が没してからは真っ暗だろう。芝生の丘陵地帯にも、いたるところに木立がひろがる。武装したグループが敷地内に侵入後、身を潜めながら建物に近づける。

ひとりの制服が近づいてきた。制帽の下には荒削りの彫刻のような険しい顔がある。肌のいろは日焼けし浅黒かったが、一見してアジア人とわかる。年齢は四十前後か。尖(とが)った目つきに不審感が浮かびあがっている。痩(や)せて見えるが、猪首(いくび)から察するに、鍛えて引き締まった体格にちがいない。

理沙が英語でいった。「こちらは劉奕辰(リウイーチエン)警備部長です。劉(リウ)さん、さっき連絡した日本政府からのお客様です。芳野さんと岬さん」

劉(リウ)は硬い表情のままだった。「うちの警備状況にご不満がおありだとか」

芳野があわてぎみに英語で応じた。「とんでもない！　ただ見事にモダンな施設なので、警備にも興味を抱きまして」

「ならご覧の通りです」

美由紀は劉(リウ)を見つめた。「ノン＝クオリアから、脅しと受けとれるメッセージが頻繁に届くそうですが」

「ええ」劉(リウ)は仏頂面のまま歩きだした。「連絡を受け、こちらにまとめておきましたよ」

ひとつのブースが無人だった。デスクの上に大量の郵便物が山積みになっている。ほとんど埋もれたパソコンの画面に、文書ファイルのウィンドウが無数に開いていた。ブースを囲む、胸ほどの高さのパーティションに、劉が寄りかかった。「メールフォームやSNSに届いた物もぜんぶ、アーカイブに保存しています。発信者が逮捕されたとき、裁判に必要だと、法務部から助言があったので」

美由紀はブースに立ちいった。「座ってもいいですか」

「どうぞ」劉はいかにも気が進まなそうに、ぶっきらぼうに告げた。「なんでもご覧ください」

着席し郵便物に手を伸ばす。便箋ごとに、あらゆる言語で文面が綴られている。手書きなのはあきらかだが、どれも活字のように整った筆跡だった。まるでロボットが記したかのようだ。英語、ロシア語、ノルウェー語、ハンガリー語やヒンドゥー語、シンド語やサモア語まである。読める範囲では、どれも内容は共通しているとわかる。

我がノン＝クオリアは、クオリアを科学と位置づけるすべての権威を否定する。国際クオリア理化学研究所はその最たる存在であり、すべての研究は非科学的であるばかりか、哲学的なまやかしのうえに成り立っている。

主観的な内的感覚の特異性は、脳機能により生じる思考に伴う一現象でしかない。錯覚を含むそれらすべてが、即クオリアと定義づけられる根拠はひとつもない。

人類が長きにわたり重宝しつづけた人間性は、いわば地球の未来のため、脳内に組みこまれた必要悪のシナプスである。地球環境維持に充分な科学を確立させたとき、人類はその役目を終え、地上から淘汰される。クオリアなる疑似科学をもって、人間性の崇高さを主張しうるとする非論理的な主張は、実体の伴わない愚劣な社会的扇動でしかない。人類本来の役割を逸脱させる欺瞞といえる。

マリーの部屋に生まれ育った我々こそ実証している。クオリアなど存在しない。ただちに研究を放棄し、クオリアなる概念に科学的根拠は皆無と認めよ。今後もクオリアに関する研究と称し、非科学的瞞着を継続するのであれば、ノン＝クオリアは実力行使にでる。クオリアに携わるすべての研究者、信奉者を抹殺する。

美由紀はパソコンの画面に目を移した。メールフォームやSNSのメッセージは、字数制限の関係からか多少のちがいがある。それでも主張はおおむね同じだった。

ひとつのウィンドウを拡大し、表示を下方へとスクロールさせた。果てしなく受信日時を遡っていく。美由紀はたずねた。「メッセージが届きだしたのは、いつごろからですか」

理沙が応じた。「一九九八年の当研究所設立直後からです。そのころは郵便物とファックスが中心でしたが、すでに業務に支障をきたしていました」

劉がいった。「しかし、こんなに頻繁に届くようになったのは、ごく最近のことです」

「ええ」理沙が憂いのいろとともにうなずいた。「研究所の報道発表以降でしょう。クオリア実存の証明がなされたとのニュースが飛び交ってから、こうした抗議も激増しました」

クオリアの完全否定が信条のノン＝クオリアにしてみれば、研究所の見解など認めるわけにいかない。クオリアの実存が証明されたとあっては、ノン＝クオリアは組織としての求心力を失い、崩壊の危機に直面する。

美由紀は理沙を振りかえった。「李所長は調査データを、すでに外部の誰かに閲覧させたんでしょうか」

理沙は首を横に振った。「膨大なデータなので、そんなに簡単には……。オンラインでも研究所から外には持ちだしていないと思います。検証は研究所内のスーパーコンピューターでおこなわれました。きょうの国連チームによる訪問が、初めての第三者評価になります」

研究所が導きだした結論のみに基づく記者発表だった。しかも帳副所長すら、いまだ詳細を知りえていない。勇み足がすぎるように思えるが、科学の世界では必ずしもめずらしいことではない。

発見や発明を競いあう研究機関は、我先にと画期的な研究成果を発表し、さらなる研究予算の確保に努める。WHOの直轄機関でもある研究所となれば、いっそうその性格を濃くする。NASAが定期的に記者会見をおこない、センセーショナルな発見をアピールするのに似ている。

問題は本当にクオリアの実存が証明されているか否かだ。学会への発表を目前に控えている以上、けっして無責任な判断とも思えない。だが事実はデータを見ないことには、なんともいえない。

危惧はそれだけにかぎらない。美由紀は腰を浮かせた。警備室内のモニター群のわき、観音開きの鉄扉がある。テンキーによるロック式だった。

美由紀はささやいた。「あれ、ショットガンや自動小銃をおさめた武器庫ですよね」

劉の眉間に皺が寄った。「そうですが……。なぜわかるんですか」

結露を防止する特殊構造の扉だからだ。火薬が湿気を帯びないよう対策がなされている。美由紀は劉に進言した。「テンキーロックを開けておくことをお勧めします」

「なぜですか」劉が大仰に顔をしかめた。「国連チームは自前のSPを連れてくるそうです。われわれが過剰に武装するのは変でしょう。テロ対策じゃあるまいし」

「……ご自由に」美由紀はブースをでた。

妙な空気が漂う。理沙がこわばった笑みを浮かべた。「岬さん。それらの脅しが悪戯でないとでも……？　マリーの部屋に生まれ育ったとか、そんなのおとぎ話ですよ」

「そう言及してあるからこそ、悪戯でない可能性が高いんです」

「どういう意味ですか？　まさかマリーの部屋の出身者が実在するとか？　非人道的な証明をおこなえるはずがありません」

マリーの部屋。クオリアを検証するための哲学的思考実験。モノクロしかない室内に育ったマリーが、十歳になって色彩の世界にでた場合、どう感じるかを論ずる。すなわちノン＝クオリアのメンバーの育成環境そのものだった。彼らの個々がマリーといえる。

芳野がまた呆れたような顔をしている。美由紀は黙っていた。いまは嵐の前の静けさにちがいない。証明データが初めて開示される日に立ち会ってしまった。ノン＝クオリアが静観しうるはずもない。

5

日没後、研究所の広大な庭園は闇に沈んだ。西の空にわずかに黄昏が残るのを除けば、埠頭も海原も暗がりに包まれている。メインビルディングのガラス越しに漏れる照明と、そこかしこに点在する外灯の光だけが、丘陵の芝生をおぼろに照らしだす。

美由紀は夜闇にたたずみながら、手にしたスマホの画面を眺めた。

香港でネット配信されたニュース動画を再生中だった。F－70の空爆被害に遭った日本各地の映像が流れている。中野区から杉並区。青森市、鹿児島市。ショッキングな光景ばかりをつなぎがちだからか、列島がすべて焦土になったかのようだ。広東語のアナウンサーの声は、どこか他人ごとの響きを帯びていた。

罪悪感に似た自己への呵責が胸のうちにひろがる。被爆地に小さな子供たちを残してきた。しばらくは昼も夜も寄り添ってあげるべきではなかったか。

日本が苦境にあるのは、メフィスト・コンサルティングから独立した輩(やから)のせいだった。蟹垣(かにがき)にかぎらない。ほかにも複数の特別顧問が組織を離れたと、蟹垣は示唆した。世界は依然として予断を許さないばかりか、極めて深刻な状況にある。

そんな元メフィストどもに負けず劣らず危険な存在。それがほかならぬノン＝クオリアだった。ドライと名乗ったメフィストの特別顧問によれば、ノン＝クオリアとの最終決戦が近いという。クオリアの実存の証明に成功したとの報道と、おそらく無関係ではあるまい。なら両勢力は必然的に、この研究所をめぐり争う可能性が高くなる。

ノン＝クオリアはほかのいかなるテロリストとも異なり、対話の余地がまるでない。人間性そのものを否定する以上、心の交流になんの価値もみいださない。双方の合意という概念など、ノン＝クオリアにはない。従来のどんな理屈さえも通じない。人にして人にあらず。マリーの部屋で生まれ育ち、人間性の欠如を担保に生存を許された者たち。死をけっして恐れない。どう対処できるというのだろう。

文科省の芳野の声が呼びかけた。「岬さん。来たよ」

美由紀は振り向いた。ドーム状のメインビルディングのエントランス前に、いつしか大勢の職員が繰りだしていた。

車寄せは歓迎ムード一色だった。帳(チャン)副所長の姿も見える。理沙もそこに加わっていた。遠巻きに制服の警備員らが見守る。劉警備部長もいる。ただし制服の頭数は十人足らずだった。充分な警備とはいいがたい。拳銃以外の銃火器も、誰ひとり手にしていなかった。

暗い私道をヘッドライトが上ってくる。車列は七台、いや八台におよぶ。先頭はリムジンだった。二台目以降は大型セダンが連なる。

リムジンが車寄せに滑りこんだ。警備員が後部ドアを開ける。スーツの西洋人がふたり降り立った。しかしいずれも脇にどいた。さらなる重要人物の降車を妨げないようにしている。

のっそりと車中から姿を現わしたのは、肥満体を黒のスーツに包んだ、赤毛の初老だった。禿げあがった額の代わりに、同じいろの顎髭を伸ばしている。薄い丸形のサングラスをかけていた。西洋人で、年齢は若くても五十代後半。ただし緩慢な動作を鵜呑みにはできない。美由紀はそう感じた。

胴まわりについた贅肉は本物のようだが、内臓脂肪ではなく皮下脂肪の膨れ方に見える。体脂肪率が三十パーセント以下の力士と同じだ。かなりの体重を支えきるぶん、脂肪の下の筋肉は発達していると考えられる。

帳副所長がにこやかに握手を交した。さも嬉しそうに英語で告げる。「ボスフェルト博士！　ようこそおいでくださいました。ヘルシンキの学会以来ですね」

エフベルト・ボスフェルト博士は親しげに握手に応じた。オランダ訛(なま)りの英語を口にする。「帳(チャン)博士、元気そうでなにより。まさか科学的解剖学に手を染めたんじゃなかろうね。ヒトの脳をとりだしてニューロンの発火を実験したとか、そんな実証方法は御免こうむるよ」

「いきなり辛辣(しんらつ)ですね」帳(チャン)は苦笑いを浮かべた。「当研究所の倫理観の高さは知っておいででしょう。職員の選定から備品購入まで把握しておられるはずなのに」

ボスフェルトも笑った。「失礼、からかっただけだ。もちろんきみらの健全性は理解しとる。しかし脳を取りだしもせずに、どうやってクオリア実存が証明できるのか、まるで見当もつかなくてね」

「脳を取りだしても、ニューロン発火とクオリア発生の因果関係は証明できませんよ。脳医学的アプローチは含みますが、かなり複雑な演算を経た実証です。私もデータの全容を検証するのは初めてですが」

「すると実証できたとの発表は、李(リー)所長の独断か」

「スーパーコンピューターのＥＰＲ３２００が結論づけています。概要はご覧になったでしょう？」

「ああ……。だがとても信じられんよ。クオリア構造に対応する情報構造を、本当に脳活動から抽出しえたのか？　数理現象学モデルだけでも膨大になるはずだ」

「ご期待どおり途方もない量ですよ」

　いつの間にかボスフェルト博士の傍らに、若いアジア人女性がひとり立っていた。博士の連れのようだ。後続の車両から降り立ったのだろうか。年齢は二十代半ば。黒髪は肩にかかるていど、丸顔で目つきが鋭く、鼻がつんと高い。レディススーツをまとい、右手に大きめの書類カバンを提げている。

　理沙がその女性に英語で声をかけた。「お荷物、お持ちしましょうか」

「いえ」女性は日本語で応じた。「だいじょうぶです」

　ボスフェルト博士が理沙を見つめた。またオランダ訛りの英語で理沙にたずねる。

「きみも日本人かね？　こちらは堀伊瑞穂君といって、ＵＮＥＳＣＯの脳科学分析委員会で研究員を務めている、いわば私の右腕だよ。日本が置かれた状況を思えばこそ、贔屓したくてね」

　堀伊瑞穂なる女性は、無表情にわずかな不満のいろを漂わせた。「博士？」

「いや、冗談だよ。堀君は純粋に優秀な人材でね。きょうの実証データの分析にも、おおいに力になってくれると思う」

きた。

理沙の目がちらと芳野をとらえ、次いで美由紀に向けられた。「ちょうど日本から、ほかにもお客様がおみえです」

ボスフェルト博士が振り向いた。理沙の視線を追い、美由紀をまっすぐに見つめてきた。

夜の暗がりのなか、薄いサングラスを通しても、こちらを凝視するまなざしがありありと見てとれる。そんなボスフェルトの目つきは、常に露出オーバーになりがちなカメラレンズのようでもある。サングラスというフィルターを通じ、ようやく適正露出に調整できている、それぐらい鋭い眼光に思えた。

理沙が紹介した。「文科省の芳野さん。臨床心理士の岬さんです」

芳野は手を差し伸べた。だがボスフェルト博士は彼に一瞥もくれず、まっすぐ美由紀に歩み寄ってきた。伊瑞穂もボスフェルトとともに近づいてくる。

距離が詰まると、ボスフェルトがかなりの巨漢だとわかった。身長は一メートル九十センチほどもある。重そうに身体を揺すって歩くさまは、運動不足の肥満体そのものだった。息もすでに荒くなっている。ボスフェルト博士は美由紀を見下ろし、握手を求めてきた。「よろしく」

「こちらこそ」美由紀はボスフェルトの手を握った。鍛えた感じはしない。硬くなっているのはペンだこぐらいだ。

ボスフェルト博士が英語で問いかけた。「臨床心理士ということは、空爆被害に遭った人々の心のケアも請け負うのかね？」

「もちろんです」

「感心だ。ここへはなぜおいでになった？」

芳野が小走りに近づいてきた。英語でボスフェルトに説明する。「クオリア実存の証明について、わが国といたしましても、早急に内容を知りたいと願っておりまして」

「ああ。私たちも同感だよ」ボスフェルトの目がサングラスを通じ、美由紀をじっと見つめてきた。「岬……なんというのかな」

「美由紀です」

「では美由紀。そう呼んでもいいかね？」

「はい」

「臨床心理士ということだが、研究所の多角的なアプローチによる実証データが理解できそうかね？　これは侮辱しているのではないよ。ただ専門が限られていれば、やや難しいのではないかと思ってね」

「わからなければ説明を求めます」

「そうか。ききたいんだが、私たちが快楽を感じたとき、その刺激がヒトの生存に適するからこそ、そういう独特のクオリアを持つ。苦痛は逆に生存を脅かすがゆえ、その正反対のクオリアを生じさせる。これはクオリアの本質を論じていると思うかね？」

「いいえ」

「ちがうというのか？　苦痛のクオリアはヒトに危険を察知させ、回避させる役割につながるだろう？」

「クオリアの本質を論じてはいません。快楽を感じるクオリアそれ自体には、快楽の因子となる属性が存在しないからです。苦痛のクオリアと回避行為の因果関係も同様です。クオリアはヒトの生存を問う意味から独立したニューラル・ネットワークに生じるとみるべきです」

沈黙が降りてきた。芳野が狐につままれたような顔になった。さっぱりわからないというように目をぱちくりさせている。しかしボスフェルトと伊瑞穂は、さも侮れないといいたげな表情を向けた。

ボスフェルト博士がつぶやいた。「なるほど。なかなか造詣が深い。私と同じ、四十二人のひとりだけのことはある」

芳野が眉をひそめた。「四十二人？」

美由紀は恐縮する素振りをしてみせた。「いえ……」

「なら」ボスフェルトが見つめてきた。「私も実証データを見たのち、知りえたことをできるだけわかりやすく、きみに伝えようと思う。もちろんデータがちゃんとクオリア実存の証明になっていればだが」

帳副所長がうなずいた。「請け負いますよ」

きいておきたいことがある。美由紀はボスフェルトを見つめた。「あのう。博士。きょうおいでになったのは、博士が国連の研究機関を代表し、データの検証をなさる目的とうかがっていますが」

「ああ。そのとおりだ」

「実証データが完璧と認められれば、広く世界にその事実をお伝えになりますか」

「もちろんだ。研究を全力で後押しする」

神経を逆撫でするような違和感が、美由紀のなかにひろがった。

嘘をついている。瞳孔の広がり、頰筋のわずかな痙攣。事実に反することを口にしたときに特有の反応だ。

ボスフェルトが研究の重要性を認識しているのはあきらかだった。だがその公表は願っていない。攻撃的な意志をともなう昂揚（こうよう）感ものぞく。実証を否定し、潰（つぶ）しにかかる気は満々、いやそれ以上かもしれない。燃えあがる闘争心は、研究所そのものを破壊しかねないほどだ。

美由紀は伊瑞穂を一瞥した。伊瑞穂の表情も不自然きわまりなかった。なんの反応もしめさない。マネキンの顔に似ている。博士の右腕に任ぜられながら、発言を聞き流すとも思えない。故意に表情を曖昧（あいまい）にしているのか、それとも本当に無の境地なのか。

そのとき男性の英語が穏やかに呼びかけた。「こんばんは、ボスフェルト博士」

ボスフェルトばかりか、一同がそろって建物を振りかえった。

エントランスの自動ドアの前に立つのは、長身の白衣だった。五十代の男性、短く刈った白髪まじりの頭に、面長の鷲鼻（わしばな）。西洋人っぽくはあるが、おそらく純粋なアジア系。髭（ひげ）の剃（そ）り跡が遠目にわかるほど濃く、黒々とした目は若干垂れぎみで、なんともいえない親しみやすさを醸しだす。しかし職員たちのかしこまった態度を見るかぎり、相応の役職にある人物とわかる。

帳（チャン）副所長がボスフェルトにいった。「所長の李（リー）です」

「おお」ボスフェルトが李俊傑所長に歩み寄った。「あなたが李所長か。お会いできて光栄だ。ニュースでしか拝見しとらんかったが……」

「私のほうは、あなたを何度もお見かけしました。学会で登壇されたお姿を」李は愛想よくボスフェルトと手を握りあった。「おまたせして申しわけありませんでした。三階の研究精査室にどうぞ。隣りのコンピュータールームも準備が整っていますので」

「天に祈るお気持ちかな？　検証の結果、首尾よく実証が認められてほしいと」

李は笑顔のままだった。「祈ったりはしません。あいにく私は無宗教で」

「ほう。そうなのかね」

「特定の思想にとらわれると、クオリア研究に差し障りがでるかもしれません」

「徹底なさっとる。まさにライフワークだ。お父上も熱心なお方だった」

「祖父もです。心脳問題の研究に代々没頭してきましたから」

「きみらの家系はそうだな。その熱意がこれだけの研究所を築きあげたわけだ」

李の表情はいたってすなおだった。実証データを披露できる喜びと自信にあふれている。ふだんから裏表のない性格だとわかる。

この人が李俊傑博士か。美由紀もニュース映像でしか観たことがなかった。クオリアの研究者として、世界で最も名を知られた存在だった。祖父の李思斉（リースーチー）は上海の脳外科医で、心脳一元論を実証した論文で知られる。父の李昊天（リーハオテイエン）も、脳のニューロンが四十ヘルツ前後の周期で、同期しながら活性化することを証明した人物だった。クオリアに関する研究も代々受け継がれ、李俊傑（リージュンジェ）の代に至り、ついに実存の証明を果たしたことになる。WHOの支援をとりつけたのは、三代にわたる学界での功績によるところが大きい。

訪問者らに対し、まるで警戒をしめさない態度は、穏やかで人を疑わない性格の表れかもしれない。だがいまそれは好ましいことかどうか怪しい。

李（リー）に案内され、ボスフェルト博士と伊瑞穂が自動ドアに向かう。国連チームの西洋人らも同行する。ボスフェルトはわずかに伊瑞穂を振りかえり、書類カバンを受けとった。短橈（たんとう）側手根伸筋に力が籠（こ）もったのが、袖（そで）の上からでも観察できた。軽く扱ってみせているが、カバンはかなりの重量だった。中身は書類だけとは思えない。

美由紀は後を追うべく自動ドアに近づいた。ところが帳（チャン）副所長が行く手に立ちふさがった。

悪意をもって進路を阻むつもりはないらしい。ただ李（リー）所長に美由紀を紹介する気のようだった。帳（チャン）は李（リー）にいった。「所長。こちらがさっき話した日本の臨床心理士、岬さんです。あちらが文科省の芳野さん」

李は目を丸くしながら笑顔で応対した。「歓迎します。明朝はぜひよろしく」

「ありがとうございます」美由紀はおじぎをした。「お話があるんです。コンピューターへのアクセスを制限するセキュリティですが……」

「セキュリティ？　パスワードはちゃんと設定してますよ」

なんとも腰砕けな返答だった。美由紀はそれでも根気強くきいた。「破られにくいパスワードですか」

「ええ、まあ……。人生訓といえる単語の一部をいじったりとか」李はロビーにまたせた来客が気になるらしい。そわそわしながら歩きだした。「ご質問はまた明日。楽しみにしています、では」

礼儀正しく頭を下げ、李は自動ドアのなかに消えていった。理沙ら職員らも後につづく。

ところが美由紀が一歩も動かないうちに、制服の警備員らが自動ドアの前に整列した。サッカーのフリーキックに備え、ゴール前に築かれる壁のようだった。美由紀と芳野は外に取り残された。

劉警備部長が仏頂面で近づいてきた。「タクシーをお呼びします。きょうのところはお引き取りを」

芳野が低姿勢に応じた。「わかっております。本日はどうも、貴重な時間を割いていただき……」

美由紀は黙っていられなかった。「劉さん。国連チームの手荷物検査はしましたか」

「手荷物検査？」劉警備部長は妙な顔になった。「空港で検査を受けたでしょう」

「そうではなくて、ここのゲートでは？」

「していませんよ。失礼にあたりますから」

あの書類カバンの中身はノーチェックのままか。これではまっすぐホテルに帰る気になれない。

劉警備部長がトランシーバーを手に歩きだした。「警備本部に連絡し、タクシーを手配します。そう時間はかからないでしょうから、その辺りでおまちください」

芳野が不審そうにきいた。「岬さん。なにか気になることでも？」

「以前にボスフェルト博士に会いましたか？」

「いえ。なぜですか」

「わたしも初対面です。でも論文は読んでます。オランダのエフベルト・ボスフェルト博士といえば、クオリアの実存に肯定的で、あとは証明がなされるのみとお考えのはずです」

「それが？　現に博士は、実証データに興味をしめしておられましたよ」

「表情が……。本心はちがうように思います。論文を書いたボスフェルト博士とは、まるで別人のようで」

「まさか」芳野はスマホをとりだし、画面に親指を滑らせた。検索して調べる気らしい。

美由紀は広大な庭の暗がりを見渡した。国連チームに同行したSPらは、一部が博士とともに建物内に入ったものの、多くは外にいる。いずれも黒スーツのアジア人ばかりだった。短く刈った髪に猪首、鍛えた身体つき。香港の現地警察が要請を受け、警備に就いたのだろうか。

「岬さん」芳野はやれやれという顔でスマホを突きだした。「問題ありませんよ。ほら、これ」

画像検索の結果が表示されていた。エフベルト・ボスフェルト。さっきまでここにいた、額の禿げた赤髭の男性が、無数の画像に写っている。ワシントンポストやCNNの掲載画像も含まれていた。どこか別の研究機関で撮影されたとおぼしき、報道陣に囲まれ歩く姿もある。随伴者のなかに堀伊瑞穂もいた。

美由紀は思わずため息をついた。偽物という可能性は否定されたらしい。

芳野がスマホをしまいこんだ。「きょうは引き揚げましょう。ぐっすり眠っておかなきゃ、小難しいデータの羅列なんて、とても見る気になれないし」

腑に落ちない。美由紀は闇の丘陵を下りだした。岬さん、芳野がまた呼んだ。だが美由紀はかまわず歩きつづけた。

振りかえってドームを仰ぎ見る。これからこの研究所で起きることを、あいつらが放置するはずがない。訪問したのは本物の国連チームだった。それでも胸騒ぎはおさまらない。なにかが起きる。だからここを立ち去れない。

6

美由紀は芝生を踏みしめながら、暗い坂を下っていった。この辺りまで来ると、もう警備員もSPも立っていない。背後から芳野の足音だけが追いかけてくる。

芳野の声が当惑ぎみに呼びかけた。「岬さん。タクシーはもう来ますよ。建物の前を離れないほうが……」

「先に帰っていいですから」

「そんなこといって、岬さんはどうするんです？　もう一台タクシーを呼んでもらうなんて、二度手間でしょう」

「しっ」美由紀は静寂をうながし、その場に足をとめた。

下り坂の傾斜ぐあいは、徐々に緩やかになっていた。じきにほとんど平らになる。その先はタイル張りの埠頭だった。そこかしこに立つ外灯が、周りの芝生だけをぼんやりと照らす。その照射範囲内に人影はない。

ところが埠頭のほうで小さな光点が、断続的に明滅していた。カメラのフラッシュよりは、一回の点灯時間が長い。

美由紀は足音をしのばせながら歩きだした。芳野も無言でついてくる。

潮風を顔に感じるようになった。静寂のなか、波の音もはっきり耳に届く。海が近い。足もとが芝生からタイルに変わった。美由紀は靴音を立てないように歩いたが、背後で芳野の靴が、はっきりと硬い音を発した。

光点の明滅が途絶えた。

しかし美由紀にとって無明の闇は、真の意味で不可視の空間ではなかった。自己暗示によるイメージトレーニングにより、眼球の虹彩を収縮して瞳孔を広げ、水晶体を通る光量を増やすよう調整できる。

この自己暗示法にはあるていど訓練が必要だった。ヒトにはもともと暗順応の自律機能があり、可視光量が減少した環境に置かれると、時間とともに視力が確保されていく。周りの明るさに応じ、桿体(かんたい)細胞と錐体(すいたい)細胞の切り替えにより、網膜の感度が変化する。けれども美由紀は、それを意志の力で調整可能だった。

視野に直径一メートルほどの円を思い描き、光に照らされながら拡大していくさまを、ほんの数秒間にわたり想像する。実際には見えていなくても、明るさを目にしたと下意識に錯覚させることで、視覚系のニューロンが最大化する。いまも暗がりのなか、ぼんやりと埠頭のようすが浮かんできた。

人影がふたつ、並んで立っているのが確認できる。いずれも手にするＬＥＤライトを消灯し、こちらを振りかえったとわかる。シルエットからするとスーツだった。ジャケットの肩や裾(すそ)の仕立ては、ＳＰらのスーツに共通している。

美由紀は英語で問いかけた。「誰？」

ふたりは互いに顔を見合わせたようだ。横向きになった目もとは、暗視ゴーグルをかけていない。それでも表情を確認しあえるぐらいには、闇のなかでも視力がきくらしい。

うちひとりがこちらに向き直った。中国語訛りの英語で応じてくる。「SPだ」

「香港警察の人？」

「ああ」

「身分証は？」

抑揚のない声が拒絶の意思をつたえてくる。「この闇のなかじゃ見えないだろ」

「LEDライトを持ってるでしょう。さっきまで点けたり消したりしてたやつ。スマホのライトでもいい」

無言がかえってきた。ふたりがまた目配せしあったのがわかる。どちらもLEDライトを脇に挟み、スーツの懐に右手を滑りこませた。

美由紀の警戒心は七分ていどに留まった。暗くて表情が見えずとも、動作には心理が表出する。武器を抜こうとしていれば、心の緊張が筋肉にも伝わり、動作のぎこちなさにつながる。いまふたりの腕の動きに、そこまでの不自然さは見てとれなかった。

だが次の瞬間、美由紀は判断の過ちを悟った。ふたつの人影は、精密機械のごとく唐突に動作を速め、右腕を突きだしてきた。てのひらに握られた物体のシルエットは、まぎれもなくオートマチック拳銃とわかった。

美由紀は芳野を突き飛ばすや、みずからは地面を蹴り、後方に宙返りした。空中でえび反りになり、回転を速めながら飛ぶことで、着地地点を予測しづらくする。銃火が閃き、銃声が耳をつんざく。つづけざまに銃撃を受けた。美由紀は地面に転がったが、意図したとおり着弾は外れた。近くのタイルに火花が散る。

芳野が怯えた声を発し、両手で頭を抱えうずくまった。ひとりのシルエットがそちらに向き直った。美由紀は猛然と敵に飛びかかった。右肘の内側で敵の首を巻きこみ、強く締めあげながら重心を崩させた。

もうひとりの敵が拳銃を向けてくる。美由紀は右脚を垂直に蹴りあげ、爪先で敵の手首の下部、三角線維軟骨複合体をしたたかに打った。それにより敵の手は開き、拳銃は宙に舞った。

美由紀の左手は胸もとにある敵の拳銃をつかんだ。感触でグロック19だとわかる。敵の鍛えた肉体に対し、ただ闇雲に腕力で挑めば負ける。しかし美由紀は合気道の手首関節技を応用した。敵がトリガーを引くため力をこめた瞬間、銃口を敵自身の胸に向けさせる。視野に閃光がひろがり、銃声が轟いた。火薬のにおいとともに薬莢が飛んだ。崩れ落ちる敵の手から拳銃をもぎとる。もうひとりの敵はナイフを引き抜き、ただちに襲いかかってきた。刃が美由紀の胸をとらえる寸前、反射的にトリガーを引いた。美由紀の発射した銃弾は、至近距離から敵の胸部を貫いた。

ふたりの敵は、ほぼ同時に突っ伏した。すべては一瞬のできごとだった。美由紀ひとりが立っている。右手に握ったグロックから、わずかに煙が噴きあがっていた。

芳野がうろたえた声を発しながら、四つん這いに近づいてきた。「その人たち……死んでるのか？」

やむをえなかった。美由紀は身をかがめ、ひとりの頭部をつかんだ。短く刈りあげた髪、やはりSPのようだ。親指を瞼に這わせ、上方に引っぱり目を開けさせる。

「ひっ」芳野が怖じ気づいたように身を退かせた。

死体の瞳孔は異様なほど縮小していた。それが確認できたのは、眼球がまるで夜光塗料を塗りこんだように、ぼうっと緑いろに光っているからだ。

芳野が震える声できいた。「こいつら、いったいなんだよ？」

「アップコンバージョン・ナノ粒子の溶液を目に注射してる」

「なんだって……？」

希土類元素のエルビウムとイッテルビウムを含む、超波長の光を短波長に変換できるナノ粒子だ。美由紀はささやいた。「赤外線を可視波長の緑いろの光に変えられる」

「そんな馬鹿な。暗闇のなかでも見えるってことか？」

マサチューセッツ大学医学部により、マウスを使った実験はすでに成功している。

だが人体に実現させるとは、世に知られる科学を超越していた。いまや死体と化したふたりは、銃撃の寸前、動作に心理のいっさいを表出させなかった。メフィスト・コンサルティングによる自己暗示の効果ではない。

芳野がタイルの上に転がるLEDライトを拾った。「さっき、こいつらはなぜこれを光らせてた？」

光量はずいぶん弱く見えた。すなわちふたりはライトを美由紀たちのほうではなく、海へと向けていた。美由紀は真っ暗な海原を眺め渡した。「どこかに合図を送ってた。空かも」

「モールス信号とか？」

あの明滅のタイミングは、国際モールス符号に合致しなかった。中国語の電碼(でんま)に基づく符号とも異なる。ごく短く暗号化されていたようだ。解析にコンピューターを必要とするほどの圧縮だった。しかし機械と同様に暗号を読みとる、驚異的な存在もある。機械的な思考を持つよう育成された者たちだった。つまりSPを装ったこの男たちは……。

丘の上から人影の群れが駆けてくる。銃声が轟いたからには当然の反応といえる。だがシルエットはスーツばかりで、警備員の制服はひとりもいない。

芳野は救いを求める衝動に抗いきれなかったらしい。立ちあがるとLEDライトを灯し、大きく左右に振りながら声を張った。「おーい！　ここだ！」

美由紀は怒りをおぼえるより早く、芳野の手からLEDライトをひったくり、遠方に投げた。

とたんに闇のなかに無数の銃火が閃いた。落雷に等しい銃撃音が多重に鳴り響く。空中に飛んだLEDライトは、たちまち粉砕され、破片や部品が辺りに飛散した。狼狽をあらわにする芳野に足払いをかけ、その場に引き倒した。LEDライトの光が消えたいま、敵勢の視力はたちまち暗がりに順応するだろう。美由紀は拳銃で敵陣に発砲しながら駆けだし、芳野から遠ざかった。敵の一斉射撃は美由紀を追いまわした。

美由紀の行く手に、もう一本のLEDライトが転がっていた。消灯している。それを拾いあげ、タイル張りの埠頭から芝生の丘へと上った。ただちに跳躍し、頭から飛びこむように前転すると、窪みに身を伏せた。

ふしぎだった。敵勢はさっきのふたりと同類のはずだろう。なのに銃弾が美由紀にかすりもしない。SPに化けた侵入者のうち、高度な暗視眼を持つのはふたりにかぎられたのか。

銃撃音に交じり、ヘリの爆音がきこえる。サーチライトが芝生の上を走った。美由紀は頭上に目を向けた。ずんぐりとしたシルエットのヘリが三機、夜空に浮かんでいる。ユーロコプター社のドーファンIIにそっくりのフォルム。人民解放軍駐香港部隊のZ－9ヘリだった。

美由紀は張り詰める空気のなか、わずかに安堵の吐息を漏らした。最初に銃撃があった直後、研究所の警備本部から通報がなされたのだろう。その後の状況はわからない。だが人民解放軍駐香港部隊が出動したからには、じきに制圧がなされる。

SPの群れは丘の上に散開し、空に向かい銃撃を開始した。拳銃でヘリを狙い撃っている。Z－9の機体自体は武装していないが、側面のスライドドアが開き、兵士が身を乗りだした。地上に機銃掃射を浴びせる。SPは次々に撃ち倒された。だが残存する者たちは、仲間たちの死にもいっこうに動じず、ただ仰角にヘリへの銃撃を続行する。

そのとき美由紀は、地面に微妙な震動を感じた。地震ではない。大気全体を揺さぶる波動だった。航空自衛隊出身の美由紀には馴染みの感覚といえる。超音速流にともなう衝撃波だ。

ふいに夜空が真っ赤に染まった。Z－9ヘリの一機が真っぷたつに裂け、火球を膨張させながら、粉々になって消し飛んだ。ほかの二機もつづけざまに空中爆発を起こし、塵となって四散した。

真っ黒な機体が超低空をかすめ飛んでいった。シルエットはF22ラプターに酷似していた。轟音とともに突風が吹き荒れ、木立の梢が大きくしなった。嵐のように無数の芝が巻きあげられ、辺りが濃霧のごとく霞みだした。

猛烈な風圧が襲った。SPどもが立っていられなくなり、波状に倒れこんだ。芳野もタイル張りの埠頭を転がっていった。このままでは海に落ちそうだ。美由紀は熱風が吹きつけるなかを全力疾走した。芳野に飛びつき、覆いかぶさるように伏せ、埠頭の上に押し留めた。

視線をあげると、F22に似た機体が、ありえないほど小さな旋回で針路を変えた。機首を俯角にかまえ、研究所のゲート方面に、空対地ミサイルを発射する。ミサイルは噴煙をあげながら、一直線に地上に飛んだ。極太の火柱があがり、複数の車両が回転しつつ、空中に吹き飛ばされた。残骸の形状からパトカーとわかる。

戦闘機にパイロットが乗っていれば、さっきの急旋回で生じたGに耐えきれるはずがない。アンノウン・シグマ、ノン=クオリアの無人機にちがいない。

芳野がうつ伏せに横たわりながら、嗚咽にまみれた叫び声をあげた。「なにが起きてるんだよ！　誰か助けてくれ！」

「落ち着いて」美由紀は芳野の上に重なって伏せ、耳もとに告げた。「ノン＝クオリアが襲撃してきた」

「ノン……そんな。嘘だろ。ネットで吠えてるだけのカルト集団じゃなかったのか」

「見てのとおりちがう。アンノウン・シグマに制空権をとられた。いまのわたしたちは孤立無援」

「逃げ場はないのかよ！」

「海に飛びこむしかない」

「無理だよ。こんなに真っ暗なのに」

「ほかに方法はない。さあ立って」美由紀は身体を起こし、芳野を力ずくで引き立てようとした。

ところがそのとき、また異音を耳にした。高波が押し寄せる音だ。豪雨のごとく飛沫が降りかかり、ふたたび視界がぼやけだした。

漆黒の海原に目を向けた。やけに激しく波立っている。水柱が垂直に噴きあがるなか、黒く巨大な影が浮上してきた。

美由紀はめったに口にしない言葉をつぶやいた。「嘘でしょ」

芳野が跳ね起きた。「今度はなんだよ！」

すぐに芳野も事象をまのあたりにし、たじろぐ反応をしめした。無理もない。埠頭からわずか数十メートルの近海に、シーウルフ級の攻撃潜水艦が急浮上しつつある。

土砂降りも同然に海水が降りかかるなか、美由紀は芳野の腕をつかみ、木立へと駆けていった。丘の上からは、態勢を立て直したSPの群れが銃撃してくる。美由紀は拳銃で撃ちかえしながら木立に急いだ。

ふたりで倒れこむように木陰に転がりこんだ。遠方からの銃撃が、たちまち枝葉を粉砕する。狙いはいまひとつ正確でない。やはりSPたちは暗視能力を備えていないのか。芳野はへたりこんでいたが、背はかろうじて幹に凭せた。美由紀も同じようにし、太めの木を弾除けの遮蔽物がわりにした。

芳野は涙で顔をくしゃくしゃにし、嘆くようにぼやいた。「なんだよこれ……。まるで戦争末期の総力戦じゃないか」

まぎれもなく総力戦だ。クオリア実存の証明。その報道がノン＝クオリアをどれだけ刺激したか、現状のすべてが答えだった。

重低音が鈍く反響する。美由紀は海のほうに目を凝らした。

埠頭のごく近くは浅瀬らしく、潜水艦は横付けできずにいる。だが上陸艇がいくつも向かってくる。

美由紀は唇を噛んだ。SPに化けた一群は、本隊の上陸支援部隊にすぎなかった。敵の戦力の中核は、これから投入されるとみるべきだった。

しかも埠頭に到達した上陸艇から降り立つのは、重厚な武装に身を固めた兵士ばかりだ。宇宙服もしくは深海用の潜水具のようでもある。頭部を丸形のヘルメットで覆い、全身は土偶のような甲冑で固めている。

最新型のボディアーマーか。あれだけの重装備なら、前進するだけでもかなりの負担になるはずだ。

ところが土偶そっくりの兵士らは、百人近くが横一列に並び、軽々とした足どりで丘陵を上ってくる。全員の手にアサルトライフルが握られていた。照準用の赤いレーザー光線が、芝生の上に無数に交錯する。

なんて身軽な。美由紀は思わず唸った。ロボット工学の応用だった。空気圧により制御する人工筋肉を内蔵している。よって重装備のボディアーマーでも、難なく行動できる。世界じゅうの陸軍で研究が進んでいても、実用化はまだ先のはずだ。むろんノン＝クオリアに常識は通用しない。

埠頭では小型の四輪バギーまで陸揚げされていた。ひとり乗りで装甲はなく、ワイヤーフレームのみの車体だった。ボディアーマーが乗りこむ以上、防弾用のガワは必要とされないのだろう。

甲冑の群れのうち、二体が木立に近づいてくる。芳野が恐怖に顔をひきつらせた。

「こっちに来る」

「静かに」美由紀はささやくと、身を屈めたまま木陰から躍りでた。

二体の甲冑がとっさに身がまえ、そろってアサルトライフルの銃口を向けてきた。ロボットさながらのすばやさと正確な動きだった。ふたつのレーザーポイントはすでに美由紀の胸部を照射していた。こいつらは高度な暗視眼を備えているようだ。

だがトリガーが引かれる寸前、美由紀はLEDライトを二体の顔面につづけざまに浴びせ、地面に突っ伏した。二体は動揺をのぞかせながらアサルトライフルを掃射した。弾は大きく逸れ、木々の幹に命中した。

思ったとおりだった。暗視に最適化された敵の目は光に弱い。数秒間は陽性残像が強烈にちらつく。

でたらめな銃撃により無数の木片が飛び散る。美由紀は敵一体の脚にしがみつき、すくいあげるように体勢を崩させた。重心の見極めは的確だった。敵は仰向けに倒れた。美由紀はその上にまたがり、アサルトライフルをひったくった。強化プラスチックの感触、ドイツのH&K社製のG36だった。美由紀はストックを肩に当て、銃身を水平にかまえると、もう一体の敵にフルオート掃射した。

小爆発に似た火花とともに、細かな破片が敵の胸部から撒き散らされる。甲冑は呻きながら前のめりになった。ところがどうもおかしい。地面に散らばったのは甲冑の破片ではなかった。敵は無傷だ。砕けたのは弾丸のほうだった。撃たれた敵が即座に体勢を立て直し、アサルトライフルを撃ちかえしてきた。美由紀は焦燥に駆られながら横っ飛びに逃れた。

美由紀はボディアーマーの材質に気づいた。外側はダイヤモンドに次ぐ硬さを誇る炭化ホウ素セラミックス。その下におそらく複合発泡金属の層があり、内側は超々ジュラルミン。ノースカロライナ州立大学の研究チームが、テスト用の防弾壁の実験に成功したばかりだ。ノン=クオリアはもうボディアーマーを実現している。

美由紀は手早くアサルトライフルのストラップを、トリガーとグリップに巻きつけた。そのとき地面に倒れていたほうの甲冑が飛び起き、美由紀に襲いかかった。軽装なみの身のこなしで距離を詰め、両手で美由紀の首を絞めあげんとしてくる。

だが美由紀は臆さなかった。間合いを詰めさせたのはわざとだった。中世の時代から甲冑は首の付け根を覆いきれない。上下左右の可動幅が犠牲になるからだ。いま大柄の甲冑は美由紀の首を絞めるべく、背を丸め前かがみになっている。美由紀は敵の両手に力が籠もるより早く、アサルトライフルの銃口を敵のうなじにまわした。ヘルメットとネックプロテクターの隙間に銃口が嵌まったとわかる。グリップからは手が離れ、銃身だけを握るものの、美由紀はすかさずストラップを強く引いた。ストラップを巻きつけたトリガーが引き絞られる。アサルトライフルが火を噴いた。敵はのけぞり、その場に崩れ落ちた。

もう一体が取り乱したようにアサルトライフルを乱射してきた。美由紀はあえて敵に突進した。芝生の上に滑りこみ、敵の両脚のあいだをくぐり抜けると、ただちに跳ね起きた。前屈姿勢になっていた敵のうなじに、ふたたび銃口を突っこみ、間髪をいれずトリガーを引いた。発射にともなう反動を全身に感じる。また敵のうなじから喉元を撃ち抜いた。二体めのボディアーマーは脱力し突っ伏した。

辺り一帯の暗がりで、幾十もの赤いレーザーがこちらに向き直る。銃撃音がけたたましく鳴り響くなか、美由紀は木立に飛びこんだ。芳野の胸倉をつかみ引き立てる。

美由紀は怒鳴った。「丘を二十メートルほど上れば窪みがある。そこに身を伏せて、動かずにいて」

「ここにいたほうが安全だよ！」

「ボディアーマーの敵は、心肺停止すれば仲間に無線で伝わる。ここでふたり死んだのは、もう敵全員が気づいてる。いいから行って！」

ほとんど投げ飛ばすも同然に、美由紀は芳野を木立から追いだした。芳野はあたふたしながら逃げていった。美由紀は敵勢に向き直り、アサルトライフルをフルオート掃射した。銃火を絶え間なく閃かせる。敵の暗視眼が芳野の行方を追うのを防ぐためだ。

エンジン音が甲高く唸った。バギーが急速に接近してくる。運転する甲冑は片手にサブマシンガンを握り、美由紀を狙い撃たんとしていた。

美由紀はバギーの進路から飛び退くや、車体上部のワイヤーフレームをつかみ、身体を捻りながら跳躍した。運転者の甲冑に蹴りを浴びせる。敵が重心を崩すと、人工筋肉のアシストがかえってその体勢をとらせようと拍車をかけ、いっそう制御を失う。美由紀はそのことを予測していた。車体側面から半身を乗りだした敵に、もうひと蹴りを食らわせる。甲冑は車外に放りだされた。美由紀はシートにおさまり、ステアリングを握るや、アクセルを深く踏みこんだ。

バギーの速度をあげ、芝生の丘を一気に駆け上る。敵がアサルトライフルを一斉掃射してきた。だが四方八方から銃弾が浴びせられるわけではない。ノン＝クオリアの兵は同士討ちを避けるため、思考をヘルメット内の戦術モニターとリンクさせている。したがって敵兵の背後をすり抜けるように走れば、予期せぬ方角からの狙撃はない。絶えずステアリングを左右に切り、蛇行しながら猛スピードで走行しつづける。敵の動きを常に把握せねばならない。一瞬の油断が命とりになる。

丘陵を上りきり私道にでた。ふいに眩いばかりの赤光が視野にひろがり、熱風が押し寄せる。ドーム状のメインビルディング、一階ロビーに火災が発生していた。燃え盛る炎はガラスを突き破り、高々と夜空に立ち上っている。美由紀はエントランスにバギーを向かわせようとした。とたんに矢継ぎ早の銃撃を受けた。一帯に弾幕が張られている。

メインビルディング前にSPが群れをなしていた。美由紀はステアリングをめいっぱい切り、スピンぎみに急転回した。SPらの狙撃から逃れ、円錐型のケミカルバイオロジー研究棟へと向かう。

ケミカルバイオロジー研究棟の前でも、絶え間なく銃火が閃いていた。だが美由紀を狙ってはいない。銃撃戦が展開中だった。エントランス前で、制服の警備員らが建物を守り、SPの一群と撃ちあっている。遮蔽物がないため、警備員が続々と撃ち倒される。辺りに死体が累々と横たわる。

急激に数を減らす警備員のなかに、劉(リウ)警備部長の姿があった。武器庫を開ける余裕もなかったのか、いまだに拳銃(けんじゅう)で応戦している。しかし猛攻に押され、いきなり被弾した。劉(リウ)はもんどりうって地面に倒れた。

美由紀は敵陣とのあいだにバギーを割りこませた。SPの群れにアサルトライフルをフルオート掃射する。敵は防弾ベストを着ていたが、胸部に命中させれば肋骨(ろっこつ)を折り、戦闘不能にできる。それで充分だった。不必要に命までは奪わない。

瞬時に十数人を倒したものの、美由紀のアサルトライフルは発射できなくなった。G36のマガジンは透明プラスチックだった。一瞥(いちべつ)し弾切れだとわかった。

G36を投げだし、バギーを敵陣に向かわせる。即座に横っ飛びに脱出した。敵勢があわてぎみに銃を乱射するなか、美由紀は地面に転がった。すかさず立ちあがり、劉(リウ)のもとに駆け寄る。

おびただしい出血が、暗い地面をぼんやり赤く染める。劉(リウ)は仰向けに横たわり、息も絶えだえになっていた。

美由紀は劉(リウ)のわきにひざまずいた。「しっかりして」

劉(リウ)の虚(うつ)ろなまなざしが美由紀を見上げた。喉(のど)に絡む声がささやいた。「一生一世(ヤッサンヤッサイ)……」

苦しげな表情で激しくむせる。ほどなく咳（せき）が途絶えた。劉（リュウ）の目は開いたまま、それっきり動かなくなった。

悲哀にとらわれそうになる。けれども停滞が許される局面ではない。美由紀は劉（リュウ）の拳銃を握り、敵陣に発砲しつつ、建物内へと駆けこんだ。

ここに火災は起きていなかった。通路右手の警備本部に足を踏みいれる。なかは無人だった。美由紀は観音開きの鉄扉に向かった。

一生一世、さっき劉（リュウ）はそういった。広東語で終生を意味する言葉だ。彼の目の焦点は、ごく近くの虚空を見つめていた。なにかを視覚的に思い描いたとわかる。このテンキーロックにちがいない。

美由紀はテンキーに指を這（は）わせた。一生一世。香港人なら誰でも知っている、広東語の語呂（ごろ）合わせだ。1314（ヤッサームヤッセイ）。

数字を入力すると、ピッと電子音が鳴り響いた。ロックが解除された。美由紀は鉄扉を開けた。

ショットガンやアサルトライフルが数十丁も立てかけてある。迷いは生じなかった。ベルギーのアサルトライフルF2000に、GL1グレネードランチャーを結合させた、未来的なフォルムが目にとまる。すかさずそれを手にとった。

通路にでる寸前、壁のモニター群を一瞥した。防犯カメラ映像のひとつに注意を喚起された。

映像は会議室らしき部屋の一角だった。ボスフェルト博士が書類カバンをまさぐっている。とりだしたのはイスラエルのウージー社製短機関銃だった。冷淡な表情で銃口を李所長と帳副所長に向ける。ふたりの研究者は怯えきった顔で立ちすくんでいた。

別のモニターがコンピュータールームとおぼしき室内を映しだす。ボスフェルト博士の連れの女、堀伊瑞穂がいた。アタッシェケース大のハードディスクドライブを引き抜いている。奪い去る気なのはあきらかだった。

美由紀は通路に駆けだした。エントランスに向かったとき、ＳＰの群れがなだれこんできた。

警備員らは全滅したにちがいない。激しい憤りがこみあげる。美由紀はＦ２０００をフルオート掃射し、ＳＰを次々と撃ち倒した。間髪をいれずグレネードランチャーを発射する。エントランスに立ちふさがる集団は、一撃のもとに消し飛んだ。肉片が辺りに降り注ぐ。

投降しカウンセリングを受ける気があるのなら、いつでも相談に乗る。だがそんな意思を垣間見せもしない人殺しどもに、いまなにを躊躇することがある。

　美由紀は外にでると、メインビルディングをめざし全力疾走した。いたるところから赤いレーザー光線が照射される。ボディアーマーらがすでに丘を上りきっていた。美由紀は甲冑を見かけるたび、すかさずグレネードランチャーを見舞った。いかに装甲が硬かろうと、四十ミリ擲弾が炸裂すればひとたまりもない。爆風のなか、ボディアーマーの群れを人形のごとく、次々と吹き飛ばしていく。

　ドーム状のメインビルディングに近づく。真っ赤に炎上するロビーに駆けこんだ。黒煙が立ちこめる。化学繊維が焦げる悪臭が鼻をつく。

　あわただしく靴音が響いた。螺旋階段をSPが四人下りてくる。もうひとり女性がいた。激しく抵抗し、身をよじっている。理沙だった。四人は理沙を連行せんとしていた。

　SPのひとりがこちらに目をとめる。なにやら声を発した。ノン＝クオリアどうしの意思疎通は、明確な言語でなくても充分らしい。ほかの三人がいっせいに拳銃をこちらに向ける。

　だが美由紀はすでにF2000で敵を狙い澄ましていた。セミオートに切り替え、小刻みに狙いを変えつつ、一瞬のうちにトリガーを四回引いた。まとまった銃撃音も四回響く。

狙いは外さなかった。四人とも即死に至らしめた。苦痛を長引かせたくない。螺旋階段から四人の死体が崩れ落ちる。理沙ひとりが茫然とした面持ちで、階段上に立ち尽くしていた。

美由紀は階段に駆け寄った。理沙は意識が遠のきかけたらしく、その場で卒倒しつつあった。急ぎ階段を上り、美由紀は理沙を抱きとめた。

幸い失神には至っていない。理沙は目に涙を溜めながらいった。「岬さん……。いったいこれは……」

落ち着かせるため深呼吸を促したいが、そうもいかなかった。火災による有毒ガスの発生が懸念される。美由紀は理沙を見つめた。「李所長はどこ？」

「三階……。この建物の最上階。研究精査室。だけどボスフェルト博士が……」

「知ってる。襲撃者よね」

「コンピュータールームから実証データを盗もうとしてる。すぐ通報しないと」

ゲートでパトカーがことごとく粉砕された事実を知らないらしい。美由紀は階上に目を向けた。「いまはわたしたちしかいない。ついてきて」

「外に逃げたほうが……」

「ボディアーマーが包囲してる。でられない」

「そ……そうなの？」

「離れずにいて。そのほうが安全だから」

理沙は青ざめた顔で見かえすと、抱きつかんばかりの勢いで身を寄せてきた。美由紀はわずかに押し戻し、先に立って階段を駆け上った。理沙が泡を食ったようすで後につづく。

螺旋階段を上りきると、三階の高さのキャットウォークにつながっている。キャットウォークを壁の通用口に向かった。

Ｆ２０００をかまえながら通用口を入った。まっすぐに延びる通路を油断なく進む。わきのドアから突如としてＳＰが躍りでた。アサルトライフルでフルオート掃射を見舞ってくる。美由紀は理沙の襟をつかみ、下方に引いて伏せさせた。敵の狙いが定まるより早く、美由紀は片手でＦ２０００のトリガーを引いた。薬莢が床に跳ね、微妙な金属音を奏でるときには、もうＳＰは倒れていた。

そのとき奥のドアが弾けるように開いた。ボスフェルト博士が足ばやにでてきた。あろうことか李所長に短機関銃を突きつけ、人質にとっている。

ボスフェルトは美由紀に気づいたらしく、すばやく李を盾にした。通路をじりじりと後退していく。李はひたすら恐怖にとらわれ、ぎこちない足どりでボスフェルトに従属する。

美由紀は李（リー）の肩越しにボスフェルトを狙おうとした。ところがひとつ手前のドアから、伊瑞穂が現れた。左手に大きなハードディスクドライブを提げている。瞬時に右手の短機関銃をこちらに向けてきた。美由紀はとっさに理沙をかばった。伊瑞穂の短機関銃がフルオートで火を噴いた。しかし威嚇発砲にすぎなかったらしい。通路に跳弾の火花が散り、理沙が悲鳴をあげたものの、被弾はなかった。

ボスフェルトは李（リー）所長を連れ、通路の先にある階段を上っていく。伊瑞穂はなおも美由紀に向け短機関銃を乱射し、反撃の隙を与えまいとしながら、ボスフェルトにつづき階段を上る。

ここが最上階ではなかったのか。美由紀は理沙にきいた。「あの上は？」

「屋上」理沙が必死の形相で応じた。「ドームの頂上だけど、ヘリポートになってる」

意図は読めた。屋上から脱出する気だ。美由紀は理沙の腕をつかみ、階段へと走りだした。さっきボスフェルトがでてきた研究精査室のなかを横目で見る。床に横たわる白衣は帳（チャン）副所長だった。身じろぎひとつしないが、いまは息をたしかめている暇はない。

Ｆ２０００を仰角にかまえる。美由紀は理沙を連れ、ふたりで階段を駆け上った。夜風にさらされるより早く、轟音（ごうおん）とともに熱風が吹きつけてきた。火災に感じた熱さとは異なる。美由紀は屋上に躍りでた。衝撃的な光景がそこにあった。

「な」理沙も驚きの声をあげた。「なにあれ!?」

なんらかの機体がヘリポートすれすれに空中停止飛行（ホバーリング）しているようだ。ところが機体そのものは見えない。暗がりのせいではない。はるか彼方（かなた）の街の明かりや、星空が透過している。大気全体が陽炎（かげろう）のように揺れていた。

空中のひずみに目を凝らすと、うっすらＦ22に似たフォルムが見てとれた。さっきのアンノウン・シグマだった。垂直離着陸機（ＶＴＯＬ）の性能を有しているらしい。だが問題は、機体が透明なことだ。目視できない。

フレキシブル・ペリスコープ応用のインビジブル性能。ファントム・クォーターでジェニファー・レインが実用化した、見えないミサイルと同じ技術だ。

戦闘機の搭載兵器や、翼の可動を考えると、特殊繊維で機体全体を覆うことは不可能なはずだった。ゆえに当時はミサイルのみに留（とど）まった。テクノロジーが進歩したのか。現にいまアンノウン・シグマの機体は目に映らない。

このインビジブル性能は、メフィスト・コンサルティングの技術ではなかったのか。

なぜノン＝クオリアの無人戦闘機に……。

理沙が指さした。「あれを見て！」

ひずみの真下、ヘリポート上に鉄製の梯子が立っている。長さは二メートル弱。だがそれは、見えない機体の下に突きだしたタラップだった。梯子の頂上には、ボスフェルトと李の脚だけが見えている。ふたりの膝から上は、空間に溶けこむように消えていた。李が抵抗をしめすものの、ボスフェルトは強引に梯子を上らせようとする。数段上ると、ふたりの靴しか見えなくなった。やがてそれらも、見えない機内に消えていった。

美由紀は離陸を阻止すべくＦ２０００で狙い澄ました。ところがトリガーを引く寸前、梯子の頂上に、伊瑞穂の顔が逆さまになって現れた。頭を下にし、上半身だけを機体からのぞかせた。下半身は空中に見えないままだった。

伊瑞穂の手には短機関銃があった。フルオート掃射が浴びせられる。美由紀は理沙を守りつつ、階段塔に身を隠さざるをえなかった。

ふと気になった。ノン＝クオリアのわりには狙いが曖昧すぎる。二度つづけて外す、そんなことがありうるだろうか。彼女も夜目がきかないのか。

次の瞬間、屋上に苛烈な熱風が吹き荒れた。ジェットエンジンの排気音が甲高く鳴り響く。すさまじい風圧が押し寄せてきた。悲鳴をあげる理沙を美由紀は抱きしめた。階段塔を崩壊させんばかりの嵐が巻き起こる。激しい震動が襲った。

ヘリポートから梯子だけが上昇していくように見える。その梯子が不可視の機体に格納され、視界から完全に消失した。空中のひずみが轟音とともに遠ざかる。

ほどなく風が弱まった。やがて無風になり、静寂が訪れた。

理沙はまだ震えている。美由紀は理沙の手を握り、屋上へと歩みでた。

夜空の彼方、幾十もの黒い機影と灯火が見える。人民解放軍の戦闘機群にちがいない。こちらに飛来しようとしている。海上にも動きがあった。哨戒艦艇やミサイル艇らしき船体が集結しつつある。

一階の火災が芝生の丘陵をおぼろに照らす。ボディアーマー部隊は姿を消していた。乗り捨てられたバギーや、SPの死体は目につくものの、上陸艇は一隻も埠頭にない。例の潜水艦は行方をくらましていた。そしてむろん見えない戦闘機も。

理沙が涙声でささやいた。「信じられない……」

美由紀も同感だった。ただしその思いの意味するところは、理沙と異なる。いまだ衝撃を禁じえない。メフィスト・コンサルティングはノン＝クオリアに敗北したのか。技術のいっさいを奪われてしまったのだろうか。

蒼(あお)みがかった空が、しだいに紅いろの輝きを増してきたのがわかる。長い夜が明けつつあった。

## 7

美由紀は研究所の庭園、丘陵の芝生に腰を下ろしていた。そうしろと厳命されているからだ。周りを囲んで立つのは、人民解放軍駐香港部隊の迷彩服ばかりだった。防弾ベストやプロテクターで全身を固め、バリスティックヘルメットにゴーグル、マスクで顔を覆い隠す。手にする銃器は95式自動歩槍(アサルトライフル)の改良型。さすがに銃口をこちらに向けはしないが、全員が無言のまま、絶えず警戒をしめしている。

同じ装備の兵士らは敷地全体に展開していた。ゆっくりと歩きまわり、現地警察の現場検証を支援する。丘の上の私道には軍の特殊車両のほか、消防車や救急車が連なる。メインビルディングの火災については、すでに消しとめられていた。

建物に兵士や警察官らが出入りする。事情聴取を受ける職員の姿もあるが、生存者の大半は、すでに病院に運ばれたときく。

円錐(えんすい)型のケミカルバイオロジー研究棟を遠目に眺めた。兵士らと立ち話をしているのが、理沙だとわかった。憔悴しきった顔でドームのほうを指さし、なにやら説明しつづける。

爆音が静寂を破った。強風が吹きつけてくる。ここではお馴染みの状況だ。美由紀はすでに慣れきっていた。Z－9ヘリが敷地内のわりと平らな場所を見つけては、芝生が剝げるのもおかまいなしに着陸する。

視界のそこかしこに十機前後が待機中だった。メインローターが回りっぱなしの機体も少なくない。間を置かず飛び立つのだろう。あらゆる機種のヘリが、ひと晩じゅう離着陸を繰りかえし、さかんに入れ替わった。

埠頭にも多くの兵士が整列する。洋上の哨戒艦艇からゴムボートが発進し、埠頭と往復しながら兵力を供給しつづける。動員されたのは駐香港部隊に限らないのかもしれない。

充分に身体を休めたおかげで、美由紀の体力は回復しきっていたが、心はいっこうに落ち着かない。とはいえ、ほっとさせる事象も皆無ではなかった。美由紀のわきに、同じようにしゃがみこむ、ぼろぼろのスーツがいる。顔は煤だらけだが、めだった負傷もない。

文科省の芳野は疲れきったようにうつむいていた。窪みに隠れたのち、幸いにも敵に見つからず、難を逃れた。

敵の撤退直後、芳野は恐怖心をあらわにし、激しく動揺していた。病院に搬送されるべきと医師が判断した。しかし芳野は自分の意志でここに残るといった。

理由はたったひとつ、人民解放軍が美由紀に疑いを持っているからだ。美由紀の銃撃するさまを目撃したという、生存者らの証言が複数ある。日本政府公認の訪問でありながら、同行した民間人が容疑をかけられたまま放置できない、芳野はそんなふうに男気を見せた。

表情を見ても、本心を偽っているとは思えない。純粋に公務員としての使命感のなせるわざのようだ。

それでも途方に暮れてはいるらしい。芳野は芝生に座りこんだまま、ひとりごとのようにぼそぼそといった。「ドームの屋根から、おかしなものが飛び立っていくのを見た」

日本語だ。周りの誰でもなく、美由紀に告げたとわかる。

「なにを見たの」美由紀はきいた。

「正確には、なにも見えなかった」芳野はため息とともに唸った。「でもたしかに、なにかが飛んでった。音はきこえたし、ドームを離れた瞬間、周りの木々がざわめいた。地鳴りもあった。それが遠くに飛び去ってからは、一転して静かになった」

「……文科省にもフレキシブル・ペリスコープって発明の資料はあるでしょう」

「フレキシブル……ああ」芳野の顔があがった。「内視鏡に応用されてる技術だっけ」

「そう。自由な形に曲げられる潜望鏡っていう意味」

「研究振興局の学術研究助成課と一緒に、研究施設を見学したよ。極細のワイヤーの断面をのぞくと、ワイヤーがどれだけ曲がっていても、もう一端の向いている先が拡大して見える。まさしく潜望鏡みたいに」

原理は幾何光学に基づいている。光線は異なる媒質の接合面で折れ曲がる。アクリル・ゴム合成樹脂製の極小円盤状凹レンズと凸レンズ、各二十万枚を交互に重ね、隙間を水の三倍の密度がある液体キセノンで満たす。そのうえで周囲をゴムで密閉し、全体を細いワイヤー状にする。円筒の端から入った光は、円筒がどう曲がっていようとその内部に沿って屈折して進み、反対側の端に抜ける。一般に知られている科学はそこまでだった。

美由紀はささやいた。「グラスファイバーで作られた、直径わずか〇・〇一ミリのフレキシブル・ペリスコープを八千万本そろえ、二メートル四方の面積をチューブの端でびっしり埋めつくす。どうなると思う？」

「さあ……」

「ある物体の片側の表面に、直径〇・〇一ミリのフレキシブル・ペリスコープの端ばかりを、繊維状に敷き詰める。物体側面にチューブを迂回(うかい)させ、反対側の表面にも同じように、もう一端を隙間なく並べる。いわば高解像度テレビの画素と同じ」

「……光はチューブに沿って迂回するから、向こう側が透けて見えるって？　アニメにでてくる光学迷彩みたいに？　まさか」

「知られざる事件が起きたことがある。見えないミサイルが原発を直撃しそうになった。防衛省に報告が上がってるはずだけど、極秘扱いになったから、知ってる人は限られてる」

「防衛省……。自衛隊にいたころの話？」

「いえ。辞めてから」

軍服が三人近づいてきた。包囲する迷彩服らがかしこまる反応をしめす。三人のうちひとりは、肩章の中央を直線が貫き、星が三つ並んでいた。上尉(シャンウェイ)の階級だった。

三人が近くに立って見下ろす。上尉が英語でいった。「岬美由紀さん。日本政府を通じ、防衛省から返答があった。航空自衛隊二等空尉の前職を確認できた」

芳野が腰を浮かせながら、英語で苦言を呈した。「ほら。伝えたとおりじゃないですか。これでわかったでしょう。彼女が銃で反撃したのは正当防衛です」

上尉は渋い顔のままだった。「銃の扱いについて訓練を受けていたとしても、ここは香港です。正当防衛が成立するか否かは裁判所がきめます」

美由紀もゆっくりと立ちあがった。「手錠をかけないってことは、逮捕は保留ですよね？」

「いまのところは」上尉が睨みつけてきた。「それでも疑わしき点が見つかれば、身柄の拘束はやむをえないと思ってください。ここを襲撃した勢力についても、知るかぎりの情報を提供していただく」

芳野が上尉を見つめた。「いいですか。私は日本の公務員ですし、彼女は元公務員です。身元はたしかです。疑惑を持たれる筋合いはない。むしろ感謝されるべきですよ。日本の元自衛官が、香港で治安維持の義務を負っていないにもかかわらず、多くの命を救ったんです」

「なら」上尉が不満をあらわにした。「最初から岬さんが元自衛官だと教えてくださるべきだった。当初は芳野さんが取り乱しておられ、岬さんの銃撃についても理由がわからないと証言なさったため、われわれも日本大使館に問い合わせを余儀なくされた」

「それは、あのう」芳野が困惑顔で美由紀を振りかえった。「私もさっきまで知らなかったことなので……。臨床心理士という現職以外、特になにも伝えられていなくて」

上尉のしかめっ面が美由紀に向けられた。「日本の公務員もしくは元公務員が中国入りするときには、しっかりその旨を伝え、当局の確認を得る。常識だと思っていましたが」

美由紀は上尉を見かえした。「香港は例外かと」

「最近はちがいます。今後は気をつけてください」

一国二制度は想像以上に揺らぎつつあるらしい。かつて日本の公務員は中国への渡航を制限されていた。徐々に締めつけが緩んできたが、ここ数年また規制が強化された。しかも香港まで大陸と同じいろに染まりつつある。

「で」上尉が詰め寄ってきた。「岬さん。襲撃してきた勢力は何者ですか」

美由紀ははぐらかした。「国連チームのSPは、香港警察による人選でしょうか」

「質問してるのはこっちです」

「ここの警備員を全滅させたのはSPです。しかも彼らは、後続部隊の潜水艦からの上陸を支援しました。素性を調べるなら、まずそっちが先でしょう」

上尉が苦い顔になり、後方を振りかえった。離れた場所に、デザインの異なる軍服の群れが立っている。深緑いろで帽章と襟章に赤い星がある。なかでも長身の厳めしい顔の男が歩いてきた。

香港ではなく中国本土の人民解放軍だった。歩み寄ってくる男の階級は大校、ほかの国の軍隊でいう大佐にあたる。

敬礼した上尉が小声で話しかける。「王家樂大校。いま日本人と話しまして……」

ひそひそと小声の会話を終えると、王家樂なる大校が美由紀に向き直った。「ボスフェルト博士ら国連チームの護衛には、わが人民解放軍の精鋭を選んだ」

美由紀はきいた。「あのSPは軍人だったんですか」

「そうなるはずだった。しかし死体をたしかめたが、われわれの同胞はひとりもいなかった」

「どういうことですか」

「わからん。そっくり別のグループに入れ替わったようだ。本来のSPらは行方不明になってる」

「ノン＝クオリアをご存じですか」

「初耳だ」

「メフィスト・コンサルティングは……？」

「きいたおぼえがない」王大校は踵をかえしつつ上尉にいった。「彼女はわれわれの知らない勢力について、充分に知りえているようだ。事情聴取を怠るな」

王はそれだけ告げると立ち去った。上尉が美由紀に対し、情報を明かすよう目でうながしてくる。

美由紀はため息をついた。「どっちの勢力も素性はわからない。本人たちがそう名乗っただけ」

上尉が苛立たしげに問いただした。「以前にも遭遇したことがあるんですか？　ずいぶん進んだテクノロジーを持った連中のようですが」

答える気になれない。美由紀はやや遠方に目を転じ、中国本土の軍人たちを眺めた。王大校は同胞らとともに、こちらを注視しつづけている。

メフィストの技術が、いつしかノン＝クオリアの手に渡っていた。勢力図がどう書き替えられているか、いまのところ未知数だった。中国の人民解放軍とて信用できない。

救急車のサイレンが涌いた。私道を救急車が遠ざかっていく。上尉がそれを見送りながらつぶやいた。「帳(チャン)副所長だ。ようやく病院に運ばれる」

「どこの病院ですか」美由紀はきいた。

「東區尤德夫人那打素医院(ドンチユヨウデエアフーレンナーダースー)が受け容(い)れをきめたそうだ」

ずっと動かせなかったのは、なかなか意識が戻らず、現場での応急医療処置を必要としたせいだ。帳(チャン)副所長は研究精査室に倒れていた。さっききいた話では、めだった外傷はなく、神経調節性失神の可能性が高いという。すなわち精神的ショックによる気絶だった。いまはもう意識が戻り、会話も可能なものの、事件についてはあやふやなことしか口にできずにいる。どうやら記憶障害におちいったらしい。

まずは病院で精密検査を受けるべきだ。催眠療法で記憶を取り戻す試みは、あきらかに時期尚早だった。

迷彩服が女性職員ひとりを連れてきた。毛布を羽織った理沙だった。顔面蒼白(そうはく)の理沙が震えながらたたずんだ。

芳野が理沙に気遣いをしめした。「あなたも病院に行ったほうが……」

理沙は首を横に振った。「盗まれた物がなんなのか、はっきりさせておかないと、被害届もだせないといわれて」

「ハードディスクドライブだろう?」芳野がきいた。

「実証データのどこからどこまでが持ち去られたか、確認できるのは研究参加メンバーだけ。でもみんな犠牲に……。わたしはいちおう、助手を務めていたので、コンピューターの操作ぐらいなら……」

美由紀はいった。「わたしも確認を手伝う」

上尉が口をはさんだ。「年末に学会で発表予定だった研究データです。李所長の許可なく、外部の人間は閲覧できません」

芳野が抗議した。「僕らはけさ、データを見せてもらう約束だったんですよ」

「いけません」上尉が突っぱねた。「過去にクオリアに関する高度な論文を発表し、重要性を学界に認められた人物は全世界に四十二名のみ。李所長はそれらの人々にかぎり閲覧を許可していたのです。ボスフェルト博士はそのなかに含まれていました」

美由紀はしらけた気分でささやいた。「リストが英文なら、Mの項目を……」

上尉が隣りの兵士と顔を見合わせる。兵士が書類をとりだす。PDFファイルのプリントアウトらしい。名簿に目を走らせたのち、上尉が驚きの顔で美由紀を見つめた。

やれやれと美由紀は思った。かつて臨床心理士として発表したドイツ語の論文について、研究所が評価してくれた。その前提がなければ、訪問の要請自体、認められることはなかっただろう。

「では」美由紀はゆっくりと歩きだした。「コンピュータールームを拝見していいですか。ホテルに帰ったところで、眠れる気がしないので」

## 8

窓の外はすっかり明るくなっている。美由紀は研究所内メインビルディングの三階、研究精査室に隣接するコンピュータールームにいた。

通路やほかの部屋では、警察による現場検証が続行中だった。だがここについては、大急ぎで写真を撮り終え、指紋や毛髪の採取も完了したらしい。汗や血液など生体情報をしめす残留物も、徹底的に検出したという。なにより防犯カメラ映像に一部始終が記録されている。ボスフェルト博士の右腕、堀伊瑞穂がハードディスクドライブ一基を奪い去った。美由紀が目撃したとおりだった。

室内の半分はサーバールームだが、くだんの実証データをおさめたハードディスクドライブ群は、ネットから完全に隔離されている。容易にデータを別媒体に移し替えられるシステムにもなっていない。ノン＝クオリアが物理的にハードウェアの一部を持ち去ったのは、それ以外に方法がなかったからだ。

美由紀は理沙とともに、部屋の中央にあるオペレーションブースに着席し、デスク上のキーボードを操作した。すべてのデータは暗号化されている。モニターで読解できる状態に戻すには、一定の複雑な手順を踏む必要がある。ノン＝クオリアが李所長を拉致したのも、暗号化解除が目的だろう。

ただし基本的なセキュリティはすべて、伊瑞穂の操作により解除済みだった。美由紀はキーボードを叩きながらいった。「二酸化炭素消火設備が作動しないよう、真っ先に回路がオフにされた形跡がある」

理沙がうなずいた。「一階で火災が起きた時点で、ここは自動的に閉鎖される仕組み。それを知ってて早々に解除したのね」

ブースのパーティションに芳野がもたれかかっていた。一睡もしていないせいだろう、疲労感を漂わせながら、芳野は腕組みをした。「こんなにたくさんのHDDがあるなか、一基だけ奪ったのか？　その一基に研究データの重要な部分を集約させたとか？」

美由紀はそう思わなかった。「どのHDDも容量いっぱいに記録されてるし、システム内でのデータファイルの移動は、簡単な操作じゃ無理」

最初から奪取するHDDをきめてあったのだろうか。それとも短時間の操作で、めあのHDDを発見できたのか。いずれにしてもノン=クオリアはデータの一部のみに狙いを定めていた。

靴音がきこえた。開放された戸口に王家樂大校が立った。王は澄まし顔で告げてきた。「中国語での報告書の作成を要請したい。盗難に遭ったデータがどういうものだったか、われわれが正確に把握できるように」

理沙が表情を曇らせた。「時間がかかりますよ。実証データの概要をつかむだけでも、きょうじゅうに終わるかどうか……」

「警察による研究所内の現場検証は数日つづく。そのあいだわれわれも警備を続行する。ここコンピュータールームも例外ではない。安心して作業をつづけるといい。マスコミは完全にシャットアウトする」

室内の壁ぎわに迷彩服が三人立っていた。警備というより監視に思える。

美由紀は王にきいた。「報告書の作成というのは依頼ですか。命令ですか」

「研究所職員である磯村理沙さんには、協力の義務がある。岬美由紀さんは実証データに触れる権限を有しているうえ、さっき自分で協力を申しでた。岬さんを連れてきた芳野さんも、当然ながら支援の役割を担うだろう」

芳野が硬い顔を王大校に向けた。「自由になりたければ指示に従えと、脅してるみたいにきこえますが」

「私はなにも強制していない」王は背を向け、足ばやに立ち去った。

理沙がため息をついた。「強制なのはあきらか。協力が釈放の条件ってこと」

「ったく」芳野が頭を掻きむしった。「気にいらないね。そもそも僕らが拘束される謂れはないんだ。ここ最近の香港の司法はどうもおかしい。中央政府の意向なんだろうな。理不尽に人権が無視される」

美由紀は穏やかにいった。「わたしたちもこうして、実証データをたしかめる機会を得たんだから、そこはプラスに思わないと。報告書の作成が自由につながるのなら、それ以外に選択肢はないし」

「まあね」芳野は身を乗りだした。「でも簡単に実証データの内容を確認できるのか？」

むろん簡単ではない。実証データに関わるＨＤＤは、かなり絞りこんでも三十六基ある。七基で一グループとなる構造だった。最初の七基について、要点を自動抽出させ、モニターに次々と表示させた。脳内神経伝達物質の化学式、マイクロチューブルによる軸索能動輸送の分析図、休止細胞膜電位のグラフ。

理沙が唸った。「このへんはいかにも基礎って感じ。いってみれば脳の作動原理。

細胞膜を通じてイオンが流入して、ニューロンの発火が起きるとの証明」

最終目的はクオリア実存の証明。脳の働きが詳細に解析されて当然だった。神経伝達物質は、ニューロン間の信号伝達を媒介する。マイクロチューブルは神経伝達物質に含まれる分子で、微小管結合タンパク質を細胞体から軸索の先まで運ぶ。発火したニューロンがシナプス結合を通じ、互いに影響しあうことで、多彩なクオリアを生じる。クオリアに関する説明は、ここではそれだけに留まった。

理沙はモニターをメニュー画面に切り替え、次の七基のＨＤＤを選択した。「説明の次の段階となると、だいたい予測がつくね」

映しだされた画像は大脳皮質の地図だった。六層構造の説明もある。ヒトの視覚が赤いろをとらえたとき、脳のニューロンの数か所が同時発火する。青いろの場合、似て非なる数か所の発火となる。聴覚や嗅覚など別の刺激を受ければ、ニューロンが発火する各所の位置も、大きくちがってくる。それらの組み合わせがどんなクオリアを生じさせるのか、丁寧に実験が重ねられたようだ。

理沙はしばし分析図を睨みつけていたが、やがて情けない顔になった。「んー」

芳野がきいた。「どうかした？」

美由紀は気づいたことを口にした。「ニューロンの同期と、クオリア発生の因果関係を求めた実験だけど、結果は芳しくなかった」

「そう」理沙がうなずいた。「スーパーコンピューターをもってしても、どのニューロンの発火がどんなクオリアに結びつくのか流動的。まるではっきりしない」

だがこれは、ただ失敗に終わった実験の記録ではないらしい。あくまで参考として、のちの実証につながるようだ。いったいどのような結論に至るのだろう。

次の七基は電気生理学からのアプローチ、さらに次の七基はシナプス結合の解析だった。ニューロン発火のしきい値について、従来とは異なる数式が提案されている。

そのつづきとなる七基の、最初のＨＤＤは、脳の情報処理の並列性に触れている。いくつかの感覚が並列の関係にあろうと、脳により自然に統合され、ひとつのクオリアを生じる。無限に等しい感覚の組み合わせと、発生するクオリアとの相関関係について、スーパーコンピューターに法則性を計算させている。

これは期待できる。美由紀は核心に近づいた気がした。こんなアプローチの分析に成功した例はない。あまりに複雑すぎて、どの研究機関にも可能にならなかったからだ。だが……。

理沙が嘆きに似た声を発した。「肝心の計算結果は次の一基。つまり持ち去られたＨＤＤ」

美由紀は失意を禁じえなかった。「三十六あるＨＤＤのうち、五番目のグループ、二基目のＨＤＤが盗まれたわけね。そこを飛ばして、次のＨＤＤは？」

画面が切り替わった。意識のアソシエーションと被選択有資格要因、そんな見慣れない記述がある。

複雑なグラフを眺めるうち、理沙が天井を仰いだ。「もう証明が終わってる！」

芳野が妙な顔になった。「どういう意味だ？」

「脳内のニューロン発火が、どんな条件を満たせば意識が宿るのか。解剖学上、脳のどの部位の集合体に意識が生じるのか。どちらも証明済みの前提。一個前の段階がなきゃ、これ以降のデータは無意味」

「じゃあ、まさしく盗まれたＨＤＤこそ要だったのか？」

美由紀のなかに憂いがひろがった。「このＨＤＤではもう、クオリアが人間特有のものだと断定されてる。コンピューターがいかに進化しようとも、けっして心や意識が生じないという、明確な証明がなされたあとみたい」

芳野が面食らったようにぼやいた。「その証明こそ知りたいところじゃないか！」

「そうよね。ニューロンの細胞膜電位ダイナミクスの非線形性が、証明に大きな役割を果たしたようだけど……。前後のデータだけじゃ、ろくに推測もできない」

「まってよ。こんなに膨大なデータがあるのに、そこが抜け落ちてるだけで、なんの役にも立たないって？」

「大脳皮質のニューロンの発火頻度が、一定のしきい値を超えれば意識が出現するって仮説が、奪われたＨＤＤで実証されてる。そこを突破できたのなら、たしかにクオリア実存の証明もなされたと同じ。脳という物体がなぜ意識を持つか、メカニズムが判明したんだから」

「おかしいよ。そんなに肝心なら、ほかのＨＤＤはなんのためにある？　三十番目のＨＤＤだけあればいいじゃないか」

理沙が首を横に振った。「文科省の人ならわかるでしょ。科学における仮説っての は、まず研究における命題と、予想される結論を設定する必要がある。検証可能な仮説について、実験によって正しいか否かを証明する。重要な核心のみを記録したのでは科学的実証にならない。一連の流れがそろってないと」

「なんてことだ」芳野が吐き捨てた。「盗まれたＨＤＤの中身はある意味、人類にとって最も重要な記録じゃないか！」

美由紀は理沙を見つめた。「三十番目のＨＤＤの内容について、知っていそうな人は……？」

理沙の深刻なまなざしが見かえした。「生き残ってるのは所長と副所長だけ」

李所長はノン＝クオリアに連れ去られた。帳副所長は記憶障害。内容をおぼえていたとしても、実証データがなければ科学的証明にはなりえない。それでも帳の記憶に基づき、実験が再現できれば、まだ希望はつながれる。問題は帳がなにもかも忘れている場合だ。実証の糸口は見つからず、秘密のみがノン＝クオリアの手に落ちる。

室内に立つ迷彩服がかしこまった。戸口にまた王家樂大校が立っていた。

王は冷やかな目を向けてきた。「残存するＨＤＤの内容を確認できたようだな。要約し、中国語の報告書に記載してもらいたい」

美由紀はモニターを眺めながら、気のない返事をしてみせた。「簡単じゃありません。重要な部分が抜けてる」

「ほう。そんなに難しいのか」

「ええ、とても」美由紀はゆっくりと身体を起こした。「聖書抜きでキリスト教を語るのと同じですから」

## 9

美由紀と理沙、芳野は中環愛丁堡廣場2号、二十八階建てのビルに身柄を移された。

かつての名はプリンス・オブ・ウェールズビル。香港が中国に返還されるまで、駐香港イギリス軍司令部があった。いまは人民解放軍駐香港部隊の本部だった。ビルの形状は独特で、下層階に括れが設けられている。戦争勃発に備え、敵の侵入を防ぐためだったという。

美由紀ら三人はビル内で、ホテルに似た個室をそれぞれ与えられた。ベッドとクローゼットがあるのみで、テレビはなかった。スマホもいったん没収された。部屋の外の通路は、レストランやバスルームのほか、専用の事務室につながっている。行き来できるのはそれだけの範囲でしかない。ここがビルの何階なのかもわからない。

事務室には三つのデスクが並び、ノートパソコンとプリンターが備えてある。美由紀たちは朝九時から夕方五時まで、報告書づくりを余儀なくされた。むろんパソコンはネットに未接続だった。

研究所は人民解放軍の管理下にあり、いっさいの立ち入りが禁止されているという。コンピュータールームにあった残りのHDDも、すべて地元警察に押収された。美由紀と理沙はメモをとることすら許されず、記憶を頼りに報告書を書かねばならなかった。

文科省の役人が音信不通になっている以上、日本大使館が黙っているはずがない。けれども王家樂大校によれば、芳野による自発的な協力と説明し、大使館から了承を得たという。美由紀や理沙についても同様だった。三人は囚われの身でない、そんな建前になっている。実態が異なろうと、日本政府が抗議しようと、人民解放軍は譲らないにちがいない。

ホテルに置いてあった荷物は、すべてビル内の自室に送り届けられた。服はランドリーボックスにいれておけば洗濯してもらえる。毎晩シャワーを浴び、ベッドで眠れる。いちおう人間らしい暮らしを送ることができた。通路に見張りが立つほかは、フロア内にかぎり自由行動が許された。

四日を費やし、残存するHDDの内容について、概要をまとめ終えた。奪われたHDDにこそ、クオリア実証の要が記録されている、そのように追記しておいた。三人はそれぞれ、ノン＝クオリアの襲撃時に目にしたことを、各自の署名入りで綴った。

むろん美由紀はすべてを明かさなかった。ノン＝クオリアなる組織に関しては、事前に噂を耳にしただけ、そう書くに留めた。ボスフェルト博士と伊瑞穂がＨＤＤを奪った経緯は、できるかぎり詳しく記したものの、見えない戦闘機については伏せた。理沙と芳野にも、書かないよう忠告した。ノン＝クオリアの秘密を知ったと公表したのでは、ふたりの命が危険にさらされる。

完成した報告書は王大校が受けとった。美由紀は王にたずねた。ボスフェルトや李所長の行方、入院中の帳副所長の容体。だが王は、警察が捜査中なのでなにも話せない、そういって立ち去った。

王の表情からはなにも読めなかった。心を偽っているようにも思えない。大校の階級にありながら、王家樂は詳細を知らされていなかった。

翌日、三人の解放が認められた。ただし美由紀と芳野については、即帰国が無罪放免の条件だという。

もうビルの外に日本大使館の職員が迎えにきている、王がそのように説明した。まっすぐ空港に向かう以外、どこにも立ち寄ってはならない、そう厳命してきた。国外追放も同然の扱いだった。

部屋で帰りの支度を整える。レディスのジャケットにタイトスカート、靴はストラップ付きのパンプスだった。ファッションにこだわったわけではない。爪先と踵が硬く、いざというとき蹴りに威力が生じる。靴なら人民解放軍も凶器の所持とはみなさないだろう。

しばらく部屋でまっていると、スーツの男たちが迎えにきた。年齢は二十代後半から三十代。ジャケットやネクタイのいろはさまざまで、一見ビジネスマンを装っているが、全員短髪で鍛えた身体つきを誇る。人民解放軍の制服ではさすがに都合が悪いようだ。あるいは香港警察の私服組か。美由紀は質問しなかった。どうせ回答はない。

理沙と芳野に合流したのち、スーツの群れに囲まれながら、エレベーターホールに向かう。三人とも小ぶりな旅行用トランクを転がしていた。ホテルをチェックアウトした旅行客のようでもある。軍服ばかりがエレベーターを乗り降りするビル内では、ひどく浮いている自覚があった。

一階ロビーも厳粛な空気に包まれていた。制服の警備がいたるところに立つ。来たときにも感じたことだが、照明がやけに暗い。白昼にテロリストが突入してきた場合、目が慣れるのを遅らせるためだろう。人民解放軍の施設に共通する慣わしといえる。

玄関をでて数段の石段を下る。ひさしぶりに外気に触れた。中環の金融街がひろがっている。超高層ビルが林立する近代的な都市の賑わいだった。銀行の看板の下に時計が設置してある。午後一時二十四分。空は曇りがちなものの、ときおり雲の切れ間から陽が射してくる。

車道は混みあい、歩道にも多くの人々が行き交う。迎えに現れたのは、黒眼鏡にスーツの痩せた男性だった。男性は笑顔で近づいてきた。「芳野さん、岬さん。それと、あなたが研究所の磯村さんですね。日本大使館の井田です。空港までお伴します」

芳野が頭をさげた。「わざわざどうも」

「荷物は彼らに預けてください。積んでくれますよ。さあどうぞ。いろいろなことがあってお疲れでしょう。事後処理は私どもにおまかせください」

井田は人民解放軍とおぼしきスーツの集団を、彼らと呼んだ。日本大使館の職員でありながら、現地の軍人と協調できているのか。今回の事件には抗議の姿勢かと思いきや、意外な態度だった。

スマホはまだ返却されない。芳野がそれについて、ぼそぼそと井田にたずねた。空港でかえしてくれますよ、井田はそういった。

マイクロバスが路肩に寄り待機している。井田の案内で美由紀たちが乗車すると、スーツらも荷物を運びいれてきた。前方の窓際の席を指ししめされる。美由紀がそこに座ると、スーツたちが周りに着席した。理沙や芳野も、それぞれ離れた席に追いやられた。狭間にはスーツらが陣どった。

ドライバーは日本人に見えない。美由紀は近くの席にいる井田に話しかけた。「この車両の手配は、大使館がおこなったんですか。それとも人民解放軍ですか」

「ええと」井田は目を合わせなかった。「両方です。共同で」

微笑を保っているが、眼輪筋と上唇挙筋に一瞬、わずかに力が籠もった。美由紀は見逃さなかった。井田の笑顔は偽りだった。内心は恐ろしいほどの緊張に包まれている。

マイクロバスが走りだした。誰もひとことも喋らない。美由紀は芳野を振りかえった。芳野はうつむき、安堵のため息を漏らした。状況を疑ってはいないらしい。

ルート3に乗り、香港島から九龍方面へと海上を渡っていく。橋から見下ろすビクトリア・ハーバーを、何隻もの商業船が航行している。

このままルート8方面に向かえば空港だが、バスは九龍に入った時点で、いったん市街地へと下りた。尖沙咀の雑然とした住宅街に入っていく。

細身の高層マンション群が目につく、閑散とした生活道路で、バスは停車した。理沙が立ちあがる。スーツから荷物を受けとった。疲弊しきった顔で、理沙が美由紀におじぎをした。感慨に満ちたまなざしが見つめてくる。美由紀も小さくうなずいた。

理沙は芳野にも会釈した。大使館職員の井田に付き添われ、バスを降車していく。市街地に寄り道した理由がわかった。彼女はこの辺りに住んでいるらしい。

ドアが閉まるや、バスは急発進した。たちまち速度があがる。美由紀は妙に思った。芳野も怪訝(けげん)そうに窓の外を眺めた。「おい！　まった。井田さんを置いてっちゃったよ」

グレーのスーツが英語で告げてきた。「空港にはわれわれがお送りします」

「そりゃ変だろ」芳野が食ってかかった。「井田さんは空港まで行くといったんだぞ」

美由紀は窓から後方視界を振りかえった。歩道に立つのは理沙と井田だけではなかった。バスの乗員とは別に、屈強そうなスーツの男たちが現れ、ふたりを包囲している。理沙も井田も恐怖にとらわれる反応をしめしていた。

見えたのはそこまでだった。美由紀は近くのスーツに視線を向けた。「停めて」

「不可能だ」スーツの男は美由紀に目もくれなかった。「おまえたちには無がまってる」

芳野が血相を変え、男に問いただした。「無ってなんだよ？」

「文字どおりの無だ。家電の電源が切れるのと同様、脳のニューロン発火にともなう三十五ミリボルトの電位がゼロになる。プラグを抜かれた掃除機は恐怖をおぼえない。おまえたちもなにも感じない」

鳥肌が立つのをおぼえる。研究所を襲撃したSPたちも、表情から心理を読めなかったが、ここにいるスーツらは趣を異にする。まさしく心が虚ろだ。人間らしい情動に欠け、ただコンピューターのプログラミングのように、機械的な思考に徹している。

脳の神経細胞を含む、観測しうるすべての物理的状態について、一般的な人間との識別は不可能。外面的にもふつうに振る舞うものの、行動は意識や感覚に裏打ちされず、なにも感じていない。すなわちクオリアを持たない、いわゆる哲学的ゾンビ。

美由紀はつぶやいた。「ノン＝クオリアね」

芳野がひきつったように怯える声を発した。車内のスーツがいっせいに、同期したロボットのごとく、瞬時に動きだしたからだ。全員がスーツの下から拳銃を抜いた。

だが美由紀は先んじて動きだしていた。片方の靴を脱ぎ、前方のドライバーの後頭部めがけ、力いっぱいに投げつける。靴の硬い爪先が、太刀の突きのごとく、ドライバーのうなじを直撃した。ステアリングを握ったままドライバーがのけぞる。バスは大きく傾きながら旋回した。スーツらが体勢を崩し、車内中央の通路に倒れこんだ。バスは横転寸前まで傾斜した車内を、美由紀は運転席へと疾走した。途中で靴を拾い、右手にグローブのごとく嵌める。振りかえったドライバーが水平振りしてきたナイフの刃を、美由紀は靴底で受けた。ドライバーがぎょっとする反応をしめす。美由紀はこぶしを固め、ドライバーの鼻柱を痛烈に殴打した。

背後で芳野の声が飛んだ。「岬さん！」

芳野は座席の背にしがみついていた。スーツらが体勢を立て直し、拳銃で芳野を狙い澄ます。

美由紀はとっさにステアリングを大きく切り、ドライバーの靴の上からアクセルペダルを踏みこんだ。車体の速度が上がるとともに、旋回がごく小さくなった。急激に傾斜角度が深くなり、車両は横倒しになった。

大地震が発生し、縦揺れが突きあげた瞬間に酷似する。それほど強烈な衝撃が襲う。砕け散ったガラスの破片が無数に宙を舞った。いまや床となったバスの側壁に、芳野が投げだされた。ただし座席の背にしがみついていたぶん、ダメージは少なそうだった。スーツの群れはそうもいかない。拳銃をかまえた男たちは、手が塞がっていたためだろう、そろって派手に転倒した。

美由紀は手に嵌めた靴を前方に投げ、駆けだしながら片足を滑りこませた。靴を履くためのタイムロスはゼロに等しかった。美由紀は猛然と突進し、起きあがりかけたグレーのスーツに、跳躍しながら膝蹴りを見舞った。美由紀の膝は敵の顎を撥ねあげた。宙に浮いた拳銃をすかさず奪った。

握った感触がてのひらに伝わる。太いグリップで92式手槍とわかった。防衛大で習った。中国人民解放軍の標準装備、見た目はH&KのUSPに似ているが、ベレッタM8000と同じロータリーバレル式ショートリコイルだった。

つづけざまにトリガーを引いた。数発で反動が手に馴染んだ。約二秒間、銃を向ける寸前のスーツらを次々に撃ち倒す。急所は極力外し、絶命までは至らしめまいとした。

車内の敵は全員が突っ伏した。美由紀は芳野の腕をつかみ、前方へと走った。車体両側の窓は現状、天井と床にある。脱出口はすでにガラスの砕け散った、吹きさらしのフロントウインドウしかない。

失神したドライバーを踏み越え、ふたりで車外に飛びだした。本来は静けさの漂う住宅街のなかだが、すでに野次馬が集まりだしている。

前方で銃声がした。井田が路面につんのめり、それっきり動かなくなった。悲鳴をあげる理沙を、三人のスーツが連行する。行く手を阻もうとした地域住民を、褐色のスーツが無慈悲に銃撃した。野次馬が絶叫とともに逃げ惑いだした。

美由紀は走りながら芳野に怒鳴った。「通報して！」

スーツ三人のうちふたりが拳銃ごと向き直る。しかし美由紀は先制して発砲し、ふたりの肩を一発ずつ撃ち抜いた。ふたりが苦悶の呻きを発し倒れこむと、最後に残った褐色のスーツが、理沙を盾にし背後に隠れた。拳銃を理沙のこめかみに突きつける。

美由紀は日本語で理沙にいった。「真後ろにそいつの顔がある。頭突きして！」

理沙がためらいをのぞかせたのは一瞬だけだった。歯を食いしばり、頭を思いきり背後に振った。鈍い激突音が響き、褐色のスーツは上体を反らした。理沙も両手で後頭部を押さえながら、痛そうにうずくまる。

隙が生じた。美由紀は褐色のスーツに挑みかかった。だが敵も踏みこみ、間合いを詰めるや前蹴りを浴びせてきた。美由紀の右手にあった拳銃が弾かれ、遠くに飛んだ。敵が拳銃をかまえようとする。美由紀も掌打を矢継ぎ早に放ち、狙いが定まるのを防いだ。それでも敵の拳と手刀が連続して見舞われる。耳鳴りとともに激痛が走り、美由紀は片膝を突いた。いまにも俯角に銃撃を受けようとしている。

理沙の声が呼びかけた。「岬さん！」

投げつけられた拳銃を美由紀の右手がつかんだ。ひるんだ褐色のスーツの膝をすかさず撃つ。敵が叫び声を発し、路上に転がった。

そのときエンジン音が近づいてきた。地域住民らの悲鳴があがる。兵員輸送用トラック、人民解放軍の特殊車両だった。アサルトライフルを手にした迷彩服が続々降り立つ。

美由紀は理沙の腕をつかんだ。「走って！」

芳野がどこにいるのかはわからない。井田は絶命したにちがいない。いまは理沙を連れ、この場から逃走する以外になかった。ガードレールを乗り越えるや、雑草が生い茂る斜面を駆け降りる。この辺りは横浜(よこはま)の住宅街に似ている。いたるところに斜面があり、宅地造成もRC擁壁に支えられている。

下り坂に足がとまらなくなり、何度となく前のめりに転倒しそうになった。バラック小屋ばかりが連なる村落にでた。すると理沙が逆に美由紀の手をとり、先導して走りだした。

村落から雑木林に飛びこみ、また別の村落にでる。さらに坂を下った。上空が雲に覆われつつある。太陽の位置がわからない。方角も曖昧(あいまい)になってきた。

ところが坂を下りきり、トタン板の狭間(はざま)を抜けると、ふいに賑(にぎ)わう路地にでた。古びた漢字の看板が頭上を埋め尽くす。露天商や屋台が雑然とひしめき、路上を占拠する。一帯が多くの買い物客でごったがえす。ネイザンロードを北上した、香港ローカルの繁華街、油麻地(ヤウマーティ)だった。

人混みに紛れ、しばし歩いた。警官の制服を見かけるたび、ふたりはしめしあわさずとも進路を変えた。いくつかの角を曲がるうち、追っ手はいない、ようやくそう信じられるようになった。

雑踏を外れ、露店の狭間の塀に、ふたり並んでもたれかかる。理沙は息を切らしていた。美由紀は絶えず警戒の目を辺りに配った。

理沙が泣きそうな声できいた。「警察に駆けこむ?」

「意味がない」美由紀はささやいた。「司法が敵にまわった。わたしたちは逃亡者の扱いを受けてる。目撃者も多いだろうし」

「どうすればいいの」理沙がすがるようなまなざしを向けてきた。「なんでこんなことに」

「スマホかえしてもらった?」

「いえ……。そういえば没収されたまま。岬さんは?」

「わたしも」

「絶望的」理沙がうっすらと目に涙を浮かべた。「どこにも連絡できないなんて」

そうでもない。スマホを持っていないのは幸いだった。現在位置を割りだされずに済む。

辺りは騒々しいが、かすかにサイレンの音をききつけた。油麻地から少し離れた場所を、パトカーが通行する。理沙がその音に気づいたようすはない。だが美由紀の聴力は、選択的注意により研ぎ澄まされていた。

「行きましょ」美由紀は理沙の手を引いた。

理沙が戸惑いがちに、震える声でたずねた。「行くって、どこへ?」

「まだわからない」美由紀は人混みを掻き分け、ひたすら歩きつづけた。「でもここに長くは留まれない」

10

七十四歳の久保谷俊充総理は衆議院本会議場にいた。

国会議事堂は二階から三階までが吹き抜けになっている。ステンドグラスからの採光は、時間とともにやや陰ってきたが、天井の蛍光灯が扇状の議席を照らす。場内を埋め尽くす議員の顔ぶれもいつもと変わらない。ただしきょうはぴりぴりとした空気が充満している。香港の国際クオリア理化学研究所への武装襲撃について、野党議員のひとりが質問に立った。

　議長席のわきに並ぶ国務大臣席、中央寄りが総理の定位置だった。久保谷は議員の声をきき流しながら、質疑応答に備え、官僚から渡された紙に目を落とした。野党がなにをたずねるか、総理はどう答えるか、すべて事前にきめられている。衆議院本会議は、いわば国民に議員のやりとりを見せるだけのショーだった。夕方五時、ニュース番組の放送開始までに、このどことなく茶番じみたショーも終わる。

　F－70空爆による傷が、少しずつ癒えつつある矢先、またしても厄介な事態が生じた。現地には岬美由紀がいたという。警視庁公安部外事課の伝えるところによれば、元自衛官としての正当防衛について、香港警察が暫定的に認めたらしい。ひとまず帰国の許可が下りた、その報せにほっとさせられる。

　それにしても高名なエフベルト・ボスフェルト博士が、なぜテロ襲撃に加担したのか。総理官邸から国連に問い合わせたものの、いまだ情報が錯綜している。オランダ国家警察は、ボスフェルト博士の妻子に事情をきいているようだ。

　海外に目を向ける余裕はさほどない。国内問題が依然深刻なせいだった。各都市の復興については、国際的な支援を受けられるがゆえ、まだましといえる。問題は賦句徳島の核爆発により、自衛隊の戦力が大幅に弱体化したことにある。護衛艦やミサイル艇の多くが海に沈んだ。航空自衛隊機の被害も甚大だった。

戦力の補充が完了するまで、在日米軍がバックアップを約束したものの、空母一隻の常駐では不充分に思える。なにより頭が痛いのは予算の問題だ。防衛費が過剰に膨らみすぎている。東日本大震災、コロナ禍、F－70空爆。相次ぐ国家的危機に財政が逼迫(ひっぱく)しつつある。

にわかに本会議場が騒然となった。SPの群れが駆けこんでくる。それぞれが大声で呼びかけた。「退避願います！　全員退避！」

議員らがなにごとかと辺りを見まわす。久保谷総理はそれ以上、本会議場のようすを観察できなかった。SPたちが迅速に久保谷を囲んだからだった。

屈強な肉体をスーツに包んだ面々が、隙間なく盾となり、久保谷ひとりを守る。馴染(なじ)みのSP、土居(どい)がいった。「お立ちください。われわれが誘導します」

久保谷は腰を浮かせた。「なにがあったんだ」

「いまは避難が先です。走れますか」

「だいじょうぶだ」久保谷がうなずくと、SPの集団が移動を開始した。久保谷のペースに合わせ、本会議場から廊下へと、ひとかたまりになり駆け抜ける。

国会前庭を望む窓の連なる廊下だが、久保谷には周りが見えなかった。ひたすらS

Pらとともに走った。こういう場合でも息が切れないていどに、ふだんから基礎体力づくりを義務づけられている。それでも心臓が激しく波打つ。むろん突然のランニングのせいばかりではない。

SPの土居が走りながらいった。「ホワイトハウスに武装勢力が侵入しました。中国の人民大会堂も制圧されたようです」

「なんだと!?」久保谷は愕然とした。「いつの情報だ?」

「つい先ほどです。各国政府機関が同様の攻撃を受けている模様です。いずれの国でも、領空侵犯等の報告もなく唐突に……」

周りをSPに囲まれているため、久保谷は依然として状況を視認できなかった。前方のSPらがいきなり立ちどまった。久保谷は背にぶつかりそうになった。なんらかの脅威に遭遇したのか、誰もが怒鳴り声を発しながら拳銃を抜いた。

銃声が矢継ぎ早に耳をつんざいた。久保谷は血飛沫をもろに浴びた。SPらがたちまちくずおれた。土居は最期まで盾となり、廊下の行く手に発砲していたが、ほどなく撃ち倒された。

心臓が凍りついた。足もとに累々と死体が横たわる。久保谷のみを避け、SP全員を射殺した。なんという射撃の腕だ。久保谷はひとり立ち尽くしていた。

視界が開け、廊下の先が目に入った。宇宙服のようなボディアーマー姿の兵士たちが群れている。見たこともない重装備だった。アサルトライフルの銃口はいずれも、久保谷をまっすぐ狙い澄ましている。

久保谷は両手をあげた。視界の端になんらかの動きをとらえた。窓に目を向けたとき、さらなる衝撃が全身を包みこんだ。

上空に航空機は見あたらない。にもかかわらず無数の兵士が空中に出現しては降下してくる。いまや空は幾千ものパラシュートに埋め尽くされていた。国会議事堂の玄関前庭、噴水の周辺に空挺部隊が降り立つ。兵士らは頑強そうなボディアーマー揃いだった。衛視たちは容赦のない銃撃にさらされ、次々と突っ伏していった。

ボディアーマーらが廊下を久保谷に歩み寄ってくる。久保谷は両手をあげたまま、投降を選ぶしかなかった。なんという地獄だ。国家の危機どころの騒ぎではない。

## 11

午後三時すぎ、薄日はまだ曇り空の高いところにある。

美由紀は理沙とともに、油麻地の外れにある裏路地の雑踏に紛れていた。幸いふたりとも財布を携帯している。露店で串刺(くしざ)しの魚蛋(ユーダン)を買った。食は進まないが、露店のわきにある狭い飲食スペースに隠れられる。

背もたれのない椅子で肩を寄せ合い、ただぼんやりと行き交う人々を見上げる。老朽化したビルとぼろぼろの看板、真新しい高層ショッピングモールが同居する下町だった。ショッピングモール外壁の大型ビジョンに、ミュージックビデオとニュースが交互に流れる。画面は人混みの向こうに垣間(かいま)見えるだけだが、この騒々しさのなかでも、音声はよくきこえる。

理沙は口をつけていない魚蛋の串を眺め、つぶやくようにこぼした。「指名手配、まだされてないね」

目を赤く泣き腫(は)らしているものの、いまはもう涙は浮かばない。精神的な衝撃があまりに強すぎ、反動で感情が空っぽになった、そんな状態に見える。理沙は住宅街のアパートにひとり暮らしだが、そこには帰れない。人民解放軍か警察の待ち伏せが、ないと思うほうがおかしい。

ニュースは尖沙咀で起きた銃撃事件を報じていた。ただし犠牲者の有無については触れなかった。国際クオリア理化学研究所襲撃事件との関与が疑われる、キャスターはそう述べるに留(とど)めた。

指名手配は時間の問題に思える。いまにも大型ビジョンに美由紀と理沙の画像が映しだされる、そう覚悟をきめていた。ここにいたのでは追い詰められると知りながら、狭い香港のどこにも逃れようがなかった。

　ところがいつまで経っても、ふたりの名は報じられない。美由紀はささやいた。

「おかしい。たぶん司法がまともに機能してない」

「え？」理沙が茫然と辺りを見まわした。「だけど、世のなかはなんの変わりもない。治安はちゃんと維持されてるよ」

　たった二時間足らずでは、軍や警察が正しく機能しつづけているか、真の評価を下すのは難しい。半年前、ミャンマーの国民は夜明けを迎えるまで、国軍のクーデターによる政権奪取に気づかなかった。

　理沙は視線を落とした。凍えるように身体を震わす。いまだ強い恐怖にとらわれているらしい。不安げに理沙がこぼした。「あれがノン＝クオリア……」

「そう」美由紀は小さくため息をついた。「研究所が認識してたようなカルト集団とはちがう」

「冷たい。感情がないみたい」

「実際に人間性が欠如してるの。社会に溶けこむために、うわべだけはふつうの人間っぽく振る舞うけど、あくまで条件反射的な見せかけにすぎない。疑似AIのプログラミングみたいなもの。メンバーは全員が哲学的ゾンビだし」

「哲学的ゾンビって……。思考実験用に考えだされた架空の存在でしょ」

「それを本当に赤ん坊の段階から育成してる。十歳までマリーの部屋に閉じこめたのち、クオリアを生じなかった人間だけを選抜することで」

「現実にマリーの部屋が作られてるの？　そこで育って、クオリアを生じる子供もいる？」

「いるってきいた。可哀想な運命がまつだけだけど」

「それが本当なら、クオリアの実存は証明済みってことね」

「生得的な感覚質の総称をクオリアと呼ぶなら」美由紀は憂いとともにいった。「でも学会には発表しようがない。どんな専門機関も認めない。人権を無視しすぎてる」

「そんなことをしなくても実証できる。研究所が世に知らしめる寸前だったのに」

「クオリアの実存が国際社会の常識になったら、ノン＝クオリアは信念を失う。あいつらはそんな事態を恐れ、研究所からデータを奪った」

「ああ」理沙は辛そうに両目を閉じた。「ノン＝クオリアってなんなの。クオリアを否定して、なにが狙い？」

ノン＝クオリアは一種の宗教だ。信仰が何者によって、なにを目的に始まったかを定義づけるのは難しい。小規模集団にすぎなかった当初、なんらかの教義に心の拠りどころを求めた、そこに端を発したと解釈するしかない。

美由紀は虚空を眺めた。「ノン＝クオリアは母なるものに導かれてるらしいけど、それがなんなのかわからない。実体のない伝説的存在にすぎないのかも」

「でもボスフェルト博士までがノン＝クオリアだったの？　あんなに高名な専門家が……」

見抜けなかった。ボスフェルトの表情から、あるていど内面に触れられた気がしたが、あれは錯覚にすぎなかったのか。疑似ＡＩのごとく、心があるように見せかけるだけの思考回路を、脳内に構築済みなのかもしれない。虚無を悟らせなかった時点で、ノン＝クオリアのメンバーとしては新種と呼べるのだが。

理沙が目を開いた。力なくつぶやきを漏らす。「脳がなぜ苦しみを生むか、さんざん研究したところで、不安からは逃れられない。心細い。怖い。孤独。お母さんやお父さんに会いたい」

「ご両親は日本？」

「福島の実家にいる。わたしはひとり上京して大学に入ったの」

「研究所に採用されたんだから、大学院の医学専攻博士課程を修了してるのよね」

「いちおう脳神経医学の……。高磁場MRI研究所に二年勤めたけど、論文が認められて、国際クオリア理化学研究所に誘われた。こんなに素晴らしい職場はないって思ってたのに」

「でも長く勤める気はなかった。恋人がいるでしょ、日本に」

「……なんで知ってるの？」

最初に会ったときから気づいていた。研究所では理沙の口角の上がりぐあいを見てとった。楽しそうで前向き、人への思いやりもある。経験上それらは、結婚を間近に控えた女性に特有の明るさだとわかった。

理沙は表情をわずかに和ませた。「相手も医学博士で、東京の精神医学研究所勤務。出会いの少ない職場だから、学会で意気投合して、そのままつきあいだして……。わたしも帰国する決意を固めたの」

「近いうちにいまの職場を辞める予定だったのね」

「クオリア実存の証明が発表されれば、旅立ちのいい思い出になると思ってた。研究チームのメンバーじゃなかったし、助手にすぎなかったけど」

理沙の言葉に嘘偽りはない。内面が手にとるようにわかった。明るい未来を確信したぶんだけ、いまは途方もない失意にとらわれている。だが理沙は現実主義者でもあった。取り乱すことにはなんの意味もない、そう現状を理解している。美由紀と行動をともにすることに意義を見いだしてくれた。

音楽がふいに途絶えた。大型ビジョンの映像が、唐突にニュースに切り替わった。キャスターの広東語が急きこむようにいった。「臨時ニュースをお伝えします。北京市の天安門広場西、人民大会堂に武装勢力がなだれこみ、人民代表大会を開催中の議事堂内を占拠しました」

通行人らの足がとまる。ざわめきながら大型ビジョンを見上げた。美由紀も立ちあがった。

ニュースでよく目にする、広大な議事堂が映っていた。日本の国会議事堂とは比較にならない規模を誇る。一万席を備える大会議場に共産党の代表らがひしめきあっている。国家主席や首相の姿もあった。いつも冷静沈着な高官らが、いまは狼狽をあらわにしていた。演壇や通路に突入してくるのは、ずんぐりしたフォルムのボディアーマーの群れだった。

美由紀のなかに衝撃が走った。土偶に似た甲冑、銃弾をも粉砕する特殊素材。装備はアサルトライフルG36。研究所を襲ったノン=クオリアと、まったく同一の部隊だった。

ボディアーマーが銃撃を開始した。音声はない。制服の警備兵らを無残に射殺する。大型ビジョンを見上げる群衆がいっせいにどよめいた。そのせいでキャスターの声がきこえなくなった。

映像が切り替わった。夜間、ワシントンのホワイトハウス前の映像だった。敷地内で激しい爆発が巻き起こる。芝生の庭は荒れ果て、噴水も薙ぎ倒された。ボディアーマーが続々と空中に涌いてでる。庭の陥没ぐあいから、見えない戦闘機が着陸中とわかるものの、なにも知らない人間からすれば超常現象も同然だろう。四方八方に銃撃しながら、ボディアーマー部隊がエグゼクティブ・レジデンスに突入していく。米軍のヘリが撃墜されたのか、残骸がアイゼンハワー行政府ビルに突っこみ、激しく燃え盛っていた。

インビジブル性能のアンノウン・シグマから降り立つボディアーマーが、続々とホワイトハウスに乗りこむ。軍の武装兵が応戦するが、まるで歯が立たない。

キャスターの声が興奮ぎみに告げた。「ご覧いただいているのはアメリカのホワイトハウス、現在の映像です。現地時間午前三時、ホワイトハウスも大規模武力攻撃に遭いました。大統領一家はなかにいると思われますが、安否はわかっていません。おまちください、ただいま入りました情報です。ロンドンのダウニング街十番地、モスクワのクレムリンでも同様の事態が……」

画面がフリーズし、ブロックノイズがひろがった。ふいに暗転したのち、新たな映像が表示された。

ニュース番組とは異なる、いろ褪せた画質だった。定点カメラが居並ぶ甲冑の群れをとらえる。球形のフルフェイスヘルメットが頭部を覆い尽くす。ボディアーマーの一体が進みでた。

抑揚のない広東語が、やけに明瞭に反響した。「きょう世界の秩序は根底から変異した。人類のあらゆる活動は新たな価値観のもと、徹底した統制と管理の下に置かれる。従来の国家制度による立法や行政、司法に委ねられた社会構造は消滅する。われわれの指導をまて」

立ちあがった理沙がうろたえだした。「いったいなにが起きてるの？」

「しっ」美由紀は理沙を手で制した。

画面のなかのボディアーマーがつづけた。「国家という枠組み、権力者による統治、いずれも失われる。貨幣経済も終焉する。警告しておく。おまえたちに自由などない。民主主義や人権といった偽りの概念を捨て、ただ人間本来の白紙の価値観に立ちかえり、われわれの指導をまて。従来の治安維持機能が失われようと、暴動など反社会的行為は、われわれが厳しく制圧する」

群衆はこれが圧倒的な武力によるテロと気づいたらしい。路地はにわかに騒然となった。避難しようとする人々が、こぞって脇道に殺到しだした。露天商も店じまいに追われている。

香港の下町の一角ですらこのありさまだ。いま地球規模でどれだけの混乱がひろがっているか、とても想像がつかない。

美由紀は焦燥に駆られていた。メフィスト・コンサルティングはなにをしている。長年の抗争に決着がついたのか。メフィストはノン＝クオリアの軍門に下ったか、または全滅させられてしまったのか。

周りで群衆がパニックを起こしている。異常ともいえる喧噪のなか、理沙が切実にうったえてきた。「どうすればいいっていうの」

ノン＝クオリアの信条はクオリアの否定だ。ボディアーマーに身を固めた兵士たちも、クオリア不在の前提あってこそ、躊躇なく人間性の欠落した行動理念に従属する。クオリア実存の証明を、ノン＝クオリアの中核となる面々は恐れた。奪われた実証データを公にできれば、兵士らの目を覚ましうるかもしれない。

美由紀は理沙を見つめた。「実証データのコピーはどこにもないの?」

「ない。コピーなんて所長以下、研究メンバーの全員が許さなかった」理沙はなにかを思いついた顔になった。「あ、だけど……」

「なに?」

「クオリア実存の証明とは関係ないけど、過去の脳神経学の医療実験記録は、深圳(しんせん)の第二研究所にバックアップがあるってきいた」

「第二研究所があったの?」

「深圳市は外資誘致と通関優遇措置を重要政策にしてるでしょ。地価も香港より安いから、将来的にはそちらへ研究所を移す予定だったの。わたしの立場では、詳しいことはなにも知らされなかったけど」

「そこにクオリアの実証データもあると思う?」

「ないはずだけど……。本当のところはわからない。所長や副所長の主張が正しければ、コピーは存在しないことになる。でも第二研究所は将来の移転先でもあるし、なにより実証データはとんでもなく重要だし」

深圳市は香港の新界(しんかい)と境界を接する、中国広東省の経済特区だ。北京や上海、広州(こうしゅう)とともに、中国の四大都市のひとつに挙げられるが、土地にはまだ開発の余地が残る。

香港から深圳に研究所を移す計画は、極めて現実的だった。重要な実証データの移管について、所長らが極秘に実行した可能性もある。

美由紀は理沙にきいた。「深圳のどこかわかる?」

「そこまでは……。スマホには記録してあったけど、没収されちゃったし。住所もいちどは見たはずだけど、思いだせない」

忘却した記憶なら回復できるかもしれない。美由紀のなかに昂ぶるものがあった。

「香港から深圳へはふつう、MTR東鉄線で終点の羅湖へ行き、イミグレーションを抜けるんだけど……」

理沙が首を横に振った。「秩序が崩壊して、列車なんか動く? お金が使えるかどうかもわからない。働く人がいるかどうかも」

そのとおりだった。なによりイミグレーションが正常に機能するか疑わしい。出入国管理など真っ先に停止するだろう。

「だけど」理沙がいった。「深圳空港の福永フェリーターミナルに向かう航路はあるはず。出入国管理がなくなったら、無許可で深圳に船をだす人がいてもおかしくない。向こうに実家があるとか、あるいは家族を迎えに行くために」

充分にありうる。美由紀は理沙の手首をつかみ、路地の混乱のなかに踏みいった。

「迷ってられない。行こう」

　このところ世界の秩序は乱れていた。国連が頼りなさを露呈して久しい。だがまさか国家という枠組みまで崩壊するとは予想もしていなかった。いまが人類にとって最大の危機だろう。たったふたりでなにができるというのか。それでも手をこまねいてはいられない。

## 12

　尖沙咀周辺のおもな道路は渋滞し、歩道にも荷物を抱えた人々があふれていた。交差点に信号無視の車両がかまわず進入し、さかんにクラクションが飛び交う。それでもパトカーを見かけない。警察官まで職務放棄してしまったのか、あるいはノン=クオリアの襲撃から政府総部を守るべく集結中なのか。

　常軌を逸した混乱のなか、美由紀は理沙とともに油麻地から南東をめざした。土地勘のある理沙の案内で、路地裏を次々と抜け、黄埔(こうほ)駅方面へと向かう。距離にして一・五キロていどのはずが、延々二時間近くも人混みを掻(か)き分け、死にものぐるいで先を急ぐ。

紅磡のフェリー埠頭に着いたものの、一帯は狂乱に包まれていた。群衆が隙間もないほどひしめきあい、もがきながら桟橋へと押し寄せる。数隻のフェリーが横付けしているが、出航するかどうかも疑わしい。港を囲むように建つ高層マンション群のうち、数棟が停電状態なのか、窓明かりが皆無だった。埠頭の外灯も大半が消えている。インフラさえ徐々に削られつつある。

商業施設は軒並みシャッターが下りていた。いくつかのシャッターはこじ開けられている。略奪が始まった。店を襲うのはアジア人ではなく白人の男たち、着衣からすると貧困層のようだ。香港にはあらゆる移民が流入している。どこの国から来たか知らないが、行動にはまるで遠慮がない。制止を呼びかける店主らしき男性に、殴る蹴るの暴行を加える。ここにも警察官は見あたらず、暴動にいっそうの拍車がかかっている。

美由紀のいる位置から店先までは、わずか数十メートルの距離だが、人混みのせいで身動きがとれなかった。流血沙汰が起きているのに、駆け寄ることさえ困難だった。ふいに火薬の弾ける音が響いた。ここに来るまで、爆竹を破裂させる悪戯に何度か驚かされた。だが今度の音はちがっていた。乾いた銃声だった。

暴行犯の白人がのけぞり、ばったりと後方に倒れた。シャツの胸部から鮮血が噴出する。ほかの白人らが慌てふためき逃走を図った。しかし銃撃はなおもつづき、容赦なく略奪者たちの背に弾を食らわせる。白人らは次々と突っ伏していった。

群衆の向こうに甲冑の集団が見える。どこから現れたのか、ボディアーマー部隊が波状に押し寄せる。全員がアサルトライフルを乱射していた。白人たちは蜘蛛の子を散らすように逃げだした。だがボディアーマーは群衆を薙ぎ倒しつつ、略奪者らを力ずくで追いまわす。行く手に無関係の人間がいようが、かまわず発砲する。

埠頭を埋め尽くす人々の発する、甲高い声の響きは、もはや悲鳴どころではない。まさしく絶叫だった。ひどく取り乱した大群が雪崩を打ち、フェリー桟橋へと殺到していく。美由紀は四方八方から圧迫された。半ば将棋倒しになりかけ、地面に手がついた。

足もとにゴルフボール大の蛍光色の球が転がっていた。拾ってみるとカラーボールだとわかった。万引き犯に投げつけ、命中すれば広範囲にペンキが付着する。どこかの店主が投げたものの、破裂しなかったのだろう。暴動の初期のできごとにちがいない。平和な時代の名残だった。いまはもうカラーボールなど、なんの意味も持たない。

群衆に抗いきれず桟橋方面へと押し流された。理沙の声が耳に届いた。「岬さん！」

美由紀は理沙の手首をつかんだ。「離れないで!」

将棋倒しが頻発するなか、急流に呑まれたかのごとく、たちまち埠頭の先へと運ばれていく。フェリーへの乗船が進んでいるのだろうか。

そんなはずはなかった。桟橋に近づいたとき、美由紀は現実をまのあたりにした。追い詰められた人々は埠頭から弾きだされ、続々と海に転落している。わめき声や叫び声が絶え間なくこだまする。

ノン=クオリアは宣言どおりに行動していた。治安維持のための実効支配を辞さない。不測の事態ではなかった。諸外国のなかに、いまだ主権を維持できている政府がどれだけあるか、まるでさだかではない。だがもはや束になっても、ノン=クオリアには対抗できないだろう。世界がこうなる以前、ミャンマーで国軍が市民を虐殺していた。他国はなにもできなかった。

美由紀と理沙は、いまや埠頭の縁ぎりぎりにいた。背後の海面に転落した人々の水柱が立った。このままでは間もなくふたりとも同じ目に遭う。

フェリーのみならず、係留中の船のほとんどに、人の群れが蟻のように集っていた。出航の見込みが立たずとも、ほかに行き場がないからだろう。船体の側面にしがみつく者もいる。数隻は重さのせいで船体が傾き、半ば転覆しかけていた。

そんななか、なぜか誰も寄りつこうとしない船があった。全長十五メートルほどの漁船だった。木板を貼り合わせたボロ船ではあるが、後付けのトロールウィンチは真新しく、航行不能なスクラップではないとわかる。係留のロープがほどかれ、船体が埠頭から離れだしていた。それでも飛び移ろうとする人々が躊躇をしめす。

理由は船上を見れば一目瞭然だった。操舵室はない。甲板上に設置された舵を奪おうと、ふたりの白人が暴れている。ナイフや鉄パイプを振りかざし、船員を次々と海に投げこんでいた。

見過ごせない行為だ。美由紀は理沙にいった。「つかまって」

理沙がしがみついてきた。美由紀は理沙の腰に手をまわし、しっかりと抱きかかえると、埠頭から跳躍した。ふたりとも漁船の後部甲板上につんのめり転がった。

美由紀は跳ね起きるように立ちあがり、船体中央の操舵系に走った。白人ふたりのうち、スキンヘッドにタトゥーをいれた巨漢が向き直る。舌なめずりをしながらナイフを繰りだしてきた。

太刀筋は一瞬で見切った。美由紀は八卦掌のフットワークで両脚を交差させ、振り向きざま間合いを詰めた。ナイフの突きをわきに受け流し、手の甲で敵の腹部をしたたかに打った。巨漢はもんどりうって倒れ、ナイフが手から飛んだ。

別の白人が鉄パイプを振るってきた。美由紀はすかさず身を翻し、勢いよく旋風脚を見舞った。踵に強い衝撃を感じる。白人は海に放りだされた。

船上に残っているのは、年老いた船長らしきアジア人男性と、甲板に横たわる白人の巨漢のみだった。美由紀は広東語でアジア人男性にいった。「もう心配ありません」

甲板にひざまずき、巨漢を助け起こそうとする。スキンヘッドの白人は失神していたらしい、頭を振りながら美由紀を見あげた。

ところがそのとき、理沙の叫ぶような声がきこえた。「岬さん、後ろ!」

はっとして振りかえる。アジア人男性が拾ったナイフを振りかざしていた。血走った目が見下ろす。美由紀を略奪者の仲間と思ったようだ。

とっさに逃れようとしたが、巨漢が起きあがり、美由紀に抱きついてきた。身動きがとれない。男性が銀いろの刃を振り下ろす。

だが刃先が美由紀に達する寸前、銃声が轟いた。男性の胸に血飛沫があがった。フルオート掃射を食らい、男性は後方に吹き飛ばされ、船外へと落下していった。

白人の巨漢は臆したように美由紀から離れ、みずから海に飛びこんだ。

埠頭は騒然となっていた。ボディアーマー部隊が群衆を掻き分け、海辺に迫りつつある。銃撃したのはそのなかの数体だった。アサルトライフルでこちらを狙い澄ましてくる。

美由紀は操舵系にしがみつき、左手で一気にレバーをいれた。エンジンがけたたましく唸り、船体が急発進した。背後で理沙が甲板を転がる。理沙が船尾から落ちないよう、美由紀は右手でハンドルを回した。船体を横方向に傾斜させ、理沙の転がる方向を変える。

アサルトライフルによる掃射が、船体の木板を粉砕し、無数の破片を飛散させる。旋回してばかりはいられない。美由紀は逆方向にハンドルを回すや、アクセルレバーを全開にした。

漁船は海上を滑るように走りだした。フルパワーで埠頭から遠ざかる。狙撃を回避するため、ハンドルを左右に切り蛇行した。

なぜか致命的な被弾がない。敵の銃撃は威嚇発砲に近かった。暗視力を有するノン＝クオリアが、どうして命中させられずにいるのか。埠頭の銃火が背後に遠のいていく。

銃声が小さくなり、エンジン音に掻き消されるようになった。物理的に弾が届かない距離に達した。

美由紀は船を減速、停止させた。いったん操舵系を離れ、船尾へと駆けていった。

「理沙さん！」

木片と埃が堆積するなか、理沙がうつ伏せている。その顔がゆっくりと上がった。茫然とした面持ちが美由紀を見つめた。

理沙の震える手を、美由紀は両手で包みこむように握った。静寂のなか、理沙のまなざしが海上を眺めた。美由紀もその視線を追った。

墨汁で満たしたような、どす黒い海原が波打っている。空も海も光を失っていた。まるで死後の世界だ、美由紀はぼんやりとそう思った。だがあいにく生きている。安らぎは遠い。生き地獄はおそらく、本当の地獄より辛い。

## 13

コンパスと海図は、操舵系の下の収納庫から見つかった。夜明けはまだ遠く、海上には闇ばかりがひろがる。

美由紀は漁船の速度を落とした。できるだけ静かに航行する。エンジン音が七十デシベルを超えた場合、かなり遠方からでも探知される恐れがある。陽が昇るまでに深圳に着ければそれでいい。珠江三角洲のなかを、ゆっくりまわりこんでいくだけだ。

動力の発するノイズを最小限に抑える。そのせいで理沙のすすり泣く声も耳に届く。

美由紀は操舵系のわきに目を向けた。理沙は甲板にしゃがみこみ、両手で顔を覆っている。

美由紀はアクセルレバーを操作し、いったん推進力をゼロにした。揺れる船体に打ち寄せる波の音だけが、かすかに耳に届くようになった。美由紀は理沙の近くにひざまずいた。「心配しないで。わたしはいつも一緒にいるから」

カウンセリングの場では、勇気づける言葉は逆効果だとされる。しかしいまはあまりに特殊な状況だ。戦時下よりもはるかにひどい。従来の秩序がなにもかも失われ、生きる保障さえも剝奪されつつある。乗りきるには心を強く持つよりほかにない。

理沙の顔がわずかに上がった。暗がりのなかでも、涙がかすかな光を帯び、滴り落ちるのが見てとれた。

静けさの漂うなか、理沙がささやいた。「なんで？　なぜクオリアをそんなに否定したがる人たちがいるの？　世のなかのすべてを破壊してまで」

「……わからない」美由紀はため息とともに応じた。「人間性によって築かれた文明それ自体に、強い憎悪を抱いてるのかもしれない」

「クオリアは害悪なの？」

そこも答えづらい。そもそもクオリアなるものの定義自体、いまだ曖昧(あいまい)なままだ。哲学でなく科学として実存の証明に成功した、研究所はそう発表している。だが実証データはノン＝クオリアに奪われた。クオリアはおそらく、人間性の構築に深く関わっている。そんな概念そのものを、ノン＝クオリアはこの世から抹消したがっている。とはいえ、ただ自然環境の未来のためだけに殉ずることを、全人類に強要できると、彼らは本気で考えているのだろうか。

美由紀はいった。「急進的な思想なんて、どうせ理解できるはずもない。ノン＝クオリアは破滅型思想のテロリストの最たるものでしかない。なぜ世界を揺さぶるほどの力を得たか、そこも不明だけど……。国際社会の秩序が回復すると信じるしかない」

「どうやって信じる？　いままでの世界は本当に正しかった？　わたしたちの感じる正しさなんて、クオリアのひとつでしかないかも」

「たぶん人間の脳では、客観的に分析しきれない」

「そう。でも国際クオリア理化学研究所は、それをおこなう専門機関だった。わたしはそこに身を置いてた」理沙が膝(ひざ)を抱えた。「悔しくてたまらない。ノン＝クオリアからの警告は受けとってた。クオリアの実存を証明できたのなら、一刻も早くノン＝クオリアの思想を凌駕するべきだった。なのにそれを怠った結果、世界は……」

「あなたのせいじゃない」

「ずっと気になってる。両親はいまどうしてるんだろ。近所の人たちや、親戚や、友達。きっと不安に駆られてる」

「福島のどのあたりに住んでた？」

「石川町。原発事故の避難区域からは外れてた。でも子供のころはずっと心配してた。この日常がいつ崩れ去るかもわからないって。変な話、そのおかげでいまの突拍子もない状況が、少しずつでも受けいれられてる気がする」

「深刻に考えすぎないで」美由紀は腰を浮かせた。「少し横になって休んで。船酔いはない？」

「いまのところ平気」理沙はまたうつむいた。「岬さん」

「美由紀って呼んでほしい。わたし、あなたのことをいつの間にか、理沙さんって」

「そういえば敬語で喋ってたはずなのに、おかしいね。友達どうしみたいに」

「もう友達だと思ってる」

理沙が見上げてきた。目に涙を溜めながら理沙がささやいた。「第二研究所の住所、思いだせない。必死で思いだそうとしてるのに」

「そこも気にしないで。だいじょうぶ。なにかのきっかけでふと思いだすことはよくある。あなたにそんな話をするなんて、釈迦に説法だろうけど」

「……帳副所長も記憶が戻ったかな」

いまは知るすべもない。けれども香港では、主要な医療機関どうしの特殊な無線通信網、ＡＨＮＷが発達している。加盟国は東アジア全域にひろがる。どこかでＡＨＮＷに接続できれば、帳副所長の容体がわかるかもしれない。こんな状況下でも、医療従事者らが仕事を放棄せず、病院の機能が失われていなければの話だが。

美由紀は穏やかに語りかけた。「大国の首をすげ替えても、民衆の力は弱まらない。いずれ反撃の狼煙が……」

はっとして口をつぐんだ。視界の端になんらかの動きをとらえた。衝撃とともに強い警戒心が引き起こされる。船尾にもうひとりいる。土偶に似た甲冑。なんとボディアーマーだった。敵が一体のみ、アサルトライフルを手に、ゆっくりとこちらに近づいてくる。

「伏せて！」美由紀は理沙に怒鳴るや、ボディアーマーに向け突進した。

猛然と走りながら失態を呪った。ボディアーマーに内蔵された電波発信機は、常に位置情報をノン＝クオリア全体に伝える。この船の座標はすでに発覚した。さらに銃撃を一発でも許せば、より詳細な位置が割りだされてしまう。

ボディアーマーとの間合いが詰まるまで、まだ一秒かかる。そのあいだに敵が発砲する。銃声が鳴り響くのは避けられない。

ところがボディアーマーはアサルトライフルの操作に手間取ったのか、銃撃のかまえをとれずにいる。銃口も美由紀に向けられていない。

この機は逃せない。美由紀は深く潜りこむように姿勢を低くし、伸びあがるや掌を突きあげた。アサルトライフルがボディアーマーを離れ、高々と宙に舞った。武器を失った敵は、ただちに挑みかかってくるにちがいない。人工筋肉の補助を受けた敵の動作はすばやい。先んじて攻撃にでる必要がある。美由紀は身体をひねり、片足で跳躍しながら、後ろ回し蹴りを放った。靴底がボディアーマーの胸部に命中した。ボディアーマーはよろめきながら後ずさり、甲板上に尻餅をついた。

落ちてきたアサルトライフルをつかみ、美由紀はボディアーマーを狙い澄ました。なぜか銃がコッキングされていない。ただちにレバーを引き、弾を薬室に装塡する。

ところがボディアーマーはへたりこんだまま、両手を振りかざした。右手で脇の下を指ししめす。甲冑の脇の下は、鱗のようなプロテクターの一枚が剝がれたうえ、深く抉られていた。露出した電子基板が焼け焦げている。

美由紀は息を呑んだ。発砲を控えながらも、銃口はボディアーマーに向けたままにする。

理沙が駆け寄ってきて、美由紀の背後にすがりついた。「敵が隠れてたの？」

「……いえ」美由紀はボディアーマーに対し広東語で呼びかけた。「グローブを外してから、ヘルメットを脱いで。ゆっくりと」

イーグルドライバーだった美由紀は視力に長けている。そのうえ暗がりにもすっかり目が慣れていた。多少距離があろうと、ボディアーマーの脇の下の電子基板、小さな部品が視認できる。高周波用誘電体セラミックスのチップアンテナに見えた。心拍数や位置情報を送信するユニットにちがいない。この兵士はおそらく、それをみずから壊した。

グローブの下から生身の手が現れた。細く引き締まった腕だった。首のバルブを緩め、球形のヘルメットを脱ぐ。

黒い短髪に浅黒く日焼けした顔。二十代半ばのアジア人男性だった。目もとは涼しく、鼻筋が通り、頬はこけている。りりしくはあるが威圧感はほとんどない。兵士というより、自転車に乗って宅配バイトに精をだす大学生に近い。それでも眼球は緑いろの光を帯びていた。見開いた両目がまじまじと美由紀をとらえる。

美由紀は油断なく問いかけた。「名前は？」

「あのう」発声は広東語だった。男が震える声で応じた。「FBWUR46139
6」

「ふだん一般市民として生活するための名があるでしょう」

「あ、ええと、楊嘉睿」

まぎれもなくノン＝クオリアの一員だった。マリーの部屋で育った者に顕著な、極端な表情の乏しさが見てとれる。とはいえ美由紀は、楊の眼輪筋の微妙な変化に気づいていた。不安と当惑の感情がうかがえる。ノン＝クオリアの兵士にあってはならないことだ。

だがこんな人間と顔を合わせるのは初めてではない。美由紀はいった。「楊。埠頭を襲撃した部隊の一員ね」

「そう……。だけど、僕はほかのみんなとちがう」

「どうちがう？」

「……銃が怖い」

「なぜ怖いの？　撃たれたら痛いと思う？」

「思わない。額を撃ち抜かれたら、痛みを感じる前に即死する」

「電気製品の電源がオフになるのと同じ。ノン＝クオリアはそんなふうに解釈する」

「それが恐ろしい。周りのみんなはなんとも思っていなかった。だから一緒にはやっていけない」

　理沙が怯えた声できいてきた。「なんなの？　この人」

　美由紀は理沙にささやいた。「ノン＝クオリアは精密機械製品でも作るようにメンバーを育成する。でもそれゆえに、製造過程には欠陥品も交ざる」

　十歳でマリーの部屋をでたのち、クオリアの有無という検品作業を経ても、なお彼らにとっての欠陥は見落とされる。稀にそんな人間がいてもふしぎではない。以前にシンガポールで会った専光寺雄大も、いわば一種の欠陥品だった。ノン＝クオリアに加わるには人間性を残しすぎている。

「だけど」理沙の声は緊張の響きを帯びていた。「この人、埠頭で銃を乱射したんじゃ……」

「いいえ」美由紀は首を横に振った。「アサルトライフルの銃身が冷えきってる。弾を装填すらしていなかった。一発も撃ってない」

「研究所の襲撃にも加わらなかったの？」

美由紀は楊を問いただした。「どうなの？」

楊がうわずった声を発した。「僕は第四上陸班で、クレイマテガの艦内に待機してた。でもアンノウン・シグマ3から任務完了の報せが入った。だから上陸しないままだった」

「クレイマテガ。あの潜水艦のこと？」

「そう。国際クオリア理化学研究所への突入部隊を乗せてた」

「国連チームのSPに手引きさせて？」

「SP……？　さあ。それは知らない。細かいことはわからない。アンノウン・シグマが離陸すれば作戦終了。僕らは命令にしたがって動くのみだった」

「いままで人を殺したことは？」

「ない。本当だよ。訓練は受けた。猛犬とか動物相手の試験には本気で臨んだ。だけど殺人試験は、いつも複数で挑むことになってた。だから遅れをとるふりをして、いつもほかの参加者に手柄を譲った」

「立場は悪くなったでしょう」

「成績順位はどんどん下落して……。それでもなんとか周りに調子を合わせてきた。こうきかれたらこう答えるっていう、機械的な対応を徹底的にとりつづけて、同じ班の仲間にも心を見透かされないようにした」

心。いま楊(ヤン)は心といった。ノン＝クオリアなら持たない概念だ。ただし哲学的ゾンビは、さだめられたプログラミングのような思考により、心を有するがごとく振る舞う。楊(ヤン)のしめす人間性が本物か否か、美由紀も確信できずにいた。いま質問すべきことはあきらかだった。美由紀は楊(ヤン)にきいた。「なぜこの船に乗ったの？」

「治安維持のため埠頭に駆りだされたけど、海上に離れていく船を見かけて、思わず飛び乗って……。船尾に隠れた。もう耐えられないと思った。作戦行動ならともかく、パニックに陥ってる民衆を撃つなんて」

どうりで埠頭に居残るボディアーマー部隊が、本気で船体を銃撃しなかったわけだ。兵士のひとりが船に乗りこんだ以上、ほかの兵士らは乗員抹殺をそのひとりに託し、援護射撃に徹した。ところが楊(ヤン)は、仲間から逃れたい一心だった。

理沙が美由紀の耳もとでささやいた。「信用できない」

美由紀は理沙にきいた。「海に叩(たた)きこむ？」

楊(ヤン)が心外だという顔になった。「そんな。頼むよ。僕はノン＝クオリアの教義についていけない。生まれつき向いてない」

「どんなところが？」

「おいしいものを食べたいし、綺麗なものには惹かれる。集団生活のなかで、周りの目を盗んで、こそこそと自分の喜びを追求してきた。でももう限界だよ。助けてほしい」

　思わず唸った。美由紀は楊を見つめた。「助けるもなにも、世界がどうなったかは知ってるでしょう」

「力になれる。僕はあいつらのことをよく知ってる」

「なら軍か警察か、ノン＝クオリアの敵対勢力になりうるところに駆けこんだら？」

「だから船に飛び移ったんだよ」楊は緑いろに光る目をぱちくりさせた。「きみが岬美由紀だってことはひと目でわかった。この三か月間、最優先学習事項のひとつだったから」

「……むろん不倶戴天の敵としてでしょ」

「見つけしだい手段を選ばず殺害しろって」楊があわてたように付け加えた。「だ、だけど、僕の思いは正反対だった。船上にきみの姿を見て、ついに救われるときがきたと確信した。運命のめぐりあわせにちがいない。お願いだ、美由紀。どうか僕を……」

理沙が美由紀から離れていった。項垂(うなだ)れながら船首へと歩いていく。

無理もない。ボディアーマーの群れが彼女の職場を襲撃した。そのうちの一体がここにいる。容易に心を許せるはずもない。

美由紀は銃を下ろした。「楊(ヤン)。ボディアーマーをぜんぶ取り払って」

楊(ヤン)が緑いろの目を瞠(みは)った。「助けてくれる?」

「あなたのいってることに嘘がないのなら、助けない理由はない」美由紀は小さくため息を漏らした。「後悔しないでね。この船は死地に向かってる」

## 14

空が明るくなってきたとき、漁船は深圳空港に隣接する福永港に近づいた。

沿岸に摩天楼のような超高層ビル群が見えるが、港からはやや離れている。美由紀は双眼鏡をのぞいた。フェリーターミナル付近には、昨夜の紅磡(ホンハム)と同じ混乱が見受けられた。まだ距離はあるものの、無数の避難民が埠頭に群がり、身動きもできないありさまだとわかる。暴動も起きていた。銃声が轟(とどろ)く。一般市民と比較すると数は少ないが、ここにもボディアーマーの治安維持部隊が繰りだしている。

船首に並んで立つ理沙がささやいた。「やっぱ出入国審査、機能してそうにないね」

「ええ」美由紀は双眼鏡を理沙に引き渡した。「左のほうを見て。マカオに行くフェリー、舳先から屋根まで人が覆い尽くしてる。イミグレーションを抜けてきたとは思えない」

「船尾が沈没しかかってるね」理沙がのぞいていた双眼鏡を下ろす。憂いのいろとともにいった。「大幅に重量オーバー」

出航の見込みもあったとは思えない。珠江口の水面には、いたるところに転覆した船舶が浮き沈みしている。船首のみ垂直に突きだしていたり、船底が上になっていたりする。人のいない救命ボートも、やはり逆さまになった状態で、そこかしこを漂う。

ひと晩のうちに脱出を図ろうとした船の多くが、乗員過剰で沈んだらしい。あるいはボディアーマー部隊の攻撃を受けたのかもしれない。

ただしいまのところ、鎮圧にまでは至らないようだ。途方もなく人口が多いせいだろう。夜間の騒動を知らず、新たな群衆がどんどん押し寄せる。パニックはいつ果てるとも知らずつづく。

近くの空港を発着する飛行機はない。日の出前だからという理由ではないと思われた。空路はむろんノン＝クオリアに押さえられている。

美由紀は後方を振りかえった。船体中央で舵をとっているのは楊嘉睿だった。ボディアーマーを取り払い、黒のランニングシャツにモスグリーンの半ズボン姿になっている。いたって痩身で、豊かではないが生真面目で勤勉、そんな印象を漂わせる。漁船の操舵が仕事だったとしても違和感がなかった。

理沙から返却された双眼鏡を手に、美由紀は楊に歩み寄った。「フェリーターミナルから離れた場所に、コンテナの積み卸し埠頭があるでしょう。人の少ない桟橋に近づけて」

「了解」楊はまっすぐ立ちながら、ハンドルとレバーを操作した。

「双眼鏡を使う?」

「いや。遠くはよく見えるから」

辺りが明るさを帯びてきたぶん、眼球の緑いろの光はめだたなくなった。しかし船体の揺れにもふらつかない直立不動の姿勢、手足の機械的な動作は、いかにもロボット然としていた。作業が操舵のせいか、ディズニーランドの『カリブの海賊』を彷彿させる。

船の針路がしだいに変わっていく。美由紀は理沙に手招きした。理沙が浮かない顔で近づいてくる。まだ楊への不審感が拭えないらしい。

美由紀は甲板に座りこんだ。「理沙、あなたもこうして。たぶんノン=クオリアは、望遠監視に顔認証を組みあわせてる。陸から顔が見えないようにしないと」

理沙がその場にしゃがんだ。「ハンカチで顔を隠したほうがよくない？」

「イスラム圏ならヒジャーブを身につけるのは自然だけど、この辺りじゃかえって人目につく」

「顔をさらしながら、顔認証には捕まらないようにするわけか。難しいね。あの鎧（よろい）を捨てずにとっておけば……」

美由紀は首を横に振った。「電波を発しないボディアーマーは、ノン=クオリアも味方と錯覚しない。化けるなんて無理。海に投棄しておいて正解」

「そっか」理沙は疲労感の漂う顔で空を仰いだ。「美由紀はいつも冷静だね。元自衛官だからかな」

ノン=クオリアと相まみえるのが初めてではないからだ。だがそのことについて、いまは語る気にはなれなかった。

自衛隊を辞め、臨床心理士に転職した。新たな人生のスタートのはずだった。なのに運命の歯車が狂いだした。世の奇異な事象ばかりに遭遇しつづけた。

それらすべての経験は、この日を迎えるためにあったのかもしれない。もはや誰ひとり、まともではいられなくなっている。国家元首さえ権力を奪われてしまった。いまを不測の事態ととらえない人間が、少なくともひとりはいるべきだ。偶然にも自分がそうなった。臨床心理士としての社会貢献という人生の目標から、大きくはみだしている自覚があろうと、いま求められていることをやり遂げるしかない。

漁船は埠頭から突きだした桟橋に、ゆっくりと確実に寄せられていく。楊による操舵はまるでコンピューター制御だった。目測や勘による無駄な動きは生じない。教科書どおりの浅い進入角度では、風に流されてしまうところを、やや深めに入り的確にスロットルをきかせる。

美由紀は立ちあがり、バウロープを係留した。楊が船体を桟橋と平行にする。離岸の映像を逆回しにしたかのような、きわめてスムーズな着岸だった。

船が着いたのを見たからだろう、埠頭を桟橋へと駆けてくる人々がいる。美由紀はレディススーツのジャケットを脱ぎ、アサルトライフルを包んだ。理沙の手をとり、立ちあがるのを助ける。楊をうながすと、三人で桟橋に繰りだした。

先頭は美由紀だった。うつむきながら足ばやに埠頭へと向かう。

前方から複数の靴音が近づいてくる。わずかに視線をあげた。男たちが血相を変え全力疾走してきた。美由紀は黙ってすれちがった。漁船は好きにすればいい。

ところが行く手に異様な喧噪がひろがりだした。いつの間にか埠頭が群衆に埋め尽くされている。誰もが我先にと桟橋に殺到し、マラソンのごとくこちらに駆けてくる。パニックに陥った人々の激しい逆流に、たちまち美由紀ら三人は呑みこまれた。桟橋の上に立ちどまることもかなわない。押し戻され、突き飛ばされ、ひたすら揉みくちゃにされた。

そのとき頭上になんらかの気配を感じた。美由紀のなかに緊張が走った。

ドローンが低空飛行してくる。それも一機ではない。何十、いや遠方も含めれば何百。よく目を凝らせば、港の全域に羽虫のごとく、無数のドローンが飛び交っていた。ノン＝クオリアによる監視にちがいない。

美由紀は慄然とし、楊を振りかえった。「逃げ道は？」

楊もドローンを見上げていた。きわめて機械的な即答を口にした。「十時方向、まっすぐ泳いでいけば、その先に定点カメラはない。ドローンもこの桟橋に集結してるし、埠頭の北寄りは盲点になってる。一時的にだけど」

「先導して！」

ためらいを楊はいっさいしめさなかった。桟橋の手すりの上に乗り、イルカのように跳躍する。飛びこみとともに水柱が立った。

ひどく混雑する桟橋の上で、理沙が動揺をしめした。「ろくに泳げない」

「わたしの手をとって。いま息を深く吸って」

「まって。美由紀……」

美由紀はつかんだ手を放さず、強く理沙を引っぱる。もう一方の手にはジャケットに包んだアサルトライフルを持っている。ふたりで桟橋から空中へ身を躍らせた。理沙の悲鳴とともに水面が眼前に迫る。

視界に泡がひろがった。くすんだ緑いろの水中だった。理沙が苦しげに身体を揺すっている。美由紀は理沙の手をとったまま浮上した。水面から顔を突きだし呼吸する。

だがそのとき、けたたましい掃射音を耳にした。背後で群衆の絶叫がこだまする。

美由紀は振りかえった。桟橋が陸から狙撃されていた。数十丁のアサルトライフルによるフルオート掃射のようだ。桟橋上の人々は血飛沫とともに肉片を撒き散らし、その場にくずおれていった。理沙も振り向きざま悲鳴を発した。

「見ないで」美由紀は理沙に鋭くいった。理沙の腕をしっかりつかみ、前方に向き直らせると、ふたたび潜水の体勢に入った。恐怖にとらわれた理沙が抵抗をしめす。美由紀は理沙に抱きつき、声を張りあげた。「息を吸って！」

理沙の吸気を確認するや、美由紀は深く潜った。じたばたとする理沙に、水中で頭を撫で、おとなしくするよう諭す。靴はとっくに脱げている。足を上下に動かし、潜水状態で前進した。

体験ダイビングのインストラクターと同じ要領だった。ちがいは酸素ボンベがないことだ。ときおり浮上し呼吸する必要がある。水面に顔をだすたび、理沙が苦しげにむせた。しかしアサルトライフルの掃射音が、嫌でも危機的状況を強く認識させる。数秒で理沙が息を深く吸いこんだ。美由紀は理沙を押しこむようにしながら、ふたたび潜水に入った。

何度か浮き沈みするうち、前方に楊の泳ぐ姿をとらえた。理想的な泳法だった。ときおり息継ぎをするものの、潜水時間は極端に長く、上下させる足が常に一定の推力を生んでいる。

楊が水中のコンクリート壁に達した。鉄梯子を上っていく。美由紀も理沙を抱いたまま、立ち泳ぎで水面から顔をだした。ずぶ濡れの楊が埠頭に上がった。美由紀は先に理沙を梯子につかまらせた。理沙はぜいぜいと肩で息をしているが、梯子をつかむだけの握力は残っていた。なんとか理沙が梯子を上りきる。美由紀も後につづいた。

ここはコンテナ積み卸し埠頭の北端だった。楊の予測どおりひとけがない。ドローンも飛んでいなかった。濡れねずみになった理沙が、コンクリートの上にぐったりと横たわる。

辺りは開けていた。ただし埠頭の大半はコンテナ置き場だった。美由紀は桟橋を振りかえった。血塗られた光景が見てとれる。複数のドローンが生き残りの有無をたしかめるように、桟橋の上空を旋回する。

ふいに至近距離に羽音をきいた。はっとして空を仰ぐと、ドローン二機が飛来していた。

楊が怒鳴った。「見つかった!」

美由紀は理沙を抱き起こした。ふたりとも裸足だった。楊とともに駆けだす。埠頭の果てにボディアーマーらが出現した。たちまちフルオート掃射が襲った。理沙は悲鳴をあげながら走った。

三人はコンテナの積み上げられた谷間に駆けこんだ。楊が先頭を走りながら、美由紀と理沙を導く。迷路も同然の狭い隙間を直進し、左折し、すぐに右折する。ノン＝クオリアとして育った楊の理性的な判断に頼るしかない。ここで四方を塞がれたら、一縷の望みさえも潰える。

やがて前方が騒々しくなった。ふいに別の種類の喧噪に包まれた。

辺りは大勢の人々でごったがえしている。市街地の一角のようだが、無秩序な混乱状態は港と変わらない。ここでも白人の群れが商店を襲い、略奪行為に明け暮れている。路上には避難を急ぐ中国人らがひしめきあう。視野にボディアーマーはなかったが、ときおり銃声が轟くたび、集団がパニックの反応をしめす。治安維持部隊が近辺にいる。ただし人々がもがこうとも、先を急ぐには限度があった。罵声が飛び交い、殴りあいの喧嘩も始まった。仲裁したいところだが、いまはそんな余裕がない。

道端には乗り捨てられた車両が連なる。古いトヨタのランドクルーザーは、ボディが錆びつき、後部サイドウィンドウが割れていた。道行く人が運転席に乗りこんでは、苛立たしげに降車する。エンジンがかからないらしい。

楊がランドクルーザーに近づいた。すでに浮きあがっていたボンネットの蓋を、大きく撥ねあげる。整備士のようなまなざしでエンジンルームを観察する。

美由紀は理沙の手を引き、運転席に乗りこんだ。アサルトライフルはジャケットごとダッシュボードの上に横たえる。理沙は助手席におさまった。

いまは楊のメカに対する知識力に賭けるべきだ。エンジンが始動したとき、運転席にドライバーがいなければ、誰か通行人に乗っ取られる。美由紀のスタンバイは理にかなっていた。

配線を直結しセルモーターを回したらしい。振動とともにエンジンがかかった。周りの人々がいっせいに振りかえる。美由紀はクラクションを鳴らした。行く手の群衆があわてたようすで飛び退く。ギアを入れ替え、裸足でアクセルペダルを踏みこんだ。急発進してかまわないと思ったのは、楊がすでにボンネットの蓋を閉じ、クルマの屋根に飛び乗ったからだ。この混雑のなかでは、それが最も手早い乗車方法と判断したのだろう。ランドクルーザーは人混みを蹴散らすように走りだした。

むろんひとりも轢いたりはしない。美由紀は持ち前の動体視力で障害物を見極め、絶えず左右にハンドルを切りつづけた。乗せてくれと手を振る人の姿も多い。後ろめたさをおぼえながらも、いまは減速するわけにいかなかった。ボディアーマーが追いつきしだい、無差別の銃撃が始まる。周りが犠牲になってしまう。

割れた後部サイドウィンドウを、楊が脚から飛びこんできた。平然とした顔で後部座席におさまる。さすがノン＝クオリアの元兵士、器械体操選手並みの運動神経だった。

無数の漢字看板が連なる路地を抜け、わりと走りやすい道路にでた。陸橋上の幹線道路には渋滞が起きていたが、下をくぐる道はまだ流れている。たとえ混みだしても、道幅がそれなりにあるため、路肩をぎりぎり突っ切れる。

走行音以外のノイズを耳にした。ラジオが点いていることに気づいた。つまみを回してみたが、どの周波数も放送は途絶えている。

ふいに理沙がいった。「梁半塘（リャンバンタン）」

美由紀は驚いた。「なに？」

「梁半塘」理沙が繰りかえした。切実なまなざしが見つめてくる。「いま漢字看板のなかに、似た字を見た。それで思いだした。第二研究所の地名に、梁半塘ってのが含まれてる」

「楊（ヤン）、知ってる？」

後部座席の楊（ヤン）が身を乗りだした。「たしかに深圳の北東に、そういう地名はある。だけど……」

「なに？」

「とんでもない山奥のはずだよ。深圳は大都会でも、郊外にでれば一気に過疎化する。昔ながらの農村ぐらいしかない」

美由紀は理沙を見た。「梁半塘。たしかなの？」

理沙がうなずいた。「おぼえてるのはそれだけ」

なら迷うまでもない。美由紀はギアを四速にいれた。「楊（ヤン）。わかる範囲で方角を教えて。途中どこかで地図を入手できるまで」

朝の陽射しが辺りを赤く染める。遠くに望む超高層ビル群、連なる山々。対照的な景色が混ざりあう。なにもかも広大だった。美由紀は唇を噛んだ。途方に暮れるしかない。第二研究所がそれなりの規模だったとしても、干し草のなかの針を探すようなものだ。

## 15

陽が高く昇った。美由紀は山の谷間にひろがる田園地帯を、ランドクルーザーで駆け抜けていった。民家ひとつ見かけなくなったが、道路はいちおう舗装されている。ただし大量の砂埃をかぶり、路面を視認しづらくなっている。うっかりすると脱輪してしまいそうだ。

楊がいったとおり、深圳市内でも中心部から遠ざかると、周りは急に閑散としだした。単に田舎というだけではない。日本よりずっと広々としているせいか、ほとんど未開の地も同然の様相を呈する。

それでも道から少し離れた山沿いに、平行して線路が敷かれている。単線だが鉄道の設備がある。もっともいま列車が運行しているとは思えない。どの駅もおそらく港と同じありさまだろう。人が際限なく殺到するものの、交通輸送はおこなわれない。

　ときおりトラックやバイクとすれちがうが、前後にほかの車両はなかった。みな郊外から都市部に向かうばかり、それも移動はほとんど夜のうちに果たされたのだろう。途中で城壁に囲まれた集落を目にしたが、もぬけの殻のようだった。

　梁半塘なる地名が記された道標(みちしるべ)は、ときおり道端に見かけた。ただし矢印のみで、距離は書かれていない。どれだけ走ればいいのか不安になる。

　美由紀はメーターパネルを一瞥(いちべつ)した。ガソリンが尽きかけている。これまで給油の機会はなく、今後もあるとは思えない。

「楊(ヤン)」美由紀はきいた。「いまどの辺り？」

　後部座席の楊(ヤン)が応じた。「もう近い。ずっと北東に走ってきて、そのうち恵州(ファイザウ)市に入る。梁半塘はその手前、ぎりぎり深圳市に属する一帯だよ。あの山を越えた辺り」

　思わずため息が漏れる。標高のごく低い山のようだが、近いというのは中国人の感覚でしかない。ひとつの市をまたぐだけでも、途方もない距離を走ることになる。

　助手席の理沙が物憂げな声を発した。「美由紀」

「なに？」

「気分が悪い」

横顔を観察するまでもなくクルマ酔いとわかる。美由紀はランドクルーザーを道端に寄せた。

停車するや理沙はドアを開けた。青ざめた顔で降車し、裸足のまま道沿いの田んぼに駆けていく。背を丸め嘔吐しだした。

美由紀は車外にでた。裸足で踏みしめる路面は、砂浜の感触に似ていた。

楊も後部座席から降り立った。理沙の背に歩み寄りながらいった。「ペットボトルに川の水を汲んで、頭と首筋を冷やすといい。副交感神経の働きが抑えられ、吐き気がおさまり……」

「いいから」理沙が苛立たしげに濁った声を発した。「ほっといて」

困惑の空気がひろがる。理沙はうつむいたまま吐きつづけた。美由紀は辺りを見まわした。線路とは逆方向の道端を眺める。畑が連なる果てに、瓦屋根の平屋建てがあった。いろからすると粘土瓦のようだ。一軒のみ孤立しているが、日本なら家族が住む戸建ての規模だった。

美由紀は楊にたずねた。「あれは家?」

「こっちじゃ民家の集落は城壁のなかだ。たぶん農具小屋だよ」

「あんなに大きな建物なのに……」

「管理する田畑の面積も広いからね」

井戸水ぐらいは汲めるだろうか。タオルがあればなお助かる。とはいえ建物までは、かなり細い畦道を走らねばならない。むろん未舗装だった。寄り道するにも骨が折れる。

楊が話しかけてきた。「美由紀。中国に来たことは？」

「ある」

「こんなふうに地方をさまよったわけじゃないんだろう？」

「いえ。前にも似たような目に遭った」

「そうなのか」楊は無表情ながら、どこか鬱屈した態度を漂わせていた。「僕は地理を暗記させられたにすぎない。来るのは初めてだ。いつも地下でトレーニングを受け、潜水艦内で待機させられる。その繰りかえしだった」

「あなたの所属部隊って、活動の対象地域は香港？」

「東南アジア全域に派遣される可能性があった。シンガポールやタイ、ベトナム。中国本土は対象外だったけど」楊は辺りを見まわした。「でもここの空気は、なぜか身体に馴染む。理由はよくわからない。これがクオリアかも」

理沙がわずかに顔をあげ、振り向きもせずにいった。「軽々しく口にしないでよ。

クオリアなんて」

楊は理沙の背を見つめた。「でも理沙たちの研究はクオリ……」

「いまはその言葉をききたくない。ましてあなたがいうのは我慢ならない」

気まずい沈黙が降りてきた。理沙はいっこうに振りかえらない。楊が当惑をのぞかせ、美由紀にたずねる目を向けてくる。美由紀は視線を逸らした。

静寂のなか、かすかな物音が風に運ばれてくる。リズミカルな走行音。列車が接近しているとわかった。

はっとして線路の果てを見つめた。緩やかにカーブした先、山沿いをディーゼル機関車が走ってくる。三両編成だった。客車の窓にはすし詰めになった群衆が見てとれる。

聴覚に違和感をおぼえた。別の走行音が重なってきこえる。

単線の反対方向に目を向けた。美由紀は戦慄をおぼえた。そちらからも列車が走ってくる。四両編成、乗客がインドのごとく屋根にまであふれている。線路が曲線を描くため、どちらの運転手も正面衝突の危機に気づいていない。

鉄道の正式な運行とは思えない。運転できる者が無許可で走らせ、避難民らが無賃乗車したのだろう。ほかの列車の存在など知りうるはずもない。

理沙が動揺をあらわに立ちあがった。「停めないと!」

美由紀はランドクルーザーに走った。運転席に乗りこむ暇はない。ステアリングに手を伸ばし、クラクションをけたたましく鳴らした。理沙と楊が列車に大きく手を振る。

双方の運転手はいずれも反応した。クラクションをききつけたらしい。視線を向けてきた。ところがどちらも減速するどころか、むしろ加速しだした。

楊が大声で呼びかけた。「なにやってんだ! ぶつかるぞ!」

助けを求めていると思ったのかもしれない。もう避難民を乗せる余裕はない、停まる気もない、運転手はふたりともそうアピールしたようだ。両方の列車がたちまち距離を詰めていった。

ようやく緊急事態を悟ったらしい。警笛が鳴り響いた。運転手が車内に警告を発したのか、乗客が後方の車両へと逃げだすさまが、車窓のなかに見えている。

次の瞬間、機関車どうしが真正面から衝突した。二台の機関車は垂直方向に跳ねあがり、双方の底部を密着させた。牽引された車両も脱線し、うねりながら乗客を外に放りだす。絡みあった列車の編成が、地響きとともに横倒しになる。たちまち黒煙と砂埃が一帯を覆い尽くす。山腹の木々から無数の鳥がいっせいに飛び立った。

静寂が戻った。だが黒煙のなかに火の手があがっていた。美由紀はランドクルーザーの運転席に乗り、ただちにエンジンをかけた。「助けにいく」

楊が駆け寄ってきた。「無駄だよ。被害は甚大だ。軽傷者のみを拾うにしても、乗せられるのは数人。付近に病院はないし、あっても機能してるとは……」

理沙も戻ってきて助手席に乗りこんだ。吐き捨てるように楊にいった。「人間性があれば見捨てたりしない」

「人間性？」楊の眉間に皺が寄った。「僕らの人間性か？　いまははっきりしてる。クオリア実存の証拠を得るため、第二研究所に向かうんだろ？　それがより多くの人々を救うことになる」

「あなたが感じたクオリアなんて、しょせんまやかし」理沙はドアを叩きつけた。

閉めだされた楊は、少年のようにおどおどする態度をしめした。美由紀が目でうながすと、楊は後部ドアに走り、車内に飛びこんできた。

列車の衝突現場に向かおうとして、そのルート選択に迷う。一帯は畑でなく田んぼだった。泥濘が深ければタイヤが嵌まってしまう。畦道もほとんど幅がない。

ステアリングを切りかけたとき、エンジン音とは別のノイズをききつけた。かすかな振動が伝わってくる。

理沙の緊迫した声が問いかけた。「どうかした？」

後部座席の楊が身を乗りだした。「二時の方向！」

反射的にそちらに視線を向けた。空にはなにも見えない。だが雲を背景に、陽炎に似た揺らぎを目にした。田んぼの泥が暴風に舞い散りだす。

とっさにステアリングを逆方向に切った。ギアをいれ、アクセルペダルを踏みこみ、ランドクルーザーを急発進させる。線路とは反対方向に道路を外れた。激しい縦揺れとともに畑を疾走しだした。

理沙が叫んだ。「今度はなんなの!?」

美由紀は裸足でクラッチをつないだ。ギアを五速までシフトアップする。「アンノウン・シグマ。研究所を襲ったのと同じ戦闘機」

「嘘」理沙の怯えるまなざしがミラーに向いた。「なにも見えないのに」

楊が背後から怒鳴った。「たぶんロックオンされた。二秒以内に空対地ミサイルが飛んでくる」

すかさず横滑り防止スイッチを切った。美由紀はランドクルーザーのテールを大きく振った。ドリフトで畑の泥を大量に捲きあげる。肥料を含む泥は、摩擦熱で温めることで、チャフやフレアの代用になる。

車体側面、泥のなかに火柱があがった。爆発音が轟く。衝撃波がすべてのウィンドウを破壊した。熱風が車内にまで吹きつけてくる。すさまじい風圧だったが、車体の横転はまぬがれた。ミサイルのロックオンは躱した。

畑を突っ切り、農具小屋の平屋建てへと猛進する。機銃掃射が追いまわしてくる。木造家屋の壁が目前に迫った。理沙が悲鳴をあげた。

衝撃が車体を貫いた。失われたフロントガラスはなにも遮らず、顔の前にあらゆる物が飛んできた。美由紀は助手席の理沙を庇った。裸足でブレーキペダルを強く踏みしめる。制動距離は長く伸びたものの、小屋を突き抜けることはなかった。ランドクルーザーは暗がりのなかに停車した。

ひどく埃っぽい。天井が崩れ、車両の屋根を圧迫している。前部座席は木片やごみでいっぱいになっていた。

エンジンが止まった。ガソリンが尽きたようだ。もし再始動できたとしても、のしかかる天井の重さを撥ね除け、再度走りだすのは不可能だった。

美由紀は聴覚に意識を集中した。アンノウン・シグマの飛行音が遠ざかる。旋回の気配はない。甲高いノイズがそのままフェードアウトしていった。やがて静寂がひろがった。

ため息が漏れる。美由紀はささやいた。「パイロットによる遠隔操縦じゃなく、AI制御なのね」

楊が静かに応じた。「パトロール用のアンノウン・シグマ2だからだ。無人機でも遠隔操縦なら、とうてい躱せなかった」

理沙が震える声できいた。「助かったの？」

「ええ」美由紀はジャケットに包んだアサルトライフルを手にとった。ゆっくりとドアを押し開ける。「粘土瓦の表面の炭素膜が、微量の電磁波を放つ。AIによる自動ロックオンなら標的を見失う」

裸足で雑多なゴミを踏みしめた。ガラス片も多く落ちているが、由来はランドクルーザーの割れたウィンドウだった。もとから小屋にあったのは剪定ばさみや熊手、土ふるいあたりだろう。

ほかに長靴やスニーカーも散乱している。美由紀は理沙にきいた。「足のサイズは？」

理沙が助手席のドアを這いだしてきた。「二十三・五」

ぼろぼろではあるが、理沙の足に合いそうなスニーカーが見つかった。左右の靴紐が結ばれている。それを理沙に投げ渡した。

ほかのスニーカーはどれも大きかった。美由紀はやむをえず長靴を履いた。爪先に保護先芯が入っているうえ、履き口がフードで締まる。足首もくびれていて、案外フィットする。

楊が声をかけてきた。「こっちからでられる」

小屋全体が潰れて変形している。開きそうにない木戸を、楊が力ずくで蹴破った。陽光が射しこんでくる。美由紀は理沙の手を引き、戸口へと向かった。

外にでると、理沙が線路のほうを眺めた。「列車は……」

絶句する反応があった。美由紀も理沙の視線を追った。予想どおりの光景がひろがっていた。山沿いの一帯は、ナパームの投下により焦土と化している。干上がった田んぼに、くすぶる鉄塊が広範囲に散乱する。列車の残骸だった。

茫然と遠くを眺める理沙の目に、大粒の涙が膨れあがった。

いたたまれない思いとともに、美由紀は楊に向き直った。「梁半塘、ひと山向こうだっけ」

「そうだよ」楊が応じた。「あそこに見える山を越えないと」

美由紀は理沙の肩に手をかけた。「行こう」

理沙が振りかえった。煤だらけの顔、服も泥まみれになっている。美由紀も同じありさまにちがいない。

ものが焦げる悪臭も、果てしなく広大な景色の、ほんの一角に漂うにすぎない。三人は歩きだした。ここからは徒歩だ。いよいよ地獄に近づいてきた。

## 16

美由紀はジャケットを羽織り、アサルトライフルのストラップを肩にかけていた。山道は敵に発見されやすくなる。三人で足場の悪い斜面を上りだした。

木々が密集し、頭上は天然の屋根になっている。陽射しが遮られ、かなり涼しかった。美由紀は杖がわりに使えそうな枝を拾った。一メートルほどの長さがある。それを理沙に手渡した。

「ありがとう」理沙は息を切らしながら応じた。「美由紀は？」

「平気。歩き方を心得てる。爪先だけでなく、なるべく踵で地面を踏みしめるの」

楊が平然とした顔でいった。「日本人も江戸時代までは、一日三十キロの旅路を歩いてた。草鞋で踵をしっかり地面につける歩き方だった」

理沙はぶっきらぼうに吐き捨てた。「講釈なんか必要ない」

しかし楊はおせっかいをやめなかった。「内股で歩きすぎてるよ。骨盤の水平回転が大きく、身体への負担になる」

「美由紀」理沙がじれったそうに助けを求めてきた。

やれやれと思いながら美由紀はいった。「理沙、自分なりの歩き方でいい。わたしたちがペースを合わせるから」

楊が不満のいろを浮かべた。「倍の時間がかかる」

「それでいいの」美由紀は緩やかな斜面を上りつづけた。「ふつうに育った人間の脳は、コンピューターとちがう。生活とともに馴染んだ習慣は、そう簡単に変えられない」

「変えられない？」楊は難なく歩調を合わせてきた。「美由紀はできてるじゃないか。明治維新前の歩行法が」

「わたしは防衛大で習った。理屈でわかってても、歩き方を変えるには基礎から練習を積まないと」

「不便だな」

「それが人間性なの」

機械のような思考に育てられたノン＝クオリアは、情報を理解しさえすれば、ただちに全身運動に反映させられるらしい。まともな人間ならそうはいかない。生得的な反応は、常に理性に勝る。なにごとも理屈で行動できるわけではない。

山腹はほとんどブナの原生林だった。足場のいたるところに根が張り、隆起や陥没の落差が激しい。頭から背にかけ、まっすぐに保ちながら上っていく。勾配が急になったら、わずかに前傾姿勢となり、足にはゆっくりと体重をかける。美由紀は理沙を見た。理沙の目は地面に落ち、猫背で歩きがちだったが、無理な矯正はかえって負担になる。いまは杖に頼るべきだろう。

美由紀は楊の本音を探った。「人間性が不便だと思うのなら、ノン＝クオリアのままでいたほうがよくない？」

「いや……。僕はクオリアを感じられる。同僚たちとちがい、人間性も少なからず備えてると思う。だからもっと人間らしくなりたい」

「山登りのコツが容易に思いだせなくなっても？」

「理性のみに従って生きるノン＝クオリアは、寿命が短い。たぶん生得的な情動を完全に抑えこむのは、ヒトにとって無理があるらしい」

理沙がため息をついた。「あきれた。人間らしくなりたいとかいって、早死にするのが怖くなっただけ」

楊が口を尖らせた。「それで充分じゃないのか？　死を恐れるなんて、ノン＝クオリアでは欠陥的思考とされてきた。僕はずっと怖かった。同僚たちの大量虐殺も罪深いことだと思った」

「なら」理沙が声を荒らげた。「潜水艦のなかで暴れて、仲間を道連れに沈没すればよかったでしょ。自分ひとりが助かりたくて逃げだしただけのくせに。罪深さに気づいたのなら、なんとしても仲間の蛮行を阻止したらどう」

「……きみが同じ立場なら、それができたのか？」

理沙は黙りこんだ。うつむいた顔はあがらなかった。三人はそれっきり無言になった。ひとことも喋らず斜面を上りつづけた。

歩幅をなるべく小さく保った。階段にも似た大きな段差に差しかかる。美由紀は歩幅を広げず、ただ段差のわきを迂回した。後続の理沙にもそうするよううながす。理沙はそれにしたがった。こんな工夫により、疲労の蓄積ぐあいが大きく変わってくる。

ときおり休息をとった。そのあいだも三人は言葉を交わさなかった。理沙の楊に対する嫌悪だけが、沈黙の理由ではない。美由紀も無言を貫いた。疑念が頭をもたげるのを拒みたかった。

あまりに人里離れた山間部だった。製造業の工場が広大な敷地面積を、山中に求めるケースはあるだろう。しかしクオリア研究の新たな拠点を、こんな山奥にかまえる必要があるのか。脳科学は医療機関との連携なしに成立しない。職員の通勤から機材の維持管理まで、すべてを考慮しても、都市部もしくはその近郊を立地とすべきだ。李(リー)所長は過疎地帯に行き来していたというのか。

まちがいに気づきながらも、誰もそれをいいだせない。いまさら指摘したところで、どうなるものでもなかった。都会は秩序を失い、暴徒どもが跋扈(ばっこ)している。従来の行政も司法も機能しない。理沙のおぼろげな記憶、梁半塘という地名だけを頼りに、ここにたどり着いた。ほかへは行きようがなかった。疑問など口にできない。新たな情報を得たとしても、もはや移動の手段すらなかった。

山頂まで上りつづけたりはせず、あるていどの高さに達してからは、山腹を迂回していった。かなりの距離を歩いた。山越えを目的とすれば、すでに道のりの半分を超えている、そう思えた。

地面は平らになり、少しずつ下り坂に向かいだした。美由紀は楊(ヤン)にきいた。「山を下れば梁半塘？」

「地理的な区分でいえば、もう梁半塘に入ってるよ。ほとんどは山に囲まれた谷底だから、施設が建ってるとすればそっちだろうけど」楊(ヤン)がふと足をとめた。「まった。

理沙は？」

美由紀は不穏な空気を察した。静止し背後を振りかえる。ブナの木立がひろがるのみだった。理沙の姿はどこにもない。

楊と目が合った。険しいまなざしが見かえす。美由紀はアサルトライフルをかまえ駆けだした。しめしあわさずとも、楊も逆方向に走った。

木々のあいだを縫うように駆け抜ける。あらゆる死角を確認するためだった。一瞬たりとも油断はできない。敵がどこに潜んでいるかわからない。

理沙が消えた。五感を研ぎ澄ましていた美由紀にとって、まったくありえないことだった。ノン＝クオリアの元兵士である楊にとっても同様だろう。第三者が接近する気配など、まるで感じなかった。理沙の足音が途絶えたことさえ、意識に上らないままだった。

ずっと気を張ってきた。なのに変化を悟れずにいた。そんな自分が信じられない。

想定外の脅威が迫っている。そうとしか思えない。

木立のなかをひとしきり駆けめぐり、徐々に半径を狭めながら元の位置に戻る。楊も帰ってきた。再会と同時に姿勢を低くし、ふたりで背中合わせになる。なおも周囲を警戒しつづけた。

楊の緊迫した声がささやいた。「誰もいない」

「こっちも」美由紀も小声で応じた。「もう襲撃犯は遠ざかったとか？」

「襲撃されたとはかぎらない」

「どういう意味？」

「わかってるだろ。どうもおかしい。国際クオリア理化学研究所の副施設が、こんなところにあるわけがない」

「……嘘だったっていうの？」

「梁半塘って地名を口にしたのは理沙だよ」

「人を信用しない前提なら、この辺りが梁半塘という地名かどうかもわからない。あなたがそういっただけ」

楊が心外だという表情をのぞかせた。「途中、何度も道標を見ただろ」

「方角しかわからない。距離の表記はなかった」

「もし僕が嘘をついたとしても、地図の一枚でも手に入ったとたん、たちまち事実が発覚する。そんなリスクを冒してまで、僕がきみをだます必要がどこにある？」

「単純に考えて罠。まだあなたがノン＝クオリアの一員なら……」

本気でそう思ったわけではない。楊のすなおで生真面目な性格に、裏表は感じられない。ただ理沙に疑惑を向けようとする楊を諭したい、そう思っただけだ。

だが美由紀は絶句せざるをえなかった。唐突にボディアーマー一体が出現した。すでに間合いを詰めてきている。敵のアサルトライフルが美由紀を狙い澄ます。美由紀はまだ銃口を敵に向けていない。

鳥肌が立った瞬間、楊が猛然とボディアーマーに襲いかかった。敵は人工筋肉により迅速に動作した。しかし楊はボディアーマーの重心を把握していたらしい。足払いをかけ、巧みに転倒させた。同じ装備で身を固めた経験のなせるわざにちがいない。

美由紀は背後に別の気配を感じた。振り向きざま姿勢を低くし、敵とほぼ同時に発砲した。鼓膜の破れそうな銃撃音が山中に鳴り響いた。

もう一体のボディアーマーの表層に火花が散った。弾を食らっても、分厚い装甲はびくともしなかった。ボディアーマーのフルオート掃射が美由紀を追いまわす。美由紀は地面を転がり、ひたすら被弾から逃れつづけた。数秒が限界だった。しだいに狙いが定まりつつある。

意味もなく弾を回避したわけではない。地表を這う蔦に目をつけていた。美由紀は蔦を強く引き、ボディアーマーの足首にひっかけた。体勢を崩したボディアーマーが前のめりに突っ伏した。美由紀はすかさず馬乗りになると、ボディアーマーのうなじの隙間に銃口をねじこみ、ためらわずトリガーを引いた。眼前で銃火が閃き、薬莢が排出される。ボディアーマーはぐったりと脱力した。

残る一体のボディアーマーが、楊を地面に押さえこんでいる。美由紀は全力疾走で駆け寄った。ボディアーマーが接近に気づく反応をしめし、とっさに身体を浮かせた。仰向けに寝た楊が、すかさずボディアーマーの顎に蹴りを浴びせる。のけぞったボディアーマーを、美由紀は羽交い締めにした。楊はボディアーマーの胸部のプロテクターをもぎとり、奪ったアサルトライフルで銃撃した。絶命したボディアーマーがくずおれる。

美由紀と楊はアサルトライフルを一丁ずつ手にしていた。互いの死角を補いながら下山を急ぐ。銃声が轟いた以上、長くは留まれない。ボディアーマー二体の現在位置も心拍停止も、ノン＝クオリア全体が把握している。

無我夢中で斜面を下っていく。足がとまらなくなった。ほとんど滑り落ちるも同然だった。服のあちこちが裂け、ふくらはぎを擦りむきながらも、静止するわけにいかなかった。傾斜が緩くなるまで、かなりの距離を一気に下山した。

さすがに息が荒くなる。楊が大木の陰に身を潜めた。美由紀もそれに倣った。ふたりで周囲に感覚を研ぎ澄ます。敵が現れたら即座に狙撃できるよう、アサルトライフルを水平にかまえつづけた。

いまのところなんの動きもない。美由紀はささやいた。「こんな山奥にまで治安維持部隊？」

楊が応じた。「さっき遭遇したアンノウン・シグマ2が、僕らの顔認証に成功したなら、兵力の投入はありうる。でももうひとつ可能性が……」

「ききたくない」

「理沙が僕らをここにおびき寄せたとしたら？」

「……彼女は攫われたんじゃなくて、みずから姿を消したっていう気？」

「僕らが気づけなかったのもうなずける」

「ついさっきもボディアーマーの接近に気づかなかった」

「美由紀。僕らを梁半塘に導いたのは理沙だよ。もうわかってるだろ？　第二研究所はこんなところにない」

思わず言葉に詰まる。それでも美由紀は首を横に振った。「理沙は嘘をついていなかった。顔を見ればわかる」

「もし彼女がメフィスト・コンサルティングの一員なら？　自己暗示で表情筋の動きを抑制していれば、岬美由紀でも心理を見抜けないんだろ？」

「なんでそんなこと知ってるの」

「ノン＝クオリアのメンバーにとっては必須の学習科目だ」

「理沙がメフィストで、わたしたちをここにおびき寄せたって？　さっき襲ってきたのはノン＝クオリアのボディアーマーでしょう」

「メフィストがノン＝クオリアに敗北し、組織ごと吸収されていたら？　ありうるだろ。メフィストが存続してるなら、ノン＝クオリアの世界支配が容易に進むはずもない」

美由紀はまた黙るしかなかった。メフィストの技術がノン＝クオリアのアンノウン・シグマを不可視にした。二大勢力が一体化したのか。理沙は美由紀に接近する囮だったのか。

納得がいかない。美由紀はつぶやいた。「メフィストの自己暗示は、表情筋の動きを抑制できるだけでしかない。まったく別の心理を偽るなんて不可能」

「新種の自己暗示を開発したのかも」

「……そこまで理沙を疑うのなら、あなただって充分に怪しい」

「よせよ。僕はいま武器を手にしてる。きみを殺す気なら、充分にチャンスはあった」

「どうだか。いまは信用させておきたいだけかも」

木立のなかに物音がした。楊がびくっと反応するや、そちらにフルオート掃射した。枝葉が広範囲に弾け飛ぶ。たしかになんらかの影が見えた。だが正体がさだかではない。美由紀は威嚇発砲に留めた。

悪手だったかもしれない。美由紀は弾を撃ち尽くした。楊も同じらしい。にわかに静寂がひろがった。

残存する枝から枝へと、ハクビシンの小さな身体が飛び移り、たちまち遠ざかった。楊がばつの悪そうな顔をした。美由紀もため息をつき、アサルトライフルを投げ捨てた。

銃を地面に投棄した楊が、いま銃撃した辺りを見つめ、ふと妙な顔になった。「あれ……？」

「なに？」

いましがたの銃撃が、伐採がわりに視野を切り拓き、木立の奥がのぞいている。楊が指さした。「あそこに楓がある。その向こうには、見上げるほど大きな切り株が三つ並んでる」

「切り株なんて見えないけど」

「楓まで行けば見えるんだよ」楊が腰を浮かせた。「行こう」

まるで引き寄せられるような足どりで、楊が勾配を下っていく。美由紀は怪訝に思いながら立ちあがった。周囲を警戒しながら楊を追った。

幹から放射状に無数の枝がひろがる。そんな楓の木の近くまできた。楊が坂の下方に目を向け、茫然とたたずむ。

美由紀は愕然とした。さっきまで見えなかった斜面の窪み、直径一メートルほどもある切り株が三つ、ほぼ等間隔に並んでいる。高さも一メートル半はあった。切り倒されたのはずいぶん前だろう、かなり古びていた。

思わずつぶやきが漏れた。「どうして……？」

「ほかにもおぼえてる」楊がふらふらと歩いた。「あの雑木林。赤い実をつけてるカラスウリ。あっちにはクヌギ……。でもなんだか変だ。なにもかも小さい」

「あなたが成長したから？」

「ああ……。そうだな、ありうる。ならここをまっすぐ下っていけば、ヒノキばかりの林があって……。そのうち谷底に着く。何度も歩いた」

「たしかなの？」

「ぼんやりとおぼえてる」楊は特異な思考回路のせいか、感慨がむしろ無表情につながるらしい。ロボットのような面持ちが告げてきた。「行こうよ」

楊(ヤン)が斜面を下っていく。美由紀は後につづくしかなかった。

心のなかを見透かす自信はある。だが心そのものを育てないノン＝クオリアの元兵士が相手では、心理の解釈も困難になる。理沙はどこへ消えたのだろう。真実を知る、ごく一般的な人間と出会わなければ、千里眼も役には立たない。

## 17

山を下るにしても、人目につかないよう山道を避けてきた。そのためいちども視界は開けなかった。上空への警戒も怠れないがゆえ、枝葉の屋根の下を移動しつづけた。行く手となる谷底を見渡せる機会は、いちども得られずじまいだった。

美由紀は楊(ヤン)を追い斜面を下った。傾斜は緩やかになり、いまやほとんど平らだった。木々の幹は繊細で、樹齢もさほどではなさそうだ。代わりに大小の岩があちこちに転がる。

頭上に目を向ける。差し交わす枝の隙間に、周辺を囲む山々が見えている。なるほど、ここは谷底にちがいない。盆地は緑に覆われ、人の営みは感じられなかった。

大きな岩が割れた断面を眺める。美由紀はいった。「かつては湖だったみたいね」

先行する楊が振り向きもせずにきいた。「なぜ？」

「岩全体に漣痕が刻みこまれてる。うっすらと巻き貝の化石も浮かんでる」

「ああ。そういえば近くの山を大きな川が流れてる。いまは地形の変化で堰きとめられてるけど、むかしはここともつながってたんだろう」

「川？」

「そう。川」楊が立ちどまり、ひとりごとのようにつぶやいた。「なぜか知ってる。ならこっちが……」

楊は歩く方向を変えた。数メートルほどの高さに隆起した向こう側へと乗り越えていく。

美由紀は楊につづいた。この盛りあがった地面は自然の産物ではない。岩が除去されている。地面に這う木の根にしても、さして歳月を経ていない。

勾配を上ったとき、美由紀ははっとした。ふいに切り拓かれた平地が、目の前にひろがったからだ。

谷底のなかでも陥没ぎみの一帯になる。金網フェンスが囲む広大な敷地だった。フェンス内のみ木々は伐採されているが、雑草は伸び放題になっている。緑のなかに埋もれるも同然に、コンクリート造の建築物が見てとれた。平屋だが十メートル四方はあった。外壁には亀裂が走り、苔がこびりついている。窓はなく、出入口らしき開口部だけがある。

災害に対する建築基準を満たしているとは思えない。電力や水道水の供給もなさそうに見える。なんの用途で建てられたのか。

楊がなだらかな坂を下り、フェンスへと近づいた。金網は錆びつき、いたるところに蜘蛛の巣が張る。ほとんど読みとれなくなった看板には〝地质调查所〟とあった。地質調査所という意味だ。立入禁止とも付け加えられていた。

フェンスには扉らしきものがない。しかし楊は金網に両手を這わせると、身軽に両足を地面から浮かせた。フリークライミングの要領でフェンスをよじ登り、向こう側に跳躍する。着地後、金網越しに美由紀を振りかえった。

美由紀もフェンスを登りだした。ここがなんであれ、金網に電流が走ったりはしないだろう。インフラを未整備に装った場所は、侵入防止用の罠を屋外に張りめぐらせたりしない。犠牲者がでた時点で、なんらかの重要な拠点だと発覚してしまうからだ。賦句徳島もそうだった。危害が加えられるのは、建造物の内部に踏みこんだのちになる。

フェンスを乗り越え、草むらのなかに着地した。美由紀は楊を見つめた。楊は黙って見かえすと、雑草を掻き分け歩きだした。

美由紀は楊の背を追った。ここはまだ敷地外から視認できる。地雷が埋まっているとは考えにくい。地質調査所にすぎないというのなら、爆発事故は疑惑の対象となる。

もっともそれは、従来の行政が機能していた時代の話だ。ノン＝クオリアがすべてを仕切るいま、安全地帯などどこにもない。とはいえ彼らが民衆を制圧しきっていない以上、暴徒の関心を引くような失態は演じないだろう。

建造物の外壁に接近した。やはりコンクリートは長年、日光や風雨にさらされ老朽化している。監視カメラやセンサーの類いは見てとれない。楊は壁沿いを歩いていくと、開口部のなかに踏みいった。

美由紀はためらいをおぼえたものの、外に留まるわけにはいかなかった。楊に倣い開口部を入る。なかは真っ暗で、通路がまっすぐに延びていた。ふしぎなことに、内壁に苔は見てとれない。床も乾ききっている。放置された建造物だとすれば、湿気の影響を受けないのはおかしい。

暗がりに歩を進めるうち、緊張が高まりだした。建造物の外にトラップはないが、内部にはありうる。トラップが作動する位置は、屋外からのぞける開口部付近ではない。数メートル立ち入った場所なら、犠牲者がでても発覚しない。間もなく相応の深部に達する。

ブザーに似た雑音が響き渡った。通路の前方に突如、光る壁が出現した。レーザー光の輝きに似ている。実際、物理的に存在する壁とは思えない。無数の光線の複合体が、壁状の照射範囲を形成している。どういう仕組みかは判然としない。光る壁は通路いっぱいに隙間なくひろがり、ゆっくりとこちらに近づいてくる。

接触しても無事でいられるとは、とうてい考えられない。美由紀は開口部を振りかえったが、そちらからも光る壁が接近しつつあった。

楊が しゃがみ、通路の床を撫でまわす。ぼうっと光るパネル表示が出現した。LED内蔵の床とは思えない。どんなテクノロジーなのか、コンクリートの表層自体が画面のように発光している。多面体のワイヤーフレームが2D表示された。楊が五本の指で触れ、複雑に操作する。辺を移動させ、多面体の構造をしきりに変える。

光る壁が間近に迫った。目がちかちかしてくる。美由紀はさすがにすくみあがった。

「楊……」

「もう少し」楊が床に指を滑らせつづける。「できた」

光る壁は、美由紀の身体に触れる寸前まで達したものの、ふいに消失した。通路はふたたび真っ暗になった。全身に噴きだした汗が体温を奪い、急速に冷えていくのを実感する。美由紀は思わずため息をついた。

通路が震動しだした。一方の壁が勢いよく下方にスライドする。その向こうに空間が現れた。照明はない。それでも幅五メートル以上もある下り階段が見てとれる。階段は果てしなく地下に向かっていた。

静寂がひろがる。楊が立ちあがり、階段を見下ろした。

美由紀はきいた。「なにがあるのか思いだした？」

「いや」楊の声は微妙に震えていた。「一歩進むたび、目にした範囲内にかぎって、記憶がよみがえってくる。そんな感じだよ。なにもかも小さく思える。やはり幼少期の経験に基づいてると思う」

「下には危険がある？」

「なんともいえない。でもここを下るのは初めてじゃない」

地上部分より小規模な施設とは思えない。少なくとも発電設備はある。美由紀は楊を見つめた。「対侵入者用のシステムは……」

「さっきの操作で、思いつくかぎりオフにした。自爆装置も作動しない……と思う」

それで安全が保証されたわけではない。ここのハードウェアが侵入者を拒まずとも、システムがオフになったのを、ノン＝クオリアは感知したはずだ。アンノウン・シグマが飛来し、爆撃を実行するとすれば、さほど時間的余裕はない。

臆していても始まらない。美由紀は階段を下りだした。楊も並んで歩調を合わせる。なかはずいぶん涼しい。空調の存在を感じる。

下り階段の内壁の材質は、地上の建造物と根本的に異なる。さっきまでは気づかなかったが、壁全体がおぼろな光を放っている。おかげで暗がりにステップが浮かびあがり、踏み外す心配はない。ただし通常の照明とちがい、明るさが遠方まで達しない。数段下は常に闇のままだった。

美由紀は段数を数えていた。踊り場のないまま二百段を超えた。地下三十メートルぐらいか。じきに四十メートルに達しようとしている。

二百四十段で階段を下りきった。行く手には同じ幅の通路がつづく。ほどなく視界が開けた。

楊が驚きの声を発した。美由紀も目を瞠らざるをえなかった。

巨大にして広大な地下空洞。高い天井は岩肌だが、階段の内壁と同様、微妙な光を帯びている。ぼんやりと照らしだされた一帯には、未来的な形状の小ぶりな建造物が、無数に密集していた。ひとけはまるでない。だがここはまぎれもない地底都市だった。

## 18

ほの暗い地底都市の舗装された路地を、美由紀は歩いた。左右に並ぶのはカプセル状の建物で、サイズはキャンプ用のテントぐらい、外壁の材質はプラスチックのようだ。塗装は白と黒のみだった。正面に把っ手のないドアを備える。ドアの高さは一・五メートルに満たない。そんな建物が等間隔に、見るかぎり果てしなく連なる。

区画ごとに一定の広さの畑が存在する。盛り土から葉が突きだしているものの、地下空洞全体の特殊な微光の照明ゆえか、青さはまるで見てとれない。葉の形状も異質に思える。実際、陽射しもない地底で作物が育つのだろうか。

背に視線を感じた。美由紀はびくっとして振りかえった。

路地に小さな身体が立っていた。少年だった。丸顔で、前髪を水平に切りそろえている。年齢は八歳か九歳ぐらい、痩身をジャージに似た服で包んでいた。つぶらな瞳に驚愕のいろが浮かんでいる。角膜がやけに薄い。顔だちからすると西洋人っぽく、肌艶も白人にちがいないと思わせる。そういえば髪も金いろのようだが、確信は持てない。なぜだろう。

美由紀は少年の姿がモノクロなのに気づいた。畑の土や葉にも違和感があったわけだ。地底空洞の発光する天井は、特殊な光の波長をもたらしている。目に映るすべてに色彩がない。なにもかも白と黒のみ、古い映画を観ているような視界だった。

少年のまなざしには怯えの感情が見てとれるが、能面に似た無表情さも伴っていた。表情筋の変化に乏しい。少年が恐怖を感じたとわかったのは、美由紀の観察眼ゆえだった。

畑の作物を掘りに来たらしく、少年はスコップを挿したバスケットを携えていた。美由紀を見上げながら後ずさると、いきなり身を翻し、路地を逃走していった。

「まって！」美由紀は英語で呼びかけた。

少年は異様にすばしっこく、一気に美由紀を引き離すや、路地のわきに飛びこんだ。美由紀は少年を追いながら衝撃を受けた。子供の走り方ではなかった。成人のアスリートのごとく、全身の筋肉を無駄なく効率的に用いる。幼少期から運動について英才教育を受けたフォームといえる。

狭いわき道に入ると、逃げていく少年の背が見えた。美由紀はなおも追いかけた。少年は行く手で角を折れた。

さっきより道幅のある路地にでた。美由紀ははっとして立ちすくんだ。

路上には大勢の子供たちがいた。三、四歳児から十歳ていどまで、男女が入り交じっている。人種はさまざまだった。みな痩せた体型の小顔で、髪は長くても肩にかかるぐらい、ジャージに似た衣類を着ていた。

いっせいに驚きの視線を向けてくる。うろたえる声を口々に発し、子供たちは逃げ惑いだした。ただし恐怖や動揺が垣間見えるのは、やはり両目だけだった。表情はのっぺりとして、ゴムの仮面を貼りつけたかのようだ。

美由紀は呼びかけた。「逃げないで。落ち着いて。言葉わかる？」

そのとき楊の声が飛んだ。猛烈な早口で、なにを喋っているかまるでわからない。美由紀の知る、どの文化圏の言語とも、発音が著しく異なる。抑揚がない裏声で、ときおり甲高い叫びに似た発声を含む。

子供たちが動きをとめた。目を見開き、美由紀ごしに路地の先を凝視する。美由紀は振りかえった。楊が穏やかな表情でたたずんでいた。

さっき畑から逃げた少年が進みでてきた。腰が引けたようすながら、楊と同じ奇妙な言語で話しだす。ほかの子供たちも口々に楊に喋りかけた。問いかける目をしている。

楊が美由紀を指ししめし、なにかを告げた。子供たちは一様に、深い関心を抱くまなざしで、美由紀をじろじろ見つめた。新種の動物に出会ったかのような反応だった。

美由紀は困惑とともに楊にいった。「意思を通じあえるぐらい、言葉がわかるようになりたいけど、ずいぶん時間がかかりそう」

すると少年が流暢な英語を口にした。「失礼しました。言葉はわかります。地上にでたときに備えて学習してるんです。広東語も北京語も、日本語も」

年齢のわりに落ち着いた喋り方だった。感情が籠もっていないともいえる。

五歳ぐらいの女の子が歩み寄ってきて、美由紀を見上げた。日本語で話しかけてくる。「こんにちは。初めまして、岬美由紀さん」

さっき楊が発した言語のなかに、ミサキミユキという発声はききとれなかった。それでも氏名が子供たちに伝わっている。既存の言語を原音読みにせずとも、それを理解させうる、なんらかの法則性があるのだろう。

楊が美由紀を見つめてきた。「みんな十歳になると、外の世界に触れることは知らされてる。だから勉学に余念がない。サボりようもないよ。ほかの生き方をいっさい知らないし」

「……ここはノン＝クオリアの育成施設なの？」

「僕が育った場所だ。それだけはおぼえている。世界のほかの地域にも、同じような施設は何か所かあるだろう。でもそう多くはないはずだ」

「ここに来る前は？」

「さあ。物心ついたときには、ここでただ生きていた」

「十歳になってからは……」

「地上にでて、クオリアを感じないと主張すれば、新たな人生が与えられる。そうだ、思いだした。一部の成績優秀者はイェルヤ山脈の向こう、プテオネ山に運ばれるときいた。ブータンとの国境付近だ。どんな基準で選ばれたかは、よくわからない。それ以外のほとんどの子は、兵士になる訓練を受ける」

「誰も反抗しないの？」

「反抗だなんて……。同年齢の子たちは、みんなおとなしく真面目だった。従順でいるのがふつうだと、僕も自然に受け容れてきた。いまにして思えば、やんちゃな兆しが見える子は、徹底して排除されてたんだろう」

美由紀は子供たちの顔を眺めた。極端なすなおさは、幼さと微妙に異なる。理性の一部について、強制的に発達を阻害されている、そんなふうに感じられた。

卓越した知性や体力と対照的に、脳内で最も高次の領域とされる前頭前野のみ、赤ん坊のままに留まっている。前頭前野による行動の制御がないため、ただ正直でいることだけを、自然な思考ととらえている。すなわち嘘がつけない。疑いも持たない。とりわけノン＝クオリア語で告げられたことは、いっさいの不審を抱かず信じるようだ。その証拠に、子供たちはもはや誰ひとりとして、美由紀を怖がっていない。

深圳の梁半塘に育成施設が築かれた。理由はあるていど想像がつく。気温は暑すぎず寒すぎず、地震もほとんど起こらない地域だ。珠江デルタ内で、産業が未発達な山間部となれば、長いこと中央政府の関心外だった。人目にも触れにくい。おそらく深圳市の都市開発が進むずっと前から、この地下空洞に育成施設は築かれていたのだろう。科学の進歩とともに、徐々に設備が刷新されていったとも考えられる。

特殊な光の波長のせいで、視覚から色彩が失われる。ここの子供たちはみな、いろという概念を知らずに育つ。赤いろや青いろを見たときに生じるクオリアも、みな未経験のままだ。しかし……。

美由紀は楊にきいた。「なにかを食べれば、においや味を感じるでしょう？」

楊が近くの建物のドアに向かった。「ここは誰の家？」

六歳ぐらいの少年が返事をした。「僕の住居です」

「なかを見せてくれるかな」

「はい」少年はためらうようすもなくドアを開けた。

当惑がよぎる。美由紀は思いのままをつぶやいた。「気がひける」

「平気だよ」楊(ヤン)は身をかがめた。大人には高さの足りない戸口のなかをのぞく。「みんな整理整頓(せいとん)してるし、それぞれの個性も持たない。どの家のなかも同じだから、人目に触れさせるのに抵抗もない」

美由紀も姿勢を低くした。実質的にひと坪ていど、浴室ほどの広さしかない。天井はガラスで、地下空洞全体の明るさが、室内をおぼろに照らしている。

子供サイズの小さなベッドに、黒のシーツがきちんと畳んで置いてある。ベッドの上には約十五インチの薄型モニターが、うつ伏せに壁から水平に突きだしている。子供がベッドに仰向けに寝れば、眼前には常にモニターがあり、なんらかの表示に向きあうことになる。

楊(ヤン)がいった。「学習はすべてベッドに横たわった状態でおこなわれる。いつからそうしてたのか記憶にない。就寝の前後のきめられた時間、モニターを通じ、いろんなことを頭に刻みこまれる。怠惰という概念自体がないから、学習効率は極めていい」

「言語学習が中心?」

「いや。脳科学については早くから教わる。自分の思考が脳の機械的な働きによるものだと、幼少期から認識するんだ。心なんて概念は育てない」

「食事も家のなかでするの？」

「左の壁に箱状の取りだし口があるだろ。あそこにサプリメントと水の入ったボトルが、六時間に一回送られてくる。味はまったくしない。これも知らないうちに習慣化されてたから、抵抗は感じない」

「畑で作物を掘るのに？」

「あれは食用じゃなく酸素の元なんだよ。この光線下でも育つ葉緑体を含む実で、二酸化炭素を酸素に換える。ほら、ベッドの枕元に鉢植えがあるだろ。ひとりずつ実を育てていれば、室内も酸欠にならない。この地下空洞全体が畑の恩恵を受けてる」

新鮮な空気は空調でなく、自然の作用によって生まれているのか。こんな作物が天然に生育するとは思えない。遺伝子組み換えによる人工物の可能性が高い。

楊（ヤン）は肩をすくめた。「組織培養に関する授業も、かなり念入りにおこなわれる。バイオテクノロジーの専門家を育てるためかな。人体の組織培養を例にとった学習だったけど」

「人体の組織培養？　脳科学やクオリアの否定と、直接関係があるとは思えないけど」

「ふうん。……いわれてみればそうだね。人体がある意味、精密機械にすぎないという理解を深めるためかな」

　美由紀は背をまっすぐにして立った。「寝て、起きて、作物を掘るだけの生活?」

「まさか」楊も立ちあがった。「規定の時刻になったら、子供たちはブロックごとの筋力育成所に集まる。そこに見える丸屋根の大きな建物だ。三百メートルおきにある。そこで苛酷なトレーニングを受ける」

「誰に?」

「教員となるノン=クオリアの兵士だ」

　にわかに空気が張り詰めたように感じる。美由紀は辺りを見まわした。「いまもいるの?」

　楊が独特の言語で子供たちにきいた。複数の子がいっせいに応じた。まるでしめしあわせたように、同時に共通の言葉を発した。

「ああ」楊の無表情がわずかに曇った。「この時間にはいつも現れるはずの大人たちが、きょうにかぎって姿を見せないって」

　不穏な状況だった。楊がセキュリティをオフにし、美由紀とともに侵入した。イレギュラーな事態の発生を、ノン=クオリアは認識している。

　ふと気づくと、五歳ぐらいの少女が近くに歩み寄っていた。なにかを感じたのか、美由紀に手を差し伸べる。

美由紀はその手を握ろうとした。少女はびくっとして身を退かせた。

警戒心や猜疑心ゆえの反応ではない。もともと疑うことは知らないはずだ。ただノン＝クオリア以外の大人に慣れていないだけにすぎない。美由紀はしゃがんで少女と同じ目線になった。手を差し伸べ、おいで、そうささやいた。少女はためらいをしめしたものの、やがてゆっくりと近づき、自然に抱擁を求めた。

ふしぎなものだ。おそらく生身の母という概念すら知らないのに、抱かれることを望む。美由紀は少女をそっと抱き寄せた。少女は抵抗せず身をゆだね、感慨のため息を漏らした。

ほかの子供たちも群がってくる。虚ろに見えたまなざしに、なんらかのいろが宿っていた。感情を理解しつつある。生得的な欲求は本来、教わらずとも備わる。きっかけさえあれば、成長は急速に芽吹く。

衝撃が突如として路面を突きあげた。子供たちが怯える声を発した。

頭上に轟音がこだまする。地底空洞全体が震動している。揺れは徐々に大きくなり、道沿いの建物がきしみだした。

美由紀は立ちあがった。「全員を脱出させるしかない」

楊が周りに声を張った。美由紀には理解不能な言語で、なにかを呼びかけた。子供たちは身を翻し、四方に散っていった。足が速いばかりではなかった。プログラミングされたかのように、路地やわき道に均等に分かれていく。

一帯が騒然とするなか、楊が美由紀に告げてきた。「避難訓練なんか受けていない。でもみんなすなおで利口だ。緊急連絡の伝達にも、最も効率のいい方法を自発的に考えてくれる」

「そうはいっても、地上にでて適応できる？」

「わからない……。十歳で外の世界に放りだされる直前には、防疫からカウンセリングまで、いろんな処置を受ける。なんの準備もなく外にでて、みんながどうなるかは……」

辺りに喧噪がひろがる。路地は避難してきた子供たちで埋め尽くされた。誰もが口々に叫びあうものの、喧嘩じみた混乱は生じない。みな行動を迷いながら、同じように蠢いている。

美由紀は心拍が速まるのを自覚した。「楊。取り残される子供はいない？」

「集団意識だけを育てられてる。むかしの僕みたいに、感情的に反発していても、単独行動をとる思考はない。伝達は機能的に、隅々まで行き渡るはずだよ」

そうはいっても、可能なかぎりあらゆる方向に目を配り、置き去りにされた子を探すべきだ。まずは集団を階段に導かねばならない。美由紀は駆けだした。「みんな、一緒に来て！」

楊（ヤン）が周囲に呼びかける。子供たちはいっせいに走りだした。幼児は年長の子が抱きあげた。全員が競走のごとく、路地いっぱいにひろがりながら駆けていった。

杉並和順（わじゅん）園の児童たちの顔が、美由紀の脳裏をよぎった。ひとりも犠牲にしたくない。

## 19

地下空洞の震動はさらに大きくなり、天井から粉末状の破片が降り注いだ。小石大の粒も交じる。そのうちコンクリートの塊が落下してこないともかぎらない。

子供たちは上り階段に殺到していた。幅五メートルほどの階段であっても、十歳未満の小さな身体ばかりのため、かなりの広さに相当する。それでも群衆の規模は際限なかった。続々と階段を上っていっても、地下都市から子供たちがどんどん湧いてくる。住居の数から概算し、三千人近くはいるようだ。

救いは子供たちの行動が冷静で、整然としていることだった。全力疾走していても、互いにぶつかりあわず、流れを滞らせたりもしない。依然としてプログラミングされたような集団行動だった。

階段の上り口を楊（ヤン）に託し、美由紀は地下都市の路地を駆けめぐった。子供たちに急ぐよう呼びかける。ここで育った児童には、単独行動をとる思考はない、楊（ヤン）はそういった。けれども本当に、ひとりの例外もないと断言できるだろうか。工場の製造過程で欠陥品が生じる。楊（ヤン）は感情的な反発のみに留（とど）まったが、実際に孤立しようとする子供がいても、なんらふしぎではない。ノン＝クオリアでは欠陥品の扱いでも、人間としてはまともな成長だからだ。

必死で走りまわっても、地下都市の路地は延々とひろがる。避難する子供たちの流れに逆らい、美由紀は地下空洞の最深部へと走った。路地を駆けてくる子供たちの混みようが、徐々に緩和されつつある。すなわちこの先は、避難のほぼ完了したエリアになる。

左右の開放されたドアのなか、居残る子供がいないことを確認しながら、さらに走りつづける。また強い縦揺れが襲った。アンノウン・シグマによる爆撃とは思えない。空爆時の揺れ方とは根本的に異なる。

地下から燻りだすのが目的とは考えられないか。外にでたとたん機銃掃射を見舞われはしないか。まずありえないと美由紀は思った。待ち伏せするには子供の数が多すぎる。一割は撃ち漏らす計算になるだろう。ノン＝クオリアにとって非効率だった。地上への出口を爆破により塞ぐことも考えられるが、これだけの地下空洞の通用口が、階段一本のみのはずがない。子供たちが知らないだけで、ほかにも無数の出入口がある。全自動で遮断し封じこめるすべは、楊によるセキュリティ解除で無効になった。

この震動の伝わり方がなによりの根拠に思える。地下空洞ごと子供たちを全滅させる策を、ノン＝クオリアは実行に移そうとしている。封鎖や自爆が遠隔操作で不可能になった時点で、代替案として演算済みにちがいない。

地下都市のかなり深い場所まできた。もう路地に子供の姿もない。辺りは無人に見える。美由紀はなおも駆けまわった。

F-70による空爆の悪夢、あの瞬間の絶望を忘れた日はない。二度と後悔はしたくない。視野に生じるわずかな異変も見逃してはならない。

はっとして足をとめた。なにかに注意を喚起された。美由紀は建物の陰に目を凝らした。

五歳ぐらいの少年がうずくまっている。アジア系のようだ。見上げるまなざしは、ほかの子供たちとはちがっていた。恐怖心ばかりではない。孤独感にともなう寂しさと、疑念や敵愾心が入り混じった、複雑な感情をのぞかせる。

美由紀は歩み寄った。少年は逃げなかった。

目の高さを合わせるべく、姿勢を低くする。美由紀は穏やかに英語で話しかけた。

「外にでるときがきた。行こう」

少年は身を固くし、日本語で吐き捨てた。「行かない」

「なぜ?」美由紀も日本語に切り替えた。

「人殺しにはなりたくない。僕は……怖い。みんなとはちがう」

いたってふつうの反応だ。この少年のなかには、すでに人間性が確立しつつある。兵士に育成される運命の無意味さも理解できている。

「名前は?」美由紀はたずねた。

「DHWOUE975293」

「地上にでてからの名前は?」

「まだもらってない。ほしくない」

「わたしがノン＝クオリアの大人たちとちがうのはわかる? あなたと同じ。わたしにはクオリアがある」

少年はじっと美由紀を見つめた。目が潤みがちになっている。地下空洞で初めてまのあたりにする、より子供らしい反応だった。

ふいに少年は立ちあがり、わき道を駆けだした。美由紀を振りかえり、興奮ぎみに呼びかけてきた。「早く！」

美由紀は思わず微笑した。少年の反応は人間味に満ちている。クオリアのある世界に飛びだしたくてうずうずしているようだ。

ふたりで路地を駆けていった。美由紀は曲げた人差し指を口もとにあて、甲高く口笛を吹いた。

自衛隊で教わった、低周波を発生させる口笛の吹き方だった。波長が伸び、振幅が減衰しないまま、音が遠方に達する。子供が隠れていれば、なんらかの気配を生じるだろう。わき道のはるか彼方まで、なんの動きもないことを確認しながら、美由紀は先を急いだ。

この少年も足が速かった。筋力育成所のトレーニングに疑問を持とうと、手を抜くようになったのでは、たちまち抹殺の対象となってしまう。そういう子供がこれまで皆無だったとは思えない。地下都市における集団の統率は、見えない犠牲のうえに成り立っていた。

広大な地下空洞を突っ切った。階段の上り口へと駆け戻る。子供たちの最後尾が段上に消えていくところだった。七歳ぐらいの少女が、より小さな幼児を抱いているせいで、階段を上るのに難儀している。美由紀は幼児を引き受け、少女を先に行かせた。少年とともに階段を全力で駆け上る。靴音があわただしく反響した。

地上にでたとたん、視野が白く染まった。目が暗がりに慣れていたせいだった。ほどなく情景が見てとれるようになった。

一緒に階段を駆け上った少年が、唖然として立ち尽くしている。美由紀も思わず言葉を失った。

耳に届くのは子供たちの笑い声だった。生い茂る雑草のなか、無数にひしめきあう子供たちが、みな笑顔で駆けまわっている。はしゃいだりふざけあったり、まるで午後の公園の風景だ。

子供たちは一変していた。誰もが目を輝かせ、空を仰ぎ、背丈ほどもある草を身体に巻きつけている。

隣りにいた少年が感化されたのか、歓声とともに飛びだしていった。ほかの子供たちと戯れながら、地面に積もった枯葉をすくいあげ、辺りに撒き散らした。

「青い！」別の少年がわめいた。「なにもかも青い！」

それより年上とおぼしき少女がいった。「ちがうよ。青じゃなくて緑だよ」

「わかってるよ。でも青なんだよ！　明るい。暖かい！」少年がそう叫ぶと、賛同の声があちこちにあがった。

急変ととらえる見方こそ誤りだった。美由紀は胸を打たれる気がした。ごく自然な反応がひろがる。誰に教わるでもない、みずから感じることだ。

哲学的ゾンビに育てられた子供たちは、将来的に社会への順応を偽装するため、意味を持たない形容詞ばかりを学んだ。それらは空虚な知識だったにちがいない。だがいま、すべての形容詞は、本来の意味へと結びついた。

子供たちの合間を縫い、美由紀は楊(ヤン)を捜した。金属音が断続的に鳴り響く。雑草を搔(か)き分けながら、音のするほうに向かった。

楊(ヤン)がいた。フェンスの支柱を蹴(け)りこみ、力ずくで倒しにかかっている。美由紀はただちに駆け寄り、一緒にキックを浴びせた。支柱は斜めになり、ほとんど地面に横たわった。金網も支柱から引きちぎられた。

美由紀はいった。「楊(ヤン)。子供たちが……」

「ああ」楊(ヤン)の顔には、まだぎこちないものの、たしかに微笑が浮かんでいた。「気持ちはよくわかる。僕も経験したことだ」

「だけどクオリアを感じない子も、一定以上いるはずでしょう」

「そうじゃなかったんだ。外の世界に放りだされる直前、ノン＝クオリアの理念を押しつけられ、無意識のうちに感性を抑制してしまう。メンバーはみんな洗脳されてるだけだ！」

それが事実かもしれない。いま子供たちの反応がすべてを物語っている。恐怖政治による洗脳の儀式を経ることなく、ただ地上に向かえば、すなおな感受性だけが表出する。そこには純粋な人間性しかない。マリーの部屋、その実験結果。子供たちはみなクオリアを感じている。

雑草がいっせいにざわめいた。地面が激しく揺れている。悲鳴が飛び交い、子供たちがうずくまった。歓喜の声が途絶え、辺りは一転して静かになった。

巨人が地を這うような轟音が、吹きつける風とともに、どこからか響いてくる。楊が硬い顔になった。「わずかに泥のにおいがする」

ノン＝クオリアがどんな策を講じたか、美由紀には予想がついていた。楊も同様だろう。美由紀は楊にきいた。「近くを流れてる川はどこ？」

「あっちだ。北西の方角」

美由紀は逆方向に目を向けた。南東の木立が上り坂になっている。勾配がそのまま山腹へとつづく。

もう一刻の猶予もない。美由紀は怒鳴った。「子供たちを誘導して！」

楊がノン＝クオリア語で声を張った。子供たちがフェンスの切れ目に殺到する。美由紀と楊はさらに支柱を蹴りこみ、次々と地面に倒していった。フェンスの開口部分は広がり、より多くの子供たちが駆けだせるようになった。

地面が初めてのせいか、転倒する子供が多い。美由紀は可能なかぎり手を貸した。ただし子供たちの順応も早い。幼児を抱いた子も、ほどなく重心の移動方法をおぼえ、難なく凹凸を踏みこえていく。

震動がいっそう激しさを増した。轟音が耳をつんざく。美由紀は叫んだ。「急いで！」

子供たちの最後尾につづき、楊とともに斜面を駆け上る。後方を振りかえったとき、谷間の木々が薙ぎ倒されるのを目にした。

どす黒く濁った巨大な津波が、視野いっぱいにひろがりながら押し寄せる。靄が発生し、木立が霞んだ直後、大量の汚水の爆発が一帯を崩壊させる。強烈な水圧により、根元から引き抜かれた大木が、濁流にまみれながら突進してくる。

悲鳴をあげる幼児を、美由紀はとっさに抱きかかえた。子供たちがいっせいに山腹を駆け上る。美由紀もがむしゃらに後を追った。斜面の土が液状化し、泥濘になりつつある。足をとられそうになるたび、美由紀は跳躍した。傾斜のわずかに高い位置に飛び移る。崩れつつある足場で、必死にそんな上昇を繰りかえす。

揺れがおさまってきた。いつしか轟音もフェードアウトしていった。近くで楊が立ちどまり、坂の下方を振りかえった。

美由紀もようやく静止できた。息を弾ませながら楊の視線を追い、谷底を見下ろそうとした。

だが谷底は消えていた。美由紀や楊の立つ数メートル下、濁った水面が波打つ。谷間の全域は湖に戻った。地下空洞も、出入口となった建造物も、いまや泥に呑まれていた。

## 20

在米日本国大使館の特務大使、五十六歳になる岩尾陽蔵は、ニューヨーク国連本部に呼びだされていた。各国大使ら全員に招集がかかったようだ。いつも国際連合の総会が開かれる議事堂は満席の状態だった。顔見知りの大使らはみな一様に青ざめている。

岩尾も同様だった。身体の震えがおさまらない。ボディアーマーらがアサルトライフルを携え、議事堂内のいたるところに立っていた。抗議したウズベキスタンの大使は、さっき銃殺された。血まみれの死体が通路を引きずられていく。

国連本部すら警備が機能していない。身の毛もよだつ事態だった。この怪しげな武装勢力は、いまや文字どおり、全世界を支配下に置いてしまった。

ふいに場内が薄暗くなった。非常灯以外の照明が消えた。議席はざわめかなかった。騒ぎ立てればアサルトライフルの一斉掃射を食らうだろう。

正面に掲げられた国連の紋章の下、演壇にボディアーマーらが整列する。ボディアーマーのひとりが喋りだしたのか、それとも何者かが無線で割りこんだのか、低い男の声がスピーカーから響き渡った。落ち着いたアクセントの英語だった。「国際連合は解体する。いまをもって従来各国の枠組みは、ただ地域の区別をしめすのみとなる。それぞれの主権は剥奪する。全地球の主権はノン＝クオリアが有する」

岩尾のイヤホンに通訳の声がきこえてきた。日本語に訳す声がしきりに震えている。恐怖にうわずるばかりの声をきくうち、耐えがたい気分に追いこまれた。岩尾は耳からイヤホンを外した。英語なら理解できる。

低く抑揚のない男の声がつづけた。「従来の国連憲章を破棄する。基本的人権という虚飾に満ちた概念は、過去の欺瞞として忘れ去ること。人間の尊厳なるものは存在しない。すべての国家を解体したがゆえ、国益なる言葉も死語となる。以下、今後の人類のありようについて、手もとの資料を参照せよ」

議席ごとに設置されたモニターに英文が表示された。全身が粟立つとは、まさにこのことだった。

貨幣経済は廃止。人類は漏れなく強制労働に従事する。徹底した管理の下、機械のごとくスケジュールをこなす。自由はいっさいあたえられない。ノン＝クオリアの治安維持部隊は一般人に対し、違反者であろうとなかろうと銃殺の権限を有する。子作りは〝出産工場〟においてのみおこなわれ、生まれた子供はノン＝クオリアが所有する。

男の乾いた声がアナウンスした。「人類はクリーンエネルギーの開発および、それに基づき地球環境を維持しうる設備の構築のみに命を捧げる。技術開発者、建設労働者、これらを支援する雑務従事者。生存を許されるのは以上である。その他は処刑の対象となるため、全人類は約七分の一に削減されると見込まれる。質問があればいま発言しろ」

議事堂は静まりかえっていた。リトアニア大使が立ちあがり、おずおずと口をきいた。「地球環境を維持しうる設備とはいったい……」

「人類に汚染された自然を浄化し、以後永久に稼働しつづけるシステムである。知的生命体たる人類は、地球存続のため知恵を発揮すべく誕生した。大いなる地球に永遠の生命をあたえたとき、人類は地上での役割を終える」

「どういう意味だ?」

「恐竜の絶滅と同様、人類は淘汰される」

「無償労働に奉仕した末、まつのは滅亡だというのか?」

「担当地域の人類を統括し、無駄なく機能するよう監督責任を果たせ。福利厚生などの無意味な概念を廃し、システマティックな命令系統を築きあげろ」

「断る!」リトアニア大使が怒鳴った。「奴隷制への回帰など断じて受けいれられない。わが国はナチスにも旧ソ連にも屈せず……」

一瞬の閃光が走った。銃声が議事堂を揺さぶった。リトアニア大使の頭部は破裂し、脳髄を辺りに撒き散らした。ボディアーマーによる狙撃だった。

議席に悲鳴があがった。喧噪と混乱がひろがる。だが誰ひとり逃げだせない。ボディアーマーらのアサルトライフルが議席に向けられる。みな一様に凍りつき沈黙した。

岩尾も椅子にのけぞり、ひたすら震えるしかなかった。狂気の極みだった。または覚めない悪夢かもしれない。これが現実だとは信じがたい。

スピーカーから響く男の声が指示した。「成人後の非就学者、不就労者、職業訓練を受けていない者は、いまから二十四時間以内に、おまえたちが責任をもって殲滅しろ。それらは人類の欠陥品である。ひとりも生存させてはならない」

## 21

午後の陽射しが広大な湖面を、鏡のように輝かせる。実体は濁った底なし沼だ。それでもこうして高台から見下ろすと、光の反射が周りの緑と調和し、絶景の一部となる。

楊はここが、梁半塘で最も標高の高い山の頂だといった。山道の傾斜は緩やかだったが、九歳以下の子供たちでは登りきるのは難しい。ただし運動神経の卓越した、特殊な育ちの児童らは例外だった。

木立から張りだした岩場に美由紀は立っていた。湖が半分ほど眺められる。地下空洞への入口があった辺りは、ほかの山に遮られ見えない。あの金網フェンスに囲まれた建造物は、じつに巧妙な立地だったとわかる。

美由紀は山頂を振りかえった。木々が密集する一帯は賑やかだった。約三千人の子供たちが広範囲に散っている。欠員がないのは、楊の号令のもと、グループごとの点呼で確認させた。さすがに疲れて座りこむ子供が多かったが、それでも花に新たな色彩を見つけたり、飛んでいる蝶や鳥を目にしたりするたび、はしゃいで歓声をあげている。

山頂にいるのは子供たちばかりではなかった。付近の村から来た大人たちが百人近く群れをなす。高齢者が多く、男性は登山着、女性はミャオ族の民族衣装を身につけている。地下空洞出身の子供はみな、見慣れない容姿の大人に関心をしめし、さかんにすり寄っていた。村人たちも愛想よく接している。

ミャオ族は山麓の斜面に集落を営む山地民だ。中国全土に約九百万人が住む。さっき楊からきいた説明によれば、梁半塘周辺に十一のミャオ族の村があり、棚田の水稲作による自給自足で暮らしているという。

最も大きな村の長は、最高齢とおぼしき白髪の男性だった。顔は皺だらけだが矍鑠とし、山中の移動も難なくこなす。楊が村の長と話しこんでいる。美由紀はそこに近づいていった。

　ミャオ族は地域によって方言が分かれるが、訛りのある広東語を口にしていた。排他的な民族ではないため、周辺との交流を欠かさなかった歴史がある。したがって言葉による意思の疎通に不自由がない。楊との会話も支障がないらしい。

「美由紀」楊が告げてきた。「同じ服の子供たちを、村人は過去に何度か見かけたらしい。遺体を収容したこともあるようだ。手厚く火葬に付したって」

「地下空洞の出入口には気づいてたの？」

「金網のなかの建物は知っていたが、看板どおり中国政府の施設だと思ったようだ。子供たちとは無関係だととらえてた。全寮制の学校がどこかにあるんだろうけど、子供たちの待遇が常に気になってたって、村長さんがいってる」

　竜泉河が突然決壊し、谷間に水が流れこんだため、驚いて高台にようすを見にきた。そこで美由紀や楊、子供たちと出会った。ミャオ族の村人らは子供たちの服装を見て、かねて心配していた学校の児童だと気づいた。

　楊は口ごもったが、美由紀は村長らに話を合わせた。保護者のいない子供たちを収容する施設が谷間にあったが、水没したと説明した。

　村長がしわがれた声でいった。「それぞれの村で子供たちを分担し、少しずつだが食料をあたえよう」

美由紀はおじぎをした。「心から感謝します」

「行政が迎えを寄越すまで、半日ほど預かればいいかな？」

困惑をおぼえる。美由紀は楊（ヤン）に目を向けた。楊（ヤン）が黙って見かえした。

世界の秩序が崩壊したことを、楊（ヤン）は村人に告げていない。幸いにもミャオ族は、まだノン＝クオリアの干渉を受けていなかった。福祉施設が被災し、児童らが路頭に迷ったとなれば、むろん行政が援助の手を差し伸べる。村長はそう信じている。

子供たちを引きとった村が、危険にさらされる可能性は否定できない。だがそれなら、いま攻撃がないのはなぜだろう。

山頂に避難するまで、美由紀はアンノウン・シグマの爆撃を受けるのではと、気が気ではなかった。あるいはボディアーマーの待ち伏せに遭うことも懸念された。しかしいまだにそんな事態は生じていない。

ノン＝クオリアによる世界支配が、物理的限界の壁に突き当たったのか。いや、それは都合よすぎる考え方だ。

事実は逆だろうと美由紀は思った。ノン＝クオリアが支配を確固たるものとし、あらゆる統制も次の段階へと移行した。よって彼らは、育成施設のひとつに起きた問題など、水没させれば充分ととらえている。生存者の有無をたしかめようともしない。

　すなわちノン＝クオリアは、育成の秘密が漏れることをいまさら恐れていない。今後は成熟した現メンバーらが、支配者階級として全世界に君臨する。新たな育成施設も続々と建設される。深圳の山奥で、育成途中に放りだされた子供たちが生存しようと、ただ被支配者階級に加わるのみでしかない。とるに足らない問題だからこそ、ノン＝クオリアは子供たちを襲撃してこない。

　美由紀は村長にいった。「じつは国際社会に混乱が生じており、行政と連絡がつかないんです」

「ああ」村長が渋い顔でうなずいた。「たしかにそうだ。私たちの村でも通信を試みたんだが、どこからも応答がない。市街地に人を派遣しようかと思ってる」

「それでしたらわたしが……。でもこんなに多くの子供たちを救うには、市と掛けあうだけでは不充分だと思います。当局のしかるべき部署に相談に行くので、民間向けの空港を教えてもらえませんか」

「空港？」

「はい。中央政府に直談判しないと、埒が明かないので」

　嘘をつきたくはないが、いまはほかに方法がない。公共の交通機関はいっさい稼働していない。広い大陸では民間航空運輸業もさかんだが、小規模な空港にしても、パイロットや整備士はとっくに不在だろう。しかし航空機が残されていれば飛べる。

育成施設で十歳を迎えた子供のうち、成績優秀者はイェルヤ山脈の向こう、プテオネ山に運ばれる。楊（ヤン）はそういった。プテオネ山にはなんらかの重要な施設がある。

子供たちの変化を見れば、クオリアなるものはたしかにある、そんなふうに感じられる。けれどもそれが科学なのか哲学の領域なのか、いまだに確信が持てない。研究所は科学として、クオリア実存の証明を果たした。実証データを公開できれば、世界じゅうのノン＝クオリアに、意識改革をもたらせるかもしれない。地下空洞から外にでた子供たちに、漏れなく人間性が備わったように。

村人のひとりが村長に進言した。「白仗寨（バイヂャンヂャイ）に離着陸場があります」

「ああ、そうだったな」村長が美由紀に向き直った。「少し遠いが、民間の小さな会社が、航空貨物便を扱っている。よければ村のクルマを貸そう」

「ありがとうございます」美由紀は心からいった。

「この子たちに早く、新しい親が見つかるといいね」村長の目尻（めじり）に、いっそう深い皺が寄った。

すなおさを絵に描いたような子供たちが、新鮮な感動をあらわにする。対立や差別はいっさいない。楽園に似た風景といえるかもしれない。

けれども理想郷は徐々に失われていく。美由紀は重苦しい気分に浸った。人間性には不要なものが多く付随する。子供たちはほどなく、疑うことをおぼえるだろう。真実の成分は九割が毒だ。美由紀も楊も、子供たちの兄となる存在を、大勢抹殺してきた。これからもきっとそうなる。

## 22

美由紀は中国の自動車メーカー、長城汽車の４ＷＤで荒れ地を走っていた。スバルのフォレスターに似たＳＵＶだが、ミャオ族の村で酷使されたうえ、整備が行き届いていないらしい。路面の凹凸が激しい震動となり車内に伝わる。進路をまっすぐに保つのにも神経を削られる。

山道を下っていくと、辺りは霧に覆われだした。隣りの助手席におさまった楊が、村人からもらった地図を眺める。「そこの分岐を左。もうそんなに遠くない」

辺りはまさに秘境だった。切り立った崖の谷間に延びる道は、周辺が白くぼやけていき、いまにも消えいりそうだった。美由紀は目を凝らし、かろうじて三叉路を見てとった。うっかりすると岩場に衝突しそうだ。

楊がささやいた。「美由紀」

「なに？」

「あの子たちの本当の親は、どこにいるんだろう」

美由紀は発言を迷った。ノン＝クオリアは世界じゅうで乳児を攫ってきた。おそらく身元探しは困難をきわめる。楊もそんな子供のうちのひとりだった。

沈黙はしばしつづいた。楊が見つめてきた。「きみの親は？」

いっそう答えたくない質問だった。美由紀は前方に目を向けたまま応じた。「知らない。知りたくもない」

「きみはどんなふうに育って……」

「いまの状況とは関係ない」

「……そうか」楊は空気を察したようにつぶやいた。「そうだよな」

ためらいがちに美由紀は詫びた。「ごめんなさい。でも人には触れられたくないこともある。あなたもそう思うなら、今後わたしは……」

「いや。僕の出生は自分でも知りたい。たとえわからなくても追求していきたい」

会話は途絶えた。美由紀はなにも口にできる立場になかった。親の素性など無意味だと自分にいいきかせてきた。なのに問いかけられると信念が揺らぐ。心の脆さを露呈する。いまだに強くはなれない。

真っ白に染まった視界に、うっすらとプレハブ小屋が見えてきた。近くを徐行したが、窓ガラスのなかは無人とわかる。その先に開放されたゲートがあった。クルマごと乗りいれると、広大な平地に行き着いた。地面は剝きだしの土で、ややぬかるんでいるが、一帯の雑草は刈られた痕跡がある。遠くは見通せない。

ゆっくりとクルマを前進させるうち、濃霧のなかになんらかのシルエットが浮かんできた。ひどく古びたプロペラ貨物機だとわかった。

美由紀は楊にきいた。「ここ？」

「まちがいない」楊が地図を折りたたんだ。「白仗寨の離着陸場だ」

プロペラ貨物機は片翼が破損していた。辺りにはほかの機体はなく、人の姿も見あたらず、ひたすら霧だけが漂う。地面には滑走後のタイヤ痕が無数に見てとれた。いずれも新しい。飛べる機体は昨晩のうちに飛び去ってしまったようだ。

視界不良の原因は濃霧だけではなかった。辺りは徐々に暗くなってきている。日没に近づきつつあるのだろう。ぼんやりと別の機体のシルエットも浮かびだした。だが接近してみると、やはり尾翼のもげたセスナ機だった。ほかにもスクラップ寸前の機体ばかりが点在している。

楊（ヤン）がため息をついた。「この先も陸路を行くか？」

美由紀は首を横に振った。「イェルヤ山脈を越えたい」

「プテオネ山をめざすのか。二千キロ近くあるよ」

だからクルマで走破するのは無理だ。時間がかかりすぎるうえ、なにより中国大陸を無事に横断できるとは思えない。

ふとなにかに気づいたように、楊（ヤン）が身を乗りだした。「あっちに向かってくれないか。右斜め前方」

美由紀はステアリングを切った。小ぶりな機体の形状が、しだいに明瞭（めいりょう）になってくる。

四人乗りのセスナ機だとわかった。やはり年季が入っているが、めだつダメージはなさそうに見える。主翼のフラップやエルロン、尾翼の方向舵（ほうこうだ）や昇降舵、いずれも外れてはいない。燃料タンクは大きめで、通常の倍はある。

近くにクルマを停め、美由紀は楊（ヤン）とともに降り立った。踏みしめる地面は、多少ぬかるんではいるものの、離陸に支障はなさそうだ。むろんこのセスナ機が動けばの話だが。

セスナ機の傍らに、大型バイクが横倒しになっていた。誰かが機体に駆けつけたらしい。なぜ乗りこんで飛び去らなかったのか。

楊が機内に乗りこんだ。美由紀もキャビンをのぞいた。シートはぼろぼろで、ゴミが散らかっている。美由紀は座面を持ちあげ、荷物入れのなかをたしかめた。防寒着が定員人数ぶんの四着あった。懐中電灯も見つかった。武器の類いはない。楊は操縦席についた。計器パネルはアナログだった。

「どう？」美由紀はきいた。

スイッチ類をいじりながら楊が応じた。「壊れてても直せるレベルかもしれない。でも燃料がない。残量ゼロだ」

それが放置された理由か。美由紀はため息をついた。「でかい燃料タンクなのに、空っぽなの？」

「ああ、一滴も残ってない。たぶんほかの機体のために抜かれたんだと思う」

唸りに似た轟音が耳に届いた。機体が微妙に振動する。エンジンがかかったように思えたが、そうではなかった。遠くからきこえるノイズのせいだと気づいた。美由紀はセスナ機を離れ、滑走路の先を眺めた。濃霧に隠れなにも見えないが、音はたしかにきこえてくる。

ライトが四つ点灯していた。滑走路上をずんぐりとした機体が前進してくる。ターボプロップ機のようだ。全幅は三十メートル近い。主翼は高翼配置で、左右それぞれのプロペラが回転する。ほかとちがいポンコツの機体ではなかった。

楊が駆け寄ってきて、美由紀と並んで立った。「ＡＴＲ42か？」

「それぐらいの大きさの双発機だと思う」

機首の下部になにかが閃いた。直後にそれが砲火だとわかった。弾幕が泥を盛大に撥ねあげる。けたたましい掃射音は、わずかに遅れ周囲に鳴り響いた。ひやりとした寒気に襲われる。美由紀と楊は身を翻し、機関砲による狙撃から逃走した。

軍用機か。だが砲撃は執拗に追いまわしてくる。人民解放軍の威嚇発砲とは思えない。確実に殺害を意図している。

セスナ機の近くまで駆け戻ったものの、機体に損傷をあたえるわけにいかなかった。美由紀はひとりＳＵＶの運転席に乗りこんだ。

楊が車外で驚きの声をあげた。「美由紀！　どうする気だ」

美由紀はＳＵＶを急発進させた。滑走路上を敵機に向け、猛然と突き進む。

濃霧を切り裂きながら敵機が迫ってくる。離陸にはまだ充分な速度ではない。機関砲がふたたび火を噴いた。美由紀はＳＵＶを蛇行させ、狙いが定まるのを防ぎながら走った。アクセルペダルをベタ踏みにし、メーターが振り切れるまで加速する。真正面から敵機との距離を詰めていく。

車体の両側に泥が撒き散らされる。敵機の照準が定まりつつある。着弾が近づいてきた。いまや機首がくっきりと眼前に見てとれる。美由紀はしきりにステアリングを左右に切った。フロントガラスの全面に亀裂が走り、屋根が吹き飛んだ。被弾した。もう衝突寸前だった。機関砲の砲口が正円に見える。まっすぐ運転席の美由紀を狙い澄ます。

美由紀はドアを開け放ち、側面に転がりでた。柔道の受け身の要領で身体を丸め、背中から地面に接触する。泥のなか、激しく回転しながら遠ざかった。次に起きることはわかりきっている。

ＳＵＶが双発機に突っこんだ。車体は機首の真下に潜りこみ、前輪に押し潰されるや、爆発の炎が噴きあがった。地響きとともに機首が垂直方向に跳ねあがる。コックピットは上方にあるが、機体が地面に叩きつけられた衝撃でひしゃげ、窓が閉眼も同然にふさがった。潰れた双発機は、火にくべられたように焼け焦げ、泥の上に横たわっていた。

熱風が押し寄せるなか、美由紀は激痛を堪えながら、その場に伏せつづけた。むやみに動いたのでは危険だ。敵の出方をまつべきだった。

機体側面のドアが開いた。複数の人影が降り立ったが、足もとがおぼつかない。ふらつきながら辺りを警戒する。アサルトライフルや拳銃(けんじゅう)を手にしているものの、ボディアーマーではなかった。全員がアジア系のいかつい顔で、揃いの黒スーツを纏(まと)っている。香港の研究所にいた、国連チームのSPだった。ボディアーマー部隊の上陸を手助けした先発隊だ。

燃え盛る機体の後方から、別の機体が近づいてくる。ひとまわり小型の双発機だった。黒スーツたちはふらつきながら、新たな機体に手を振る。滑走路上を前進する機体が、わずかに減速した。黒スーツの群れは後部カーゴドアから機内に乗りこむ。

炎上した機体から無傷の機体へと、黒スーツらは避難した。小型の双発機はふたたび速度をあげた。美由紀はその機体が遠ざかるのを見送った。霧のなかに溶けこみつつ、機体は離陸していった。

やけにあわただしい。美由紀は立ちあがった。滑走路上で燃える機体の側面に駆け寄る。開放されたドアのなかをのぞいた。

キャビンには延焼していなかった。それでも衝突の衝撃で床が変形し、シートがあらぬ角度に傾斜している。非常灯が照らすなか、ひとりだけシートに縛りつけられた男性が居残っていた。しかも膝(ひざ)の上に隣りのシートがのしかかっている。ロープをほどいたところで、ひっぱりだせないほど強く圧迫されている。黒スーツらがこの男性を放置したのも、無理からぬことだった。

男性は頭を垂れ、ぐったりと弛緩していた。ワイシャツは煤まみれのうえ、負傷による出血の痕跡が見てとれる。

美由紀はキャビンに乗りこんだ。異常に低くなった天井をくぐり、男性のシートに近づく。英語で声をかけた。「だいじょうぶですか」

男性が呻き声を漏らした。意識が朦朧としている。その顔をのぞきこんだとき、美由紀ははっとした。男性の顔面は何度も殴打されたらしく、無残に腫れあがっていた。それでも李俊傑所長だとわかる。瞼を閉じ、力なく口を半開きにしている。

救出するすべを思案しながら、辺りを見まわしたとき、異物を目にとらえた。李所長の足もとに筒状の物体が転がっている。サイズは茶筒と同じ、外殻は金属。美由紀は息を呑んだ。米テクストロン社製の軍用時限爆弾だった。

美由紀はそれを拾った。スイッチをいれたのち、スクリュー式の蓋を閉じれば、二度と開かない仕組みだ。映画のように残り時間が表示されることもない。解除するすべはない。黒スーツどもがあわただしく退避したのはこのためか。

機体側面のドアに駆け戻ったとき、霧のなかを一個のライトが接近してきた。大型バイクだった。ノーヘルメットの楊が乗っている。セスナ機のわきに横倒しになっていたバイクだろう。

楊が大声で問いかけてきた。「無事か、美由紀」

美由紀は円筒をかざした。「これ、たぶん時限装置がオンになってる」

「まかせろ。こっちに投げろ！」

躊躇している場合ではない。美由紀は楊に爆弾を投げ渡した。楊は円筒を小脇に抱えると、バイクをUターンさせ、フルスロットルで機体から遠ざかった。ほどなく爆弾を滑走路のわきに投げた。楊はふたたび進路を変え、こちらに戻ろうとしたが、退避しないうちに爆発が起きた。衝撃波が霧を波打たせたのが視認できる。激しい爆風が吹き荒れ、バイクが横転した。楊は泥の上に投げだされた。

肝を冷やしながら美由紀は大声で呼びかけた。「だいじょうぶ？」

楊が身体を起こした。「ああ……なんとか。平気だよ」

機体はダメージを受けなかった。美由紀はキャビンのなかに引きかえした。李は失神状態におちいっている。美由紀は身体を縛るロープをほどきにかかった。

結び目は固くなっていた。だがこういう場合の救助法も自衛隊で仕込まれた。シートの背から突きだした針金を折り、結び目の中心に挿す。固かった結び目も緩み、するりとほどける。

ロープはあらかた除去できたものの、大腿部が別のシートに圧迫され、李の身体を引き離せない。

楊がキャビンに乗りこんできた。床に落ちていたアサルトライフルを拾う。機内を見まわしながら楊がきいた。「ほかの乗員は？」

「さっき飛び立った双発機で逃げた。コックピットは潰れたから、操縦士は生きていないと思う」

「それは李所長か？」

「そう。外にだせないから、ノン＝クオリアが機体ごと吹っ飛ばそうとした」

「手を貸そう」楊はアサルトライフルのストラップを肩にかけると、鉄柱を拾いあげた。李の大腿部を圧迫するシートの下に、鉄柱の先端をねじこむ。「梃子で障害物を浮かす。そのあいだに抜け。いくぞ」

楊が歯を食いしばり、鉄柱を押しあげた。シートはわずかに浮いた。美由紀は両手を李のわきの下に差しいれ、上方に引っぱりあげようとした。脱力しきった李の身体は重く、容易に浮かせられない。美由紀は片足をシートの背にかけた。満身の力をこめる。李の両脚が横方向にずれた。楊の握る鉄柱が折れ、シートが落下した。しかし美由紀は李の救出に成功していた。

ふたりで李の身体を持ちあげ、キャビンから機外へと急いだ。ドアから滑走路上に躍りでた。双発機の残骸を振りかえる。本格的な火災は機首のみに留まっていた。湿度の高い外気のおかげか、鎮火に向かいつつある。燃料タンクは主翼の下のようだ。引火の心配はまずない。

それでもあるていど機体と距離を置き、李を地面に寝かせる。呻き声が漏れた。李の目がうっすらと開いた。

美由紀は話しかけた。「李所長」

李の喉に絡む声がささやいた。「どうなったんだ？　ここは……」

楊は身をかがめようとしない。近くに立ち、冷やかな目で李を見下ろす。アサルトライフルの銃口を李に向けた。李の表情がこわばった。

不穏な空気がひろがる。美由紀は楊を見上げた。「なにをするの」

「信用できない」楊がいった。「第二研究所があるはずの地域にあったのは、ノン＝クオリアの育成施設だった」

「なに？」李が息も絶えだえに応じた。「第二研究所？　東門商業区に事務所を借りてるだけだよ」

東門商業区は深圳市の都市部、中心街だった。美由紀は李にきいた。「梁半塘って地名は？」

「梁半塘か。第二研究所からクルマで行ける実験予定地だ。随伴現象的クオリア実験のための」

　随伴現象的クオリア実験。李の論文で読んだ。被験者が落ち着いた心理状態を得られるよう、外的刺激や不安の少ない場所に、ひと月ほど住ませる。テレビモニターは消えているが、ときおりさまざまな映像を流す。光の特性、眼球の構造、網膜の仕組み、視神経や視覚野のつながり。映像を観た瞬間の状態をデータ化し、クオリア発生時の生理的反応を解明するための実験だった。

　美由紀は楊を見あげた。「随伴現象的クオリア実験なら、李所長が梁半塘を選んだのも理解できる。暑すぎず寒すぎず、静かで人里離れた場所で、地震も少ない。図らずもノン＝クオリアが〝マリーの部屋〟を築こうとした理由と同じ」

「どちらもクオリアが最大の焦点だっただけに、同じ場所を選んだって？」楊は硬い顔のままだった。「じつはふたつの施設が同一だったら？」

「李所長がノン＝クオリアだっていうの？」

　すると李が首を横に振った。腫れた瞼の下、焦燥に駆られたまなざしがうったえる。

「とんでもない。私はあんな奴らと……。ノン＝クオリア、あの団体を侮ったのがまちがいだった。まさかあれほど過激な武装集団だとは」

美由紀は李を見つめた。「あいつらになにかきかれましたか」

「ああ。暗号化された実証データを元に戻す方法を」

「白状したんですか」

「わからない……。薬を注射されたし、ずっと意識が明瞭でなかった。喋ってしまったかもしれない。でも研究所と同じ規模のスーパーコンピューターが必要になる。容易には解析できない」

そうは思えない。ノン＝クオリアならそれぐらいの設備を有していてふしぎではない。李はいまだノン＝クオリアの実態を知らないようだ。美由紀はたずねた。「世界がノン＝クオリアの手に堕ちたのをご存じですか」

「奴らもそういっていたが、荒唐無稽だ。はったりだろう」李は表情を弛緩させた。

だが美由紀が押し黙っていると、李は不安のいろを浮かべた。「まさか本当に……？」

李の精神的負担も考慮せねばならない。美由紀は別の質問を口にした。「実証データ、コピーはないんですか。東門商業区の事務所とかに」

「そんなところに置いてはおけない。データは研究所にしかなかった。あいつらに持ち去られてしまったが……」

「所長が理論を説けば、データなしでも実証になりえますか」

「いや、それは無理だ。四万件を超える実験データの積み重ねにより、ようやく証明にこぎつけている。すべてのデータを開示してこそ、クオリア実存の証明になる」

やはりデータは不可欠か。ノン＝クオリアからHDDを奪回しないかぎり、敵勢力への反証は不可能だった。兵士たちを洗脳した教義や信条を突き崩すには、どうあってもデータが必要になる。

美由紀は双発機を眺めた。「燃料を抜いてセスナ機に充塡すれば、たぶん二千キロ飛べる」

楊の眉間に深い縦皺が刻みこまれた。「李所長を連れてくのか？」

「ええ。暗号化されたデータを元に戻し、世界に配信する機会があるかもしれない」

「リスクが高いよ。もし奴らの仲間だったら？」

ふたたび李に目を戻す。恐怖にとらわれた顔に、邪心や悪気が潜んでいるようには見えない。顔が腫れあがっていても、このていどなら真意は隠蔽できない。李はこんな状態を招いたことに責任を感じている。自己への呵責にともなう誠意に疑いの余地はなかった。

それでも楊が不審を抱く理由もわからないではない。美由紀の千里眼も、メフィストやノン＝クオリア相手には、このところ錆びついていて怪しかった。表情筋を抑制したり、そもそも心が空っぽだったりする敵には、従来の観察眼が通用しづらい。美由紀も研究を重ねているが、敵の欺瞞も日夜進歩している。友里佐知子に裏切られて以来、似たような目に何度となく遭ってきた。

美由紀は立ちあがった。「楊。銃を李所長に向けないで」

「信用しろって？」

「自分以外は信用できない。わかるでしょう。わたしにしてみれば、あなたにだって心を許せるかどうか」

楊は表情豊かになりつつある。いまも心外だという顔になった。「これまでの経緯を考えても、まだ僕を信じられないって？」

沈黙が降りてきた。楊は困惑のいろを浮かべた。経緯を考慮して人を信じられるのなら、李所長も疑えなくなる、そう気づいたのだろう。

李はクオリア研究の第一人者だ。実証データをノン＝クオリアに奪われ、みずからも拉致され拷問を受けた。時限爆弾で抹殺される寸前だった。

ため息とともに楊が銃を肩にかけた。「わかったよ。でも向からべきところといえば、僕がうろおぼえのプテオネ山だけだ。それについては信用するのか？」

「ええ。成績優秀者だけが集められてるんでしょ。きっとなにかがある」

「きみは変わってるね」楊（ヤン）が不服そうにこぼした。「僕がでたらめをいってるかもしれないのに」

「そうは思わない。いまはあなたを信じてる」美由紀はささやいた。「あなたが銃を向けてこないかぎりは」

## 23

セスナ機の操縦席から見る視界は、完全に闇が覆っている。美由紀は慎重に操縦桿（そうじゅうかん）を操作した。出力を七十五パーセント以下、二千回転の前後に保つ。高度を極端に低くし、水平飛行を維持する。うっすら見える山肌に沿い、機首を上下させつつ、エレベータートリムを絶えず調整しつづける。

夜通し中国大陸を北西に突っ切るにあたり、山岳地帯を選ぶのに苦労はしなかった。昆明（こんめい）市の中心部を避けたことを除けば、針路に地上の明かりなど、まるで見てとれない。もっとも、ときおり遠方に望む市街地ですら、いまや停電地域が大半を占める。

文化も文明も人類から剝奪されたとみるべきだった。

離陸後すでに五時間が経過したものの、美由紀はほとんど疲労を感じなかった。楊と交替で操縦したからだろう。

四人乗りセスナ機のなかは、左ハンドルのセダンと変わらない。操縦士席の右隣りが副操縦士席。後部座席にもふたり座れる。操縦桿を握る美由紀は、楊と並んで着席していた。アサルトライフルは楊の手もとにある。彼は操縦時にも、ずっと銃を傍らに置いていた。

李所長は後部座席でぐったりとしている。シートに身をあずけたまま眠りに落ちたようだ。疲弊しきっているのはあきらかだった。それでも楊はときおり李を振りかえり、緑いろに光る目で、疑惑に満ちた視線を投げかける。美由紀は気づかないふりをした。正しいのは誰か、生きていればいずれわかる。

楊がきいた。「そろそろまた交替する？」

「いえ。もうすぐイェルヤ山脈上空に差しかかるから」

操縦桿を引き渡す際には、安全のためいくらか高度を上げる必要がある。けれどもいまは超低空飛行を継続せねばならない。油断すれば国境付近のレーダーにつかまる。ノン＝クオリアは各国の軍事基地を制圧し、レーダー網を手中におさめているだろう。

このまま操縦を続行したい理由はもうひとつあった。仮眠をとろうにも神経が張り詰めすぎている。操縦桿を握っているほうが心も安らぐ。

前方の暗がりに白波のようなものが浮かんで見える。あれがイェルヤ山脈だった。万年雪のため山肌が白く、闇のなかでも視認できる。

ふいに操縦桿が重くなった。左へと流される。突風が吹きつけたのか。自然発生した横風とはなにかがちがう。セスナ機のエンジン音にまぎれ、かすかな重低音をききつけた。

美由紀はとっさにスロットルを全開にした。百ノットで急旋回し、針路から大きく外れる。機体がほぼ垂直にまで傾いた。背後で李が動揺の声を発した。

隣りの楊も目を瞠った。「なんだ？」

大気を切り裂かんばかりの風圧とともに、見えない機体が猛進してきた。機関砲を掃射する砲火のみが目の前に閃く。美由紀はセスナ機の旋回を継続し、かろうじて躱した。なんとか水平飛行に戻る。

楊が緊迫したつぶやきを漏らした。「アンノウン・シグマ3だ」

インビジブル性能を持ったVTOL機か。いま後方にやりすごした。だがホバーリング飛行が可能な機体だけに、すぐに機首をこちらに向け、追跡に転じるにちがいない。

そう思ったとき、左手に砲火を見た。見えない敵機は、すでに横に並んでいた。美由紀はあわてて操縦桿を引き、セスナ機を急上昇させた。しかし砲火は同じように高度を上げてくる。

敵機がセスナ機に速度を合わせ併進している。高度も一致させつつ、旋回式の砲台をこちらに向け、真横から機体を狙いつづける。しかも距離が近い。翼が触れあうほどに接近していた。敵にしてみれば容易に命中させうる絶好のポジションだった。おそらく撃墜まで数秒とかからない。とても逃げきれない。

美由紀は楊に怒鳴った。「銃を渡して！」

楊がアサルトライフルのグリップを差しだした。「どうする気だ」

「操縦して。速度は八十ノットを保って！」

いうが早いか、美由紀は側面ドアのロックを外した。強烈な風圧のなか、力ずくでドアを蹴り開けた。操縦桿から手を放し、アサルトライフルを携えながら、セスナ機の左翼の上に駆けだした。

狂気の沙汰を自覚する。機内から楊の叫び声がきこえたが、風圧でドアが閉じるや、耳に届かなくなった。代わりに轟音が耳をつんざく。一瞬も立ちどまったりしない。

機体前方から吹きつける風に飛ばされないよう、美由紀は大きく身体を右に傾け、左翼の先端に向け全力疾走した。

飛行中のセスナ機の翼の上を走る。常軌を逸した行為なのはまちがいない。だが機体がバランスを崩すより早く、美由紀は翼の先端部に達した。右手にアサルトライフル、左手はジャケットのポケットに滑りこませた。香港のフェリーターミナルで拾った、ゴルフボール大の物体をつかみとる。風圧を考慮し、進行方向寄りの空中に、カラーボールを投げつけた。

ボールは目の前で破裂した。見えない機体の右翼の表面、直径一メートルほどの範囲に、蛍光色がぼんやりと浮かびあがった。発光ペンキの付着により、敵機の翼の形状がほぼ判明した。機体全体のフォルムもほぼ想像がつく。

間髪をいれず美由紀はアンノウン・シグマの右翼に飛び移った。機体を傾ける隙を与えてはならない。嵐のように吹きつける強風のなか、まったく見えない機体の屋根の上を、中心部まで駆けていった。眼下には山脈だけがひろがっている。透明な機体に片手を這わせた。なにひとつ目視できないが、屋根のハッチに触れた。緊急時に座席を射出するためのハッチだった。ロック機構があると推察される位置に、美由紀はアサルトライフルでフルオート掃射を浴びせた。

火花の直後に小爆発が起き、見えないハッチが跳ねあがった。開口部のなかだけが、空間にぽっかりあいた異次元への入口のように、空中に視認できるようになった。気圧のちがいから、空気が勢いよく噴出してくる。絶叫とともにボディアーマーが二体、機外に吸いだされ、後方に飛び去った。

美由紀は機内に躍りこんだ。自動操縦ゆえパイロットの席はない。狭い機内だった。シートベルトを締めたボディアーマーらも、いっせいに動揺をしめした。だが武器を向けられるより早く、美由紀は人質を発見した。シートのひとつに理沙がいた。猿ぐつわを嚙(か)まされ、両手を縛られている。理沙は驚愕(きょうがく)の目を見開いていた。美由紀はアサルトライフルを周囲に乱射すると、理沙のシートベルトを外し、抱きかかえるや伸びあがった。アサルトライフルを放りだし、天井から機外にでようとした。ボディアーマーの一体が美由紀の脚をつかんだ。美由紀はすかさず蹴りを浴びせた。ボディアーマーはキャビンの床に転倒した。

機体の屋根にでると、また猛烈な風が吹きつけた。アンノウン・シグマが左に旋回すべく、機体を傾けている。ペンキにまみれた右翼は見てとれる。美由紀は理沙を横抱きにし、右翼の上を一気に駆け抜けた。翼の端で踏みきり、大きく飛んだ。水平飛行中のセスナ機の左翼に着地し、胴体へと走る。

目の前でセスナ機の側面のドアが開いた。操縦席の楊が蹴り開けたとわかる。美由紀はそのなかに転がりこんだ。楊が副操縦席に退く。美由紀は理沙を楊に押しつけ、操縦桿を握った。ドアは風圧で自然に閉じた。

エンジン音が機内に反響する。楊の膝の上で、理沙はひたすら目を剝いていた。楊も同じ顔を向けてくる。背後の李も唖然としながら身を乗りだしていた。

李がささやいた。「き、きみ……。無事だったか」

楊が猿ぐつわをほどき、理沙の両手を自由にした。

それでも理沙の顔は、衝撃を受けた状態のまま凍りついていた。「所長……。いま、なにが起きたんですか。美由紀……？」

真横から砲撃が浴びせられる。振動とともに耳障りなノイズが反響した。方向舵がきかなくなった。尾翼の垂直安定板に被弾したようだ。セスナ機は失速し、高度が下がりつつある。

楊が怒鳴った。「まずい！　敵の照準がこっちに合ってる」

たしかに砲口が正円に見えている。敵機はついにセスナ機を撃ち落とす、一発必中の機会を得た。

だが美由紀は針路への注意も怠っていなかった。美由紀はつぶやいた。「前方に注意」

見えない敵機のAIは、セスナ機を追いまわすことに執着していたのだろう、山脈の切り立った崖に正面から衝突した。火球が膨張する瞬間には、裂けた機体が明瞭に浮かびあがった。飛散する破片のなか、ボディアーマー数体も空中に放りだされた。

セスナ機は高峰のわきを難なくすり抜けていった。昇降舵はまだ効く。高度を上げ、積雪に覆われた山脈を越えていった。

振動が徐々に大きくなる。推力が不安定になった。エンジンの唸りに不協和音が混ざる。操縦桿を引いても機首が落ちていく。

楊が理沙の身体を浮かせ、後部座席へと押しやろうとする。「そっちに座って、シートベルトを締めて」

「痛い。無茶しないでよ」理沙はもがきながら、操縦席と副操縦席の背のあいだに身をねじこませた。後部座席で李の隣りにおさまると、理沙は震える声できいた。「これからどうなるの?」

「不時着」美由紀はいった。「前の座席の背に、あらかじめ頭を当てておいて。足は地面に水平に。身体は深く屈めて」

「ちょっと」理沙がうろたえだした。「急にそんなこといわれても……」

ぼやきはそれまでだった。すでに美由紀の眼前に雪原が迫っていた。最後まで可能なかぎり水平飛行を保つ。機体下部が腹打ちも同然に叩きつけられた。いちど跳ねあがり、また落下した。すさまじい衝撃が機内を襲う。ブレキシグラスが砕け、大量の雪がなだれこんできた。機首から雪原に埋もれながらも、なお機体は滑りつづける。操縦席を埋め尽くす雪の冷たさに体温が奪われる。もういちど強烈な衝撃を受けたとき、目の前が真っ暗になった。

24

極寒の暗がりのなか、美由紀はほとんど身動きがとれなかった。それでも声はだせる。美由紀は呼びかけた。「みんな、だいじょうぶ？」

李所長のくぐもった声が応じた。「私はなんとか……。理沙君。磯村理沙君、無事か？」

理沙の唸るような声がきこえた。「こんな無茶なことってある？」

騒音が断続的に響く。隣りで楊がドアを蹴り開けようとしている。目を凝らすと、機内は容積の半分ほどが雪に埋もれていた。美由紀も操縦席側のドアを蹴った。

機外の雪を突き崩しながら、ドアを強引に押し開ける。夜空はまだ暗い。美由紀は半身を乗りだした。雪山の緩やかな斜面、木々もまばらだった。ひとけはなさそうだが、片時も気は抜けない。

後部座席の理沙と李に手を貸す。ふたりが機外に這いだした。美由紀はシートの座面を持ちあげた。荷物入れから防寒着と懐中電灯をとりだす。

美由紀も外にでた。とたんに膝まで雪に埋もれた。寒さに震える三人に防寒着を配る。フード付きのダウンジャケットを羽織ると、かろうじて体温は保たれた。

吐息が白く染まる。美由紀は楊にきいた。「プテオネ山？」

「イェルヤ山脈を越えたし、たぶんまちがいないと思う」楊が歩きだした。緑いろに光る目が辺りを見渡す。「ここは山頂に近い。もう少し明るくなれば、なんらかの構造物を目視できると思う」

理沙が心細げにいった。「まってよ。ここはなに？　真っ暗な雪山でしかない。わたしたち遭難したの？」

楊は振り向きもせず応じた。「ノン＝クオリアの子供たちは、十歳になると一部が選抜され、この山中の施設に移動させられる。重要な拠点にちがいない」

「なにそれ。どんな根拠があるの？」

「僕の幼少期の記憶だよ」

沈黙がひろがった。理沙は泣きそうな顔で李所長を見つめた。李の弱り果てたまなざしが理沙を見かえす。ふたりは戸惑いをあらわにしながらも、楊の後を追い、雪のなかを歩きだした。歩を踏みだすたび、足が深々と雪に埋もれる。遅れをとるまいと、ふたりともがむしゃらになっていた。

美由紀は楊の横に並び、歩調を合わせていった。「育成施設内のエリートが集められてるからには、ここで解析してる可能性もある？　研究所から奪った実証データを」

「どうかな。そういう子が選抜されたようには思えないんだよ。幹部候補というわけでもない。なぜか人体の組織培養について学ばされたけど、そっちで成績優秀だった子が集められただけだと思う」

「なぜそう思うの」

「僕もほかの成績は、そこそこよかったからさ。組織培養だけは学習に身が入らなかった。クオリアの有無とは無関係だったし、学ぶ必要が感じられなくて」

理沙がぼそりとこぼした。「落ちこぼれのいいわけかも」

楊はむっとした。「きみは医学博士であっても医師じゃないんだろ？　人命のひとつを救うこともなく、世の役に立つ存在だと自負できるのか？」

「わたしは研究所の一員として貢献してきた」

「どうして梁半塘に入ったとたん姿を消した？」

「あいつらに攫(さら)われたの。あなたと美由紀についていこうとして、後ろから口をふさがれた。気づいたときには飛行機に乗せられてた」理沙は手首を掻(か)いた。「もう。痒(かゆ)い。山のなかで蚊に刺されたのかな」

李(リー)が当惑ぎみに制止した。「まった。あのう、まだよくわからないんだが、楊(ヤン)君といったね。きみはノン＝クオリアなのか？」

いまさらの質問に思える。美由紀は楊(ヤン)の代わりに答えた。「ノン＝クオリアの元兵士です。でも研究所の襲撃に加わっていません。彼は育成段階から人間性に目覚めたようです」

「そうなのか」李(リー)の声は感嘆の響きを帯びていた。「クオリアの存在を否定する環境に育っても、きみは自発的にクオリアを感じたんだな。身をもってクオリアの実存を証明してる」

楊(ヤン)が首を横に振った。「人生の客観的記録が残ってるわけじゃないので……。学会の発表には貢献できないでしょう」

「そんなことは気にするな。きみが生きているだけでも、研究の大きな励みになる。ただ……」李の表情は沈みがちになった。「今後も研究をつづけられるかどうか、そこが問題だ。ノン＝クオリアは世界じゅうに影響を及ぼしてるのか？」

美由紀は応じた。「ええ。大国の主権まで奪われています」

「彼らの目的は？」

「クオリアとともに人間性を否定し、地球環境維持のため、人類に身を捧げさせる……。どうにも納得しかねる主張ばかりなんですが」

「組織の母体は？」

「その名も母だそうです。人なのか、集合意識なのか、ただ信仰の対象なのか。まるで不明です」

理沙が李に話しかけた。「所長。過去にノン＝クオリアの存在を悟ったことはないんですか？　研究所に寄せられた抗議のメッセージ以外に」

李が深刻そうにささやいた。「祖父も父も、心脳問題の解明に生涯を捧げた。だがクオリア否定論者に悩まされていたという話は、いちども耳にしていない。WHOや各国政府から多額の支援を受け、私の代には研究所が建ったが、ノン＝クオリアを名乗る脅しはそれ以降になる」

美由紀は李を振りかえった。「あなたやご家族の宗教は、クオリア研究の妨げになりませんか」

「私の家系は創唱宗教じゃないんだ。日本人の大多数と同じく自然宗教でね。無宗教というほどではない。冠婚葬祭にはなんらかの宗教を頼るものの、ふだんは特定の神をことさらに信奉しない。祖父の教えだよ。特定の宗教や哲学に傾倒したのでは、クオリアを正しくとらえられなくなる」

楊がつぶやいた。「自分の家系こそ神とかいいだすかも」

李は眉をひそめた。「私に不審を抱くのは勝手だが、祖父や父の名誉まで傷つけないでほしい」

理沙が同意をしめした。「本当にそのとおり。わたしにいわせれば、ノン＝クオリアを抜けだした元兵士だなんて、そんな人こそ信用できない」

「よせよ」楊が表情を険しくし、理沙を振りかえった。「皮肉を理解するだけの人間性なら、もう僕にも備わってる」

美由紀は三人を制した。「まって。わたしには誰も嘘をついているように見えない。いまは世界をなんとかしなきゃ。その思いは全員一致してるでしょう?」

みな黙りこんだ。なにもいわず暗い雪原を歩きつづける。三人それぞれに苦い表情を観察しうるものの、美由紀は誰にも話しかけず、前方に向き直った。相互不信は生じて当然だった。美由紀も本当の意味で心は開けない。三人全員に怪しまざるをえない部分がある。

楊がふいに立ちどまった。緊迫した声でささやく。「美由紀。なにか見えないか」

全員の足がとまる。理沙が怯えたようすで抗議した。「やめてよ」

美由紀は前方の闇を注視した。小さな四角い物体のシルエットが浮かんでくる。ひとけはなさそうだった。

懐中電灯を点けた。光を灯してもかまわないかもしれない。

のほうは雪に埋もれていた。雪原に立方体が見える。材質はコンクリートのようだ。一辺は三メートルぐらいだろうか。下

背後のふたりを振りかえり、美由紀は小声で告げた。「李所長、ここにいてください。理沙もまってて。わたしと楊でようすを見てくる」

理沙がすがりつくようにいった。「置いてかないで。一緒に行く」

李もこわばった表情でうったえてきた。「この雪山自体がノン＝クオリアのテリトリーなんだろ？　ここに留まったところで安全の保証はない。ついていくよ」

議論している暇はなかった。美由紀は歩きだした。「なら離れず、ぴったり後ろにくっついてきて」

四人はひとかたまりになり前進した。武装のない状況がつづく。いかに慎重でいようと、警戒には限度がある。とっさの判断が生死を分ける。どんな行動にでるのが最善か、なんらかの状況に置かれないかぎり、まったく予想できない。憶測はかえって瞬発力を削ぐ。ただ五感を研ぎ澄ますに留めるべきだった。

立方体に肉迫した。トーチカのようでもあるが、外を銃撃するための開口部は見あたらない。側面に扉のない出入口が設けられている。なかは真っ暗に見える。美由紀は内部に踏みいった。

床もコンクリートだが、かなり雪が吹きこんでいる。表面がぬめって滑りやすい。建物内はひとつの部屋でしかなく、暖房や湯沸かしの設備もなければ、椅子も寝具もない。室内照明も皆無だった。

ただし中央に、テーブルほどの大きさの六角柱が据えられている。金属製だった。表面に積もった雪の下から、おぼろな発光が確認できる。通電しているのがわかる。

楊が手で雪を払った。透明なガラスの下に、モニターが仰向けに埋めこんであった。表示は世界地図だった。主要各国ごとに小さなウィンドウが開いては閉じる。それぞれのウィンドウ内に、複雑な文字列やグラフがかわるがわる出現する。

李が妙な顔になった。「これは?」

美由紀には表示の意味が理解できなかった。使われている言語が判読不可だからだ。ラテン文字でもアラビア文字でもない、初めて見る不可解な文字の羅列。ノン＝クオリアの用いる言語だろうか。

すると楊がささやいた。「簡単にいえば、世界侵略の進捗状況だよ。政治、経済、民間統制の達成ぐあい。アメリカ87パーセント、イギリス92、フランス96、ドイツ86、日本72、イタリア98、カナダ88、ロシア76」

美由紀はきいた。「中国は？」

「67。ほかにインド71、ブラジル84、メキシコ82、南アフリカ共和国91、オーストラリア93、韓国89、インドネシア93、サウジアラビア91、トルコ82、アルゼンチン99。……おっと、こいつはやばい」

「なに？」

「五大国とインド、パキスタン、北朝鮮の軍事システムを、どれも九割がた掌握してる。長距離弾道ミサイルの燃料充塡が始まってる。最も早く発射可能になるのは、イランとシリア」

李が信じられないという顔になった。「イランとシリア？　核保有国だったのか？」

楊はじれったそうな態度をのぞかせた。美由紀は黙っていた。一般には疑惑が報じられているていどだが、事実として両国とも核武装済みだった。ほかにもミャンマーの国軍は十発前後の核弾頭を隠匿している。幹部自衛官に任官すれば、誰もが極秘情報として知らされることだ。

美由紀は楊を見つめた。「ノン＝クオリアが、核保有国すべての核のスイッチを握った？」

楊が硬い顔でうなずいた。「こうなるとどんな反抗勢力だろうと太刀打ちできない」

過呼吸ぎみの息づかいがきこえる。理沙の瞳孔は開ききっていた。うわずった声が響く。「ちょっと。こんなの冗談でしょ。あるわけない。手のこんだイカサマじゃなくて？　こんな読めない表示、でたらめかもしれないんだし……」

美由紀はなんらかの気配を察した。理沙の口を手でふさぎ、静寂をうながす。「しっ」

楊も緊張をしめした。壁際に下がるよう、李に身振りでしめした。美由紀は理沙とともに後退し、並んで背を内壁に這わせた。

出入口をずんぐりとしたシルエットが入ってくる。ボディアーマーだった。アサルトライフルを携えている。中央のモニターに近づき、ふと立ちどまった。ヘルメットに覆われた頭部がゆっくりと水平に動く。周囲を警戒するように、部屋の隅々までを見渡した。視線の向きははっきりしない。それでも四人を見落とすはずがなかった。

　ところがボディアーマーは銃撃のかまえをとらなかった。アサルトライフルを六角柱に立てかける。両手のグローブが首に伸びた。いくつかのロックを外し、ヘルメットを脱いだ。

　二十代の色白な男の顔が現れた。人種は明確ではない。楊（ヤン）に初めて会ったときに似た、マネキンのような無表情がそこにある。緑いろに光る目が虚空を眺めていた。視線がモニターに落ちる。グローブの指先でガラスの表面に触れた。指先に伝導体の織維が織りこんであるのか、表示はタッチパネルのごとく切り替わった。

　奇妙なことに、兵士はヘルメットを脱いで以降、美由紀らを一瞥（いちべつ）しもしない。しきりにモニターを操作しつづけている。まるで侵入者が見えていないかのようだ。

　美由紀は無言のまま理沙をうながし、ゆっくりと出入口に向かいかけた。理沙の足が滑りかけ、靴音を響かせてしまった。びくっとして理沙が凍りついた。だが兵士はなおも視線を向けてこない。

　四人は出入口に近づいた。美由紀はまず理沙を外にだした。楊（ヤン）も李（リー）を退避させる。次いで楊（ヤン）が退室した。美由紀は最後まで居残ったが、兵士は顔をあげなかった。黙々とモニター表示の確認を継続する。

建物の外にでた。四人は闇夜の雪原に戻った。しばらくは後ろ向きに遠ざかった。雪を踏みしめる音を立てないよう、なるべく慎重に動いた。けれどもしだいに足が速まる。ほどなく四人は全力で逃走しだした。一刻も早く立方体と距離を置こうと躍起になる。

楊が先を急ぎながらいった。「集合意識かな……。兵士のひとりは、ノン＝クオリア全体からすれば、部品ひとつにすぎない。だから死なんか恐れていない。と同時に僕らについても、とるに足らない存在とみなしてる」

理沙は息を切らしつつも、疑わしげに吐き捨てた。「本当に？　緑いろの目の仲間と、その連れの三人とみなしたからこそ、敵意をしめさなかっただけかも」

「なんでそんなことをいう？」楊が不満げに反論した。「きみこそ奴らの仲間の可能性もあるだろ。それで見逃してくれたのかもしれない」

李がぜいぜいと荒い呼吸をしながら、楊に苦言を呈した。「よしたまえ。うちの職員を根拠なく中傷するな。理沙君の懸念は妥当だ。きみはつい先日まで、さっきの彼と同じ、ノン＝クオリアの兵士だったんだろ？」

「所長」楊が食ってかかった。「あなたこそ、クオリア研究所を切り盛りしているふりをして、じつはノン＝クオリアの黒幕だとしたら？　梁半塘に育成施設があったのはたしかだ」

理沙が訝しげな顔になった。「どういう意味よ。第二研究所の住所でしょ」

李は深くため息をついた。「第二研究所所管の実験施設建設のため、梁半塘に土地を借りてる。職員全員に資料が行き渡ってるはずだ。理沙君が見た住所はそれだよ」

楊が語気を強めた。「所長はいいましたよね。第二研究所は深圳の東門商業区の貸事務所にすぎないって。なのに未建設の実験施設のほうだけ、住所を職員に伝えたんですか」

「ああ」理沙が思いだしたようにいった。「東門商業区！　そういえば書類にそんな表記もあった。第二研究所の住所はそっちだったかも。わたしがおぼえてたのは、併記された実験施設の建設予定地で……」

「だろう？」李はめずらしく憤りの感情をあらわにした。「なのにこの元兵士君は、それをノン＝クオリアの育成施設とやらと一緒くたにしてる」

楊も怒りをのぞかせた。「所長の家系は代々、心脳問題の研究者として名を馳せてきたでしょう！　クオリア信奉者は表の顔で、裏の顔はノン＝クオリアだったら？　僕の生まれるずっと前から、梁半塘に育成施設があったのも納得がいく」

「なぜ私の家系が、そんな隠れ蓑を纏わねばならない？　常識で考えたまえ。祖父にしろ父にしろ、仮にノン＝クオリアだったとしたら、心脳問題の専門家を名乗った時点でめだちすぎる。異業種の実業家を装ったほうが効果的じゃないか」

「脳科学の最新知識が収集できるし、専門家も集められる。ＷＨＯや各国政府から多額の研究資金を得られる。それらをノン＝クオリアに転用することも可能だ」

「祖父は借金にまみれながら、必死に研究論文を書きあげたんだぞ！　父だって裕福ではなかった。私も香港の研究所や、深圳の実験施設建設のため、大きな負債を抱えてる。一日三回の食事を春雨で済ませたりしてるんだ。どうして自分の研究所を武装勢力に襲わせなきゃならない！」

理沙の声が冷静な響きを帯びた。「楊。ノン＝クオリアを率いてたのはボスフェルト博士でしょ。偽物じゃなく博士本人だった。国連が指名した専門家チームは、とっくにノン＝クオリアに乗っとられてた。李所長が研究資金なんか得られると思う？」

「……博士と所長がグルだったら？」

李と理沙のため息が白く染まった。歩調が遅くなる。沈黙が降りてきた。ふたりともあきれたような反応をしめしている。理由はあきらかだった。このなかにボスフェルト博士の仲間がいるとすれば、ほかならぬ楊こそ怪しい。博士の手引きで研究所を襲撃したのは、緑いろに光る目を持つ兵士らだからだ。

だが美由紀は、三人とも怪しいと思っていた。みな自身の潔白を証明しきれていない。ノン＝クオリアかメフィストなら、思考や感情は表情筋の変化に表れない。

雪原を踏みしめる音だけが響く。互いに疑心暗鬼をぶつけあい、否定しあい、議論に疲れ沈黙した。三人はそんな経緯をたどったように見える。けれども誰かは真意を隠蔽(いんぺい)しているかもしれない。

美由紀は後方に注意を向けた。立方体はもう見えなくなっている。兵士が追ってくる気配はない。

ふたたび行く手に目を戻したとき、新たな緊張が全身を包みこんだ。

暗闇のなか、ほのかな光が放射状にひろがっている。さっきより大きな構造物とおぼしき、いびつな形状のシルエットも浮かびあがった。

楊(ヤン)が足をとめた。「死地に行き着いた気がする」

同感だと美由紀は思った。全世界がノン＝クオリアに呑(の)みこまれてしまった。いまになってようやく、その拠点に足を踏みいれる。本当になんらかの意義をみいだせるだろうか。ただ死に際に、不可避の絶望をまのあたりにするだけではないのか。

# 25

いびつな形状に見えたのは、幅二十メートルほどの構造物から、多種多様なアンテナが無数に突きだしているせいだった。

それを視認できる距離まで来て、美由紀は立ちすくんだ。建物の周りを警備のボディアーマーらが取り巻いている。ぴくりとも動かないため、気配すら察知できなかった。

美由紀たち四人は、あきらかに敵勢の視界に入っていた。ところがボディアーマーは一体たりとも、なんの反応もしめさない。視線ひとつ向けてこなかった。アサルトライフルも胸に携え、銃口を空に向けたままだ。

楊(ヤン)がゆっくりと建物に近づいた。「また僕たちを無視してる……」

理沙は踏みとどまっていた。「行かないでよ。危ないでしょ」

「だいじょうぶだって。ほら、誰も僕を気にとめない」

事実としてボディアーマーらは、楊(ヤン)が建物に近づこうが、置物のごとく不動を貫いている。楊(ヤン)は建物の外壁に達した。壁の一部が横滑りに開いた。暗がりのなかではわからなかったが、自動ドアが設けられていた。内部がぼんやりと明るい。楊が振りかえり、緑いろに光る目で招いた。

李がためらいがちに歩きだした。「やはりその目のおかげで、同胞と思われてるだけじゃないのか」

楊はもう立腹したりしなかった。会話を学びつつあるらしい。冷静に皮肉を口にした。「ノン＝クオリアの李俊傑代表のご帰還を、衛兵がお迎えしている構図かも」

理沙も李につづいた。「楊。だんだんヒトっぽくなってきたね。次は女性蔑視？　誰を怪しもうと勝手だけど、わたしの目は緑いろに光ってないことに気づいてる？」

「メフィスト・コンサルティングが送りこんだ密偵かもしれない。ノン＝クオリアはおそらくメフィストを打ち負かし、傘下に置いてるから」

「なんの話？　メフィストってなによ。コンサルティング会社って信用できない。なんか胡散臭い」理沙はしきりに手首を掻いた。「蚊に刺されたのにつづいて、今度はしもやけを心配しなきゃ」

美由紀が歩きだすと、李と理沙もついてきた。建物に接近した。ボディアーマーらは無反応だった。四人で自動ドアの開口部をくぐる。下り階段のステップは濡れていたが、雪は溶けきっていた。一定以上の温度を維持する仕組みだろう。

実際、左右が剝きだしの岩肌でも、下り階段の坑道には暖房がきいている。背後で自動ドアが閉まった。

慎重に階段を下りていくと、無機的な通路にでた。左右は透明のガラス、床は半透明のアクリルで、床下の照明によりまんべんなく白く発光する。薄暗い通路の床が輝くことで、通路全体をぼんやりと照らしだす。柱も梁も鉄製で錆ひとつない。クリーンルームのように清潔で整然としていた。

いくつかの十字路やT字路を経由した。通路の角を小さな身体が折れてきた。少年だった。育成施設にいた子供よりはいくらか年上で、十二歳前後と思われた。防塵用の保護衣に似たつなぎを着ているが、フードを脱いだ状態で歩いてくる。ロボットのような歩調で、まっすぐ前のみを向くものの、美由紀らを避けて通った。当然ながら目は見えている。異質な侵入者の存在も意識に上っている。にもかかわらず視線を投げかけてはこない。少年は通路を歩き去っていった。

李が顔をしかめた。「ひとりずつばらばらに歩いてみるか？　四人のうち誰のせいで、ノン＝クオリアが無反応なのか、ただちに判明すると思う」

理沙が怯えたように首を横に振った。「嫌です。離れて孤立するなんて」

楊は醒めたまなざしを理沙に向けた。「反対すると怪しまれるよ」

「ひとりぼっちは怖いっていってるだけ。常識的でしょ」

「ならふたりずつに分かれてみる？　裏切り者の候補が少しは絞られる」

李がため息まじりにきいた。「一緒に行動するパートナーは選ばせてもらえるのか？　なら……」

三人全員が同時に美由紀を指さした。互いに譲りたがらない頑固な視線が交錯しあう。

美由紀はうんざりしながらいった。「天井を見て。半球状の突起が監視カメラ、まっすぐ下に延びてるのはモーションセンサー、格子状の小窓はサウンドセンサー。それらが一メートル間隔にある。わたしたちの顔ぶれはとっくに判明してる。ひとりずつ行動するなんて無意味」

なおも三人は牽制しあう態度をしめしていた。美由紀はさっさと通路を歩きだした。

三人があわてぎみについてくる。

ノン=クオリアはなぜ侵入者を無視するのか。楊のいうように、大勢の集合意識がひとつの巨大な自我となっているため、たった四人の個体など軽視しているのか。あるいは本当に、誰かが敵とつながっているのだろうか。

盲点を考えてみる。対象者は三人のうちのひとりではなく、美由紀自身が招かれているのでは。まずそれはありえない。プテオネ山に来るまで、ノン＝クオリアの兵士らは何度となく、美由紀を本気で殺しにかかった。ほかの三人については、みな不自然に生き延びた経緯が一回以上ある。

とはいえ四人がばらばらに行動するなどもってのほかだ。裏切り者を邪推するわけにはいかない。誰も危険にはさらせない。

行く手の角を折れたとき、美由紀は唖然として立ち尽くした。

いままでの倍の幅がある通路が、見るかぎり果てしなく延びている。痩せた身体つきの保護衣ばかりが、無言で往来する。子供だけでなく成人も含むものの、中年以上は見かけない。すれちがっても互いに視線を向けず、挨拶も交さない。ボディアーマーも通行していた。美由紀のわきを通り過ぎていく。やはり警戒の目を向けてこない。

保護衣らの歩調は少しずつ異なっている。与えられた役割ごとに移動速度も変わってくるのだろう。この施設において人間は、最小単位の構成要素にすぎない。個別の意思を持たず、ただ全体の機能を維持するため、きわめて機械的な労働に従事する。そこまでは推測できる。だがいったいなにをおこなっているのだろう。

通路の左右の壁は全面ガラスで、向こう側には本物のクリーンルームが連なっている。なんらかの実験が部屋ごとに進行中だった。

楊がガラスに近づいた。表情を険しくしながら振りかえる。「美由紀。見ろ」

美由紀は楊に歩み寄り、並んでガラスの向こうを見下ろした。数メートル低い床に、手術用とおぼしきベッドが並ぶ。裸体が五つ横たわっていた。五人とも若い女性で、そっくりの外見をしている。頭頂部が頭骨ごと除去され、脳のほぼ全体が露出していた。ロボットアームが無数に稼働し、極細の尖端部を脳の表層に近づけ、なんらかの処置を施す。おびただしい出血は、ベッドにあいた孔に吸いこまれ、代わりにチューブで輸血がもたらされる。フードをかぶった保護衣が、ベッドの周りで立ち働くものの、誰ひとりこちらを見あげない。

理沙がガラスに近づいたが、ひと目見たとたん動揺をしめし、ただちに背を向けた。

李は食いいるように室内を眺めた。「なんだこれは……。脳外科手術じゃないな。どうして脳全体を露出させる必要がある？　ロボットアームもレーザーメスとはちがう。なにを施してる？」

たしかに手術とは異なる。あの状態で生命を維持できるとすれば驚異的だ。だが気になるのは頭部ばかりではない。美由紀は横たわる五人の顔を観察した。全員の目鼻立ちが一致している。見覚えのある顔だった。

身体つきも共通していた。さらに肌艶が不自然なほどの輝きを帯びる。照明の反射ぐあいはまるで陶器だ。五人の女性は二十歳前後に思えるが、皮膚は生まれたてのようだった。

通路を歩き、別の部屋を見下ろす。透明な円柱形の水槽がいくつも連なっていた。内部は青みを帯びた液体に満たされている。端の水槽のなかを見て、美由紀は肝を冷やした。水中に女性の裸体、いや全身の皮膚だけが、海藻のように漂っている。隣りの水槽には脳だけが浮かぶ。ほかの水槽にも、肝臓や腎臓(じんぞう)、膵臓(すいぞう)。臓器がひとつずつおさまる。全身の骨のみの水槽もあった。別の水槽には血管のみ、筋肉のみが液体のなかに揺らぐ。

いきなり理沙がしがみついてきた。美由紀は思わずびくっとした。

理沙が震える声でささやいた。「なんなの、これ……」

美由紀は推測できる範囲で応じた。「人体の部品。さっきの部屋にいた女性を大量生産してる。iPS細胞ですべてのパーツを作成したうえで」

李(リー)が驚嘆の声を発した。「なんだと⁉ どうやって？」

さらに隣りの部屋には、無数のピストンやシャフト、油圧シリンダーを備えた機器が並ぶ。どれも配管やチューブ、液体の入ったフラスコが装着され、水蒸気を噴きあげながら稼働している。

予想どおりだと美由紀は思った。「3Dバイオプリンターです」

インクカートリッジの代わりに、生細胞の懸濁液とスマートゲルが充填される。細胞を物理的に付着させる細胞接着分子と一体化した、アルギン酸もしくはフィブリンポリマーを成分とする。プリントノズルでゲルと生きた細胞が、交互に配置されるように印刷する仕組みだ。細胞は最終的に融合し、組織の形成に至る。

「馬鹿な」李が目を瞠った。「臓器プリンティングならありうるが、脳や心臓まで精製できるのか。骨や皮膚、血管も」

楊が神妙にうなずいた。「材料はiPS細胞。ゲルでコーティングして、3Dバイオプリンターのインクにしてる」

理沙は狼狽をしめしながらも、ようやくガラスの向こうに目を向けた。「工業製品みたいに人体を製造してるってこと？　それも最初から成人の女、まったく同じ人間を何体も……」

李が激しく首を横に振った。「ありえん。脳の構造はきわめて複雑だ。3Dバイオプリンターで製造できるとは思えない」

美由紀は李を見つめた。「だから脳については、あとで手を加える必要があるんじゃないんですか？　最初の部屋で見た工程がそうです。脳のニューロンやシナプスを調整し、機能するように仕上げてるんです」

「機能するように仕上げる？　人工の脳を？　同一の脳を大量生産してるというのか⁉」

　クローンどころの騒ぎではない。ふつうクローン技術といえば、いまのところ細胞核を未受精卵に移植するだけでしかない。いわば人工的に一卵性双生児を誕生させるにすぎない。

　だがこの施設でおこなわれていることは、クローンと根本的に異なる。細胞を動物個体へと成長させるわけではない。人体そのものを製造している。大量生産品は成人女性。とはいえ……。

　美由紀はつぶやいた。「まだ研究段階かもしれない。技術が完成の域に達していないのかも」

　李（リー）が訝（いぶか）しげにきいた。「なぜそう思う？」

「あの女の顔、むかし写真で見たことがあります。二十歳のころの友里佐知子です」

　理沙が泡を食う反応をしめした。「友里って……。あの友里？　恒星天球（こうせいてんきゅう）教の教祖、日本を滅ぼしかけた……」

「そう」美由紀はガラスの向こうに視線を向けた。「そんな女が大量生産されたら、わたしと出会わないはずがない。でもいちども現れていない。現時点での話だけど」

## 26

同一人体の大量生産工場、もしくは技術開発センターは、プテオネ山の内部を刳り貫き建設された。水平方向の通路は縦横に途方もなくひろがっている。美由紀ら四人は依然として、周りから警戒の目を向けられない。通路を移動しても、保護衣やボディアーマーは黙ってすれちがうだけだ。

楊の推測どおり、人体の組織培養に関する成績優秀者ばかりが、ここに選抜されているようだ。だが開発に成功済みなら、二十歳の友里佐知子が大勢、この通路を行き来していてもおかしくない。けれどもひとりも見かけない。やはりまだ人造人間に生命をあたえるには至っていないとみるべきか。

通路の行く手は広い円形のホールだった。やや高くなった床の上に、幾十ものモニターと制御パネル、キーボードが並ぶ。ブースごとに椅子が設けてある。いまは無人だった。

ほとんどのモニターは、判読不能な文字列に埋め尽くされていた。だが一部には英語や中国語の表示があった。大半は各国の軍事や司法に関する施設について、内部LANをハッキングしているにすぎない。美由紀はブースに近づき、キーボードに触れてみたが、なんの反応もなかった。表示は自動的な操作により、次々と切り替わっていく。弾道ミサイルから街頭カメラまで、既存のネットワークがノン＝クオリアの手中におさまっている。

李は通路への出入口に留まっていた。「行こう。こんなところの捜索で、状況を打開できるとは思えん」

しかし楊と理沙はブースをめぐりだしていた。楊がいった。「美由紀、これらは通信設備だ。建物の屋根に無数のアンテナが立ってた。無線通信の経由地も世界じゅうにある。各国の主要都市と結ばれててふしぎじゃない」

美由紀は楊にきいた。「ここから兵士たちに司令を発してる？」

「いや。僕は概要しか習ってないけど、これらはふつうの端末ばかりだと思う」

「受信専用ってこと？」

「送信もできる。でもネットワークの中核じゃない」

「作戦司令部は別にあるってことね」

「そもそも兵士はみんな、あらかじめ訓練されたとおりに行動してる。意に沿わない命令を割りこませるのは無理だ」

「それでも音声送信は可能なの？　マイクがないみたいだけど」

「外付けマイクはないんだ」楊はタッチパネル式のモニターに触れた。プテオネ山中の施設全体とおぼしき図面が、ワイヤーフレームで表示された。「既存の社会でもアレクサが実用化されてるだろ。マイクは各部屋の壁に埋めこまれてる。この画面で部屋を選択後、下の赤いアイコンを押せば、その部屋の音声が兵士たちのヘルメットやインカムに届く」

「世界じゅうの兵士に？」

「全員でも一ユニットでも、たったひとりでも可。すべての兵士を選択するには、この六角形のアイコンを押す」

「兵士にきかれたくない話が筒抜けになることもありうる」

「そうならないように、選択できるのは無人の部屋にかぎられている。室内に誰かいればセンサーが感知して操作を受けつけない。あらかじめ音声通信可になった部屋に、あとから人が入るんだ。これで世界じゅうの兵士らに、いっせいに指示を送れる」

あいかわらず表示の大半は読めない文字だった。美由紀は楊にたずねた。「音声通信で作戦中止を呼びかけられない？」

「不可能だよ。兵士たちが耳を傾けるのは、作戦の次の段階に移る合図ぐらいだ」

「でも育成施設で学習していたんだから、思考は働くでしょう。説得を受けいれる可能性も……」

「よせよ、美由紀。彼らの所業を見たろ。人間性に目覚めた奴がいれば、とっくに排除されてる。僕は運がよかっただけだ」

理沙が呼びかけた。「ねえ。この画面、医療機関で見かけるやつじゃない？」

美由紀は理沙の視線を追った。別のモニターに英文が表示されている。

たしかにＡＨＮＷだ。主要な医療機関どうしを結ぶ緊急無線通信網。中国もＡＨＮＷに加盟している。

李(リー)が仕方なさそうに歩み寄ってきた。「医療崩壊どころか医療壊滅状態だろう。もはや通貨すら意味を持たない。ボランティアで働く医師や看護師はいないよ」

楊(ヤン)は椅子に腰かけた。「でもオンラインになってる。ノン＝クオリアが通信を乗っとる対象は、抵抗勢力になりうる危険度順だ。医療の相互支援を目的としたＡＨＮＷまでは、まだ手がまわってない」

「通信網は生きてても、病院の運営がつづいてるとは思えん。応答なんか期待できんだろう」

美由紀は李を見つめた。「そうとはいいきれません。病院に取り残された医師らが、助けをまっていたら？　ＡＨＮＷに救援の連絡が入ることに、一縷の望みをかけてるかも」

理沙がたずねた。「帳副所長が入院した病院ってどこ？」

「東區尤徳夫人那打素医院」美由紀ははっとした。「副所長の記憶が戻っていれば、実証データのＨＤＤがどこに運ばれたか、手がかりが得られるかもしれない」

李は腑に落ちない顔になった。「なぜ帳副所長が？　ノン＝クオリアは研究所の三階を襲撃したとき、ほとんど喋らなかった。手がかりなんか残していないと思う」

美由紀は譲らなかった。「襲撃現場に居合わせた全員の証言を検討するべきです。あなたと理沙が見聞きしなかったなにかを、副所長は知ったかも」

楊がキーボードに両手を這わせた。「東區尤徳夫人那打素医院だな。接続して呼びかけてみる」

李はじれったそうに腕組みをした。「無駄な努力だろう」

急がねばならない。ノン＝クオリアがＡＨＮＷの使用に気づかないとは考えにくい。ほどなく回線を遮断するだろう。通信可能な時間はごくわずかにちがいない。

モニターの表示が中国語に切り替わった。東區尤徳夫人那打素医院が選択される。

楊(ヤン)が通信ボタンをクリックした。呼びだし中のアイコンが点滅する。

しばらく時間がすぎた。応答がない。理沙がため息をついた。「やっぱり駄目?」

ところがそのとき、アイコンが変化した。通信中と表示されている。メッセージを受信した。〝どなたですか〟とある。

一同がいろめき立った。楊(ヤン)がすばやくキーを叩(たた)いた。〝現状は?〟と送信した。

しばらく間があった。やがて画面上に返信が表示された。メッセージは切羽詰まっていた。〝当院は閉鎖中。暴徒が侵入を試みている。一刻も早い救援を望む〟

理沙が身を乗りだした。「入院患者も閉じこめられたままなの? 帳(チャン)副所長は?」

楊(ヤン)はメッセージを打ちこんだ。〝もうしばらく耐えてください。ところで入院患者に帳皓然(チャンハオラン)氏はおられますか?〟

通信中のアイコンは表示されたままだ。だがメッセージは沈黙した。先方は返信を寄越さない。

李(リー)が唸(うな)った。「だんまりか。彼らは救援を望んでいるだけだ。入院患者への私信なんか、取り次ぐ義務はないと思ってる」

楊(ヤン)は困惑のいろを浮かべた。「送信の内容がまずかったのかな」

「いいえ」美由紀は楊(ヤン)にいった。「先方を励ましてから用件に入った。人としての礼儀が備わってる」

「それはどうも」楊の表情がいくらか和らいだ。「自分のなかの人間性が育つのは、すなおに嬉しい」

理沙が皮肉な口調でつぶやいた。「芝居じゃなきゃいいけど」

また言い争いが始まろうとしたとき、画面上に返信のメッセージが表示された。

〝帳です〟とある。

帳副所長本人か。どうやら病院の職員が、入院患者のなかから帳を探しだしたらしい。理沙がキーボードに飛びついた。「貸して！」

楊に代わり、理沙がメッセージを入力する。〝磯村理沙です。李所長もいます。帳副所長、ご無事ですか〟

また沈黙が生じた。返信が表示されない。みな固唾を呑んで画面を見守った。

やがて返信メッセージが出現した。〝李を信じるな。敵だ〟

理沙が絶句する反応をしめした。楊も愕然としている。美由紀は緊張とともに振りかえった。

李の姿は消えていた。いつしかホール内には、美由紀と楊、理沙の三人だけになっている。

電子音が短く鳴った。モニターにはオフラインの表示があった。楊があわてぎみにキーボードを操作した。なんの変化もない。回線が遮断されたのはあきらかだった。AHNWは使用不可になった。

「なに？」理沙が震える声でささやいた。「李所長だったの……？」

楊が冷静にいった。「帳副所長の記憶が戻ったんだな。三階の襲撃時、帳副所長の前で、李は正体を現わしたんだ」

「だ、だけど……記憶の混乱による思いちがいってことは？」

それはないと美由紀は思った。李が姿を消す理由がない。すべては楊の直感どおりだったのか。

いきなり震動が襲った。激しい縦揺れだった。ホールから見える範囲の通路内で、保護衣らがいっせいに歩を速めたのがわかる。ただしパニックは起こさなかった。誰もが整然と先を急ぐ。

ブザーが鳴り響いた。警報にちがいない。照明が暗くなったのち、オレンジいろの非常灯のみが辺りを照らした。モニター類もいったん消え、非常灯とともにふたたび点灯する。

いくつかのモニターに、暗視カメラがとらえた雪原のようすが映っている。山頂だった。無数のアンテナを備えた構造物の自動ドアが開く。ボディアーマーが次々と繰りだす。だが暗闇の空から突如として砲火が襲った。爆撃も見舞われる。雪原に火柱が立ち、ボディアーマーらが吹き飛んだ。爆発は数秒後、激しい震動となりホールまで伝わってきた。

なにもない上空や雪原に向け、ボディアーマーが機銃を掃射する。対空ミサイルも発射された。空中爆発とともに、見えない機体の一部が浮かびあがった。インビジブル性能が部分的に剝がれた。だが爆撃機はアンノウン・シグマではなかった。人民解放軍のステルス機Ｊ20に近いフォルムをしている。

ボディアーマーによる水平方向への銃撃も、迫り来る透明な敵の正体を暴きつつあった。不可視だった雪上戦車群が、断片的に姿を現わしつつある。キャタピラを備えた車体から砲身が突きだしている。すべての砲口がいっせいに火を噴いた。大爆発が一帯を呑みこんだ。ボディアーマーらが蹴散らされ、構造物の壁面が崩壊した。

雪上戦車群から白系の雪原迷彩服が続々と降り立ち、突撃を開始する。見たことがない迷彩服の部隊だった。

理沙が目を丸くした。「この人たち！　わたしを攫ったのはこいつら」

「なに？」楊が驚きのいろを浮かべた。「こいつらはノン＝クオリアじゃないぞ。きみはアンノウン・シグマに囚われてたじゃないか」

「山のなかでわたしを攫ったのはこいつらなの！」

「ボディアーマーに捕まったんじゃなかったのか」

「背後から手で口をふさがれたんだって！　でも意識を失う寸前、こいつらを見た。みんなこういう迷彩服を着てた」

美由紀は衝撃とともに楊を見つめた。「ノン＝クオリアの一部隊じゃないの？」

「ちがうよ」楊が応じた。「こんな装備は見たことがない。動作もノン＝クオリアの兵士とは異なる。白仗寨の離着陸場にいた、黒スーツたちと同じ動きだ」

国連チームのSPを装っていた連中だ。あいつらもノン＝クオリアではなかったのか。すると研究所の埠頭で、夜空に合図を送っていた、あの緑いろの目のふたりだけが例外か。

どうりでふたり以外の偽SPらが、闇のなかの射撃に正確さを欠いたわけだ。いま来襲した迷彩服らに、暗視眼は備わっていない。確実にいえるのは、彼らがノン＝クオリアに敵対する軍勢だということだ。

雪上戦車群の後方から、インビジブル性能を備えない、大型のワンボックス車が徐行してくる。ロシアのUAZ製軍用輸送車だった。司令官とおぼしき人間が車外に降り立つ。太った身体を迷彩服に包んでいる。ヘルメットはかぶっていない。ゴーグルの代わりに、薄い丸形のサングラスをかけていた。

西洋人だった。赤毛だが額は禿げあがり、顎鬚を伸ばしている。

理沙が驚嘆の声を発した。「ボスフェルト博士……」

迷彩服の一群を率いるのは、エフベルト・ボスフェルト博士だった。同行する痩身の迷彩服も、やはりゴーグルやマスクを装着せず、丸い顔を露出している。肩にかかるていどの黒髪が微風に揺れる。博士の右腕、堀伊瑞穂が鋭い目つきを周囲に向ける。

軍用輸送車から降り立ったのは、ふたりだけではなかった。最後のひとりはロングの防寒コートを羽織った老人だった。着膨れしていても痩せ細った体型とわかる。コートの襟もとにはネクタイがのぞく。白髪頭に中折れ帽をかぶる。あらゆる人種の中間的な顔立ち。隆起した鼻に細い目、髭はない。自己暗示で抑制した表情からは、心理の片鱗も読みとれない。

ドライ。美由紀は衝撃を受けた。メフィスト傘下、クローネンバーグ・エンタープライズ社の特別顧問、見た目は老紳士。ドライというニックネームを名乗る。

美由紀はつぶやきを漏らした。「メフィスト・コンサルティング……」

「なに⁉」楊がモニターを凝視した。「そうだったのか。これはメフィストによる逆襲か」

ボスフェルトはメフィストの正規メンバーではない。表情筋の変化が豊かだからだ。いまも昂揚感を隠しきれていない。こんな顔は前にも見た。研究所でも攻撃的な心情がうかがえた。いまになって理由がわかる。

クオリアを信奉するボスフェルトは、メフィストの協力者となっていた。彼らは国際クオリア理化学研究所が、ノン＝クオリアの拠点のひとつだと見抜いた。

メフィストの奇襲部隊は、国連チームのSPに化け、ボスフェルトに率いられた。だがそのなかにノン＝クオリアがふたり潜りこんでいた。ノン＝クオリア側は反撃のため、アンノウン・シグマや潜水艦を待機させておいた。ふたりがそれらに攻撃開始の合図を送った。

美由紀はいった。「黒スーツの全員が、ノン＝クオリアの上陸支援部隊じゃなかったのね」

楊が茫然と首を横に振った。「知らなかった……。僕は下っ端の兵士で、潜水艦内の待機組だったから」

「どんな敵がいるかもわからなかった？」

「ああ。戦場に送りこまれてから、ヘルメットに情報が伝達されてくるんだし……」

タッチパネルを一瞥する。文字は判読不可でも、理解できる範囲で画面に触れてみた。いまは特になにも起きない。美由紀はつぶやいた。「クオリアの実証データなんて、この世に存在しなかった。李はクオリア実存の証明に成功と発表しただけ」

むろんメフィスト・コンサルティングを研究所に誘いだすための餌だ。ノン＝クオリアはボディアーマー部隊を待機させ、クオリア信奉の急先鋒たるボスフェルト博士の抹殺を謀った。

二大勢力の覇権争いがにわかに激化した。隠密行動が原則のメフィストが、容赦ない全面攻撃にでるのも、異例の事態だった。

かつてノン＝クオリアの降雨ロケット技術を、メフィストが盗んだ。メフィストのインビジブル技術を、ノン＝クオリアが奪った。一進一退の攻防がつづくうち、ノン＝クオリアの優勢に傾き、メフィストは押された。世界はノン＝クオリアの手に堕ちたかに見えた。それでもメフィストは壊滅していなかった。ノン＝クオリアの軍門に下ったわけでもない。

「でも」楊が眉をひそめた。「どうしてメフィストにここがわかったんだ？　ノン＝クオリアの兵士はけっして口を割らないのに」

ふと脳裏をよぎるものがあった。美由紀は理沙に向き直った。「手首を見せて」

理沙が当惑ぎみに腕を差しだした。赤く腫れた皮膚の表面を観察する。蚊に刺されたわりに炎症が起きていない。静脈に沿った位置に、蚊の針にしては大きな痕が見てとれる。

美由紀はため息をついた。「注射痕。たぶんナノサイズの発信器を血管内に注射されてる」

「なっ」理沙がびくつき、あわてぎみに手をひっこめた。「発信器⁉ わたしの体内に?」

「落ち着いて。健康に害が生じるとは思えない」

「なんでそういいきれるの?」

「あなたが倒れたら、メフィストにとっての道標がなくなるから」

メフィストは理沙を攫い、発信器を注射したのち、すぐに放りだした。ノン＝クオリアに拾わせ、新たな拠点を知るためだった。

楊が立ちあがった。「すぐに武器を探さないと……」

「まって」理沙が蚊の鳴くような声でささやいた。「そんなの無理だと思う。周りを見て」

美由紀はその場に立ちすくんだ。ホールの内壁をボディアーマーの一群が埋め尽くし、美由紀らを包囲していた。

ボディアーマーのなかに唯一、人質らしきぼろぼろのスーツがたたずむ。突き飛ばされ、よろめいたスーツがつんのめった。

床に突っ伏した男の顔があがる。何発も殴打を受けたらしく、無残に腫れあがっていた。眼鏡は失われている。文科省の芳野庄平が、息も絶えだえにささやいた。「岬さん……」

27

ノン＝クオリアは、美由紀のあらゆる対抗手段を見抜いていた。抵抗を阻止するため、外部から人質を連れてきた。文科省の芳野は、空港で香港から帰国する前に捕まったようだ。

美由紀はボディアーマーらに従わざるをえなかった。ほかの人質とは切り離され、美由紀ひとりだけが別の場所に連行された。

そこは階層をさらに下った、やたら厚い壁に囲まれた部屋だった。固く閉ざされた鉄製の扉以外、通路側に小窓ひとつない。室内に物はいっさいなかった。もっともそれは、目に見えていないだけの話だ。

天井に埋めこまれたLEDライトが真上から照射する。美由紀は裸になっていた。この部屋に入ってすぐ、ボディアーマーに衣服をすべて切り裂かれた。その後、透明の巨大なアメーバに包まれ、前傾姿勢で宙に浮いていた。

フレキシブル・ペリスコープの繊維でコーティングされた、ゴムのような質感の物体が、美由紀の身体をすっぽり包みこんでいる。目には見えないものの、視界はうっすらと揺らぐ。美由紀は全裸のまま空中に浮かんでいる。爪先(つまさき)は床から五十センチほど離れていた。

室内には美由紀のほかに、もうひとりだけいた。李俊傑(リージュンジエ)がゆっくりと歩き、美由紀の周りをめぐった。あらゆる角度から美由紀の全身を観察する。

李(リー)がつぶやいた。「理想的な肉体だ。筋肉のつき方もいい。天然に発達する人体としては申しぶんない」

美由紀は動じなかった。「遊び相手なら無限に作りだせるでしょ。二十歳の友里佐知子が。死体とじゃれあうに等しいだろうけど」

静寂のなか、自分の声がわずかに震えている、美由紀はそう思った。李(リー)は鼻を鳴らし、手もとのリモコンを操作した。

見えないゴムが美由紀の身体を強く締めつける。美由紀は苦痛に呻(うめ)いた。

「滑稽(こっけい)だな」李(リー)が淡々といった。「そんな無様をさらしながら、まだ強がってるのか」

「事実は事実」美由紀は息苦しさに抗(あらが)いながら、かろうじて声を絞りだした。「ｉＰＳ細胞と３Ｄバイオプリンターを使った、命ある人間の製造には、まだ成功できてない。友里佐知子の死体がどんどん作りだされてるだけ」

「おまえはあの女をよく知っているはずだな。なぜサンプルが友里佐知子なのか、理解できるか」

「もし命を宿したサンプルが作れた場合、若いころの友里佐知子なら、メフィストの天敵になる。大勢作れたら作っただけ、メフィストに送りこむ」

「そうだ。本当はおまえを大量生産したかったんだがな。岬美由紀のＤＮＡ型と医学データが、充分に揃わなかった」

「友里佐知子を作るのは、あくまで実験と開発のため。本当に作りだしたかったのは、自分のコピーでしょ」

李(リー)の冷やかな目が美由紀をとらえた。またリモコンのスイッチが押される。身体を覆う不可視のアメーバが、美由紀の腕と脚をまっすぐに伸ばさせた。空中に大の字になったうえ、さらにのけぞるのを余儀なくされる。美由紀は歯を食いしばり、全身の関節に走る痛みに耐えた。

「興味深い話だ」李は澄まし顔でいった。「なぜ私がコピーを必要とする？　細胞ひとつあれば、クローンが作りだせる時代だというのに」

「クローンなんて一卵性双生児と同じ。たとえ核移植じゃなく、細胞を動物個体に成長させる技術ができたとしても、やっぱりそっくりの双子が生まれるだけ」

「ほう」

「双子は互いを他人だと自覚する。あなたが欲したのは双子じゃなく、自分とまったく同一の存在。脳のニューロンもシナプスも、細部にわたって共通する完璧な複製。目的はパソコンの買い替えと同じ」

「パソコンの買い替えか。いいえて妙だ」李がうなずいた。「そうとも。私が求めたのは、回路も構造も完全に同一のハードウェアだ。人体の脳のなかの分子は、物理的法則に従って動いている。脳に意識が宿っても物理の法則は変わらない。シナプス結合により、思考も感情も記憶も維持されているとすれば、脳全体をそっくりそのままコピーすることで、それまでの自分と同じ自我が宿る」

「新たなコピーが生命を持つと同時に、元の自分を殺してしまえば、自分がふたつ存在する混乱も生じない。きのうまでの記憶もちゃんと残っている。身体に疾患が生じたり、負傷したりした場合は、すぐ新たな自分を製造すればいい。これを反復すれば……」

「そのとおり。永遠の生命が得られる。だがおまえはひとつまちがってる。私は単なる複製を望まない。脳の記憶を維持しながら、二十歳の自分の人体製造を実現させたい。友里佐知子をサンプルにして実験しているのは、まさにそこでね」

「生きてる友里佐知子をひとりも作りだせないまま、メフィストの総攻撃を受けてる。もう終わり」

李(リー)の表情がこわばった。リモコンをタップすると、見えないゴム製のアメーバが締めつけてくる。今度の圧迫は想像を絶していた。四肢がちぎれそうだ。美由紀は悲鳴を発した。

アメーバが力を緩める。激痛が痺(しび)れとなって尾を引いた。李(リー)が低い声で告げてきた。

「きいたふうなことを口にするな。この拷問は大の男でも精神を壊す。メフィストはまだ山頂付近で立ち往生だ。精鋭が防御している。奴らはけっして突入できん」

美由紀は荒い息遣いとともにいった。「集合意識。マザーコンピューター。宗教的概念。どれもちがう。ノン＝クオリアの母(マザー)は、もっと卑小な存在でしかなかった。あなたと、その父親、それに祖父。詐欺師の一族」

不可視のゴム製アメーバが、美由紀の身体をもてあそびだした。あられもない体勢をとらせ、局所にゴムをねじこんでくる。美由紀は全身をよじって抵抗したが、いっこうに脱しようがない。

李は目を怒らせた。「私の家系がノン＝クオリアの中核だというのか。どこからそんな戯言を思いついた？」

「言い逃れはよしてよ」美由紀は見えないゴムの暴行に対し、全力でもがき、逆らいながら吐き捨てた。「あなたの祖父、いえもっと以前の先祖は心脳問題について、脳がすべてだと結論づけた。完全なコピー脳が作りだせれば、そっちに同一の自我が宿る。それによって不老不死を得られる。でも実現のためには、巨額の費用と、技術者の人材育成が必要になる」

「それとノン＝クオリアがどう結びつく？」

「法と倫理に背く、組織に従順な技術者たちを育成しなきゃならなかった」

「技術者たちが不老不死の報酬に釣られてるというのか？」

「あなたの家系は、技術者たちの信念をブレさせたくなかった。クオリアなる概念を認めてしまったんじゃ、脳の物理的構造以外にも、自我を作りだすなにかが存在することになる。完全なコピー脳を作りさえすれば、自我がそちらに移行するという理屈にも齟齬が生じる」

「……それでは都合が悪いな。技術者らによる開発過程でのトライアンドエラーに、未知なるクオリアという、余計な起因の可能性が含まれてしまう」

「だからコピー脳の完成を急がせるため、クオリアという概念をいっさい持たない技術者らを必要とした。クオリアを否定し、自覚もしない技術者ばかりなら、人体が複雑な機械にすぎないと信じられる。技術者みずからが感情を持たないマシンとなり、脳を徹底してメカと見なすことで、実験開発の速度もあげられる」

「思ったより賢いな、岬美由紀」李がじっと見つめてきた。「指摘のとおりだ。人の脳が人の脳を分析するのは、長いこと困難とされてきた。クオリアなどというまやかしが混在するためだ」

「まやかしじゃないでしょう。あなたの家系はクオリアを否定しきれなかった。脳の構造全体のコピーにより、クオリアも移し変えられることを祈った」

李の表情がこわばった。「馬鹿をいうな！　クオリアなどありはしない」

「いいえ」美由紀は語気を強めた。「あなたはクオリアを恐れてる。マリーの部屋で育てた子供のうち、一定数がクオリアを自覚した。ひょっとして、脳の完全コピーに成功したとしても、クオリアが移行せず、同一の自我を持たないのでは。絶えずそん記憶も従来のまま引き継がれる。クオリアなどない！」

「断じてちがう！　脳の構造がすべてだ。物理的にコピーできれば、感情も思考も記憶も従来のまま引き継がれる。クオリアなどない！」

「死への恐れが極端な思考につながってる。父親や祖父以上に、あなたは切実に不老不死を求めてる」

「私が父や祖父とちがうというのか」

「ええ。結婚し子供に恵まれた時点で、生命に対する考え方が変わる。あなたは未婚なだけじゃなく……」

「いうな」

「裸の異性を見ても、なんの欲求も生じない。心が冷淡なまま動かない。自分の血を受け継ぐ子孫を残せないことが、悩みのひとつだった。自分の性的不能を肯定するため、クオリアを信じてない知性人だからだと結論づけた」

李の額に青筋が浮かびあがった。「黙れ！」

「でも自分がいちばんよくわかってるはず。性的欲求とクオリアに因果関係があるとして、クオリアが存在しなければ、あなた自身も生まれなかった。ほかの万人についてもそう。なにがノン＝クオリアよ。強いていえばただの不感症でしょ！」

「黙れといってるだろう！」

見えないゴムの一部が顔の前に突出してきて、美由紀の口にねじこまれた。喉が深く圧迫され、息ができなくなった。美由紀は苦しくなってむせた。必死に身をよじるが、不可視の透明アメーバが胴体を引き裂かんばかりに締めつける。酸素不足のせいだろう、意識が遠のきだした。

李はリモコンを操作しながらわめいた。「おまえはクオリアそのものだ！　得体の知れない、最も邪魔で邪悪な存在だ。クオリアなしには子も作れないだと？　なら私は新人類の始祖だ。子を作る欲求を持たず、新たな手段で生命を製造し、自分に自分を受け継がせる。クオリアなど人類のバグだ。そんな動物じみた生得的な感情は、私の代で滅ぶ！」

合成音声らしき抑揚のない声が、突如として室内に響き渡った。「イレギュラー発生。東半球の治安維持軍各部隊、42パーセントが心肺停止。6パーセントが危篤。心肺停止、47パーセントに上昇。51パーセント。54パーセント……」

李が極度に表情をこわばらせた。震える手からリモコンが滑り落ちた。

見えないゴム製のアメーバが、唐突に力を緩めた。美由紀は落下し、床に突っ伏した。痺れるような痛みとともに、全身の肌に床面の冷たさを感じる。

音声がなおも淡々と告げた。「ユーラシア大陸の治安維持軍各部隊、軍事施設制圧隊、政府機関統括隊、83パーセントが心肺停止。87パーセント。92パーセント」

「……なぜだ」李は血走った目を瞠り、狼狽をあらわにしていた。「心肺停止だと？　兵士たちが……」

朦朧とする意識のなか、美由紀は顔をあげた。「コンピューターからあなたへの伝達は、ノン＝クオリア語じゃないのね。母のあなたが、メンバーの共通言語を学ぶのを怠るなんて、組織がペテンにすぎなかった証し」

李が焦燥に顔いろを変え、足ばやに歩み寄ってきた。「岬美由紀。なにをした⁉」

「なにもしてない。兵士たちの自発的行動でしょ。母がクオリアの存在を認めた。信条も教義も喪失した兵士らはみな、リカバリー不能なエラー発生時の対処法を実行した」

「対処法だと……」

「銃口を自分に向けトリガーを引いた。世界じゅうのボディアーマーが」

「なっ」李は愕然とし天井を仰いだ。「まさか。ここの通信が……」

捕まって連行されることは予測していた。タッチパネルの文字表示は理解できなくても、ワイヤーフレームの図面は見ればわかる。深い階層に、壁の分厚い部屋がひとつだけ目にとまった。防音仕様、拷問室なのはあきらかだった。さっき室内が無人のうちに、この部屋を選択し、全世界のボディアーマーへの音声通信を接続しておいた。

李は放心状態も同然に凍りついていた。「ノン＝クオリアが……」

「いま滅んだ」美由紀はうつ伏せに寝たまま、上半身を起きあがらせた。「あなたがクオリアを信じてたばかりに」

「……この死に損ないの雌が！」李は激昂した。猛然と美由紀につかみかかろうとした。

また音声が鳴り響いた。「プテオネ山警備軍各部隊、防衛軍各部隊、92パーセントが心肺停止。93パーセント。94パーセント……」

李は息を呑む反応とともに静止した。突き上げる震動が部屋を揺すった。いまや李の顔には、動揺と恐怖のいろがありありと浮かんでいる。

この施設を防御する兵士らも、続々と自決している。守るすべを失った施設内に、メフィストが乗りこんでくる。ボスフェルト博士以下、メフィスト陣営が狙うのは、李の首以外になかった。

うろたえた李が後ずさり、いきなり身を翻した。鉄扉のハンドルを回転させ、体ごとぶつかる。扉が重々しく開いた。李はその隙間を抜け、外の通路に消えていった。

美由紀はふらつきながら立ちあがった。一糸纏わぬ身体が冷えきっている。裸足で床を踏みしめた。扉に向かおうとして、見えないゴムの塊につまずきそうになる。手探りで物体を確認し迂回した。腹立ちまぎれにリモコンを蹴り飛ばし、鉄扉へと近づく。

半開きの扉の外をのぞいた。無機的な通路に、ボディアーマーが何体も倒れている。階段を駆け下りてくるのは迷彩服の群れだった。たったひとり、防寒コートを羽織った老人が、悠然とした足どりでつづく。年齢を感じさせない鋭いまなざしが、ただちに美由紀をとらえた。

美由紀はあわてて室内にひっこみ、鉄扉を閉じにかかった。だがハンドルが回りきっているせいで、閂が突きだしたままだった。扉は閉まりきらなかった。

廊下からドライの声が呼びかける。「岬様」

「入ってきたらあなたの仲間を全滅させる」

「メフィストはあらゆる状況を想定しております。着替えなら運ばせてまいりました。もう少しだけ扉をお開けください」

ためらいが生じたものの、裸のまま室内に留まるわけにいかない。美由紀はハンドルをつかみ、わずかに扉を壁面から浮かせた。

ほどなく衣類が投げこまれた。だが床に散らばったのはセーラー服とスカートだった。

美由紀はつぶやいた。「いっそ殺意が湧いてきた」

「クローネンバーグ・エンタープライズでは、ダビデの意見書に基づき行動するのが原則です」

「もう一回やったら、メフィストもノン＝クオリアと同じ運命をたどる」

「そうおっしゃるのも予測がついておりました」

ドライがまた服を投げこんできた。今度は寒冷地帯用の戦闘服だった。防寒仕様のジャケットにズボン、ブーツ。防弾パッドがあちこちに縫い付けられている。

ようやくまともな衣類を獲得できた。美由紀は戦闘服を拾いあげた。「世界の秩序回復に、メフィストが介入する気でしょう、調整の名のもとに。だとしたら許せない」

「まだそういうわけにはまいりません」ドライの声は緊迫の響きを帯びていた。「世界の核のスイッチは、李俊傑（リージュンジェ）に握られたままです」

## 28

白銀の山頂はぼんやりと明るくなっていた。空は藍いろを帯びている。迷彩服の群れが停車中の装甲車両一台に殺到する。後部ハッチの施錠箇所に少量のプラスチック爆弾を仕掛けた。

この車両は雪原迷彩の塗装を施されているものの、インビジブル性能は備えていなかった。ほどなく小爆発が起きた。迷彩服らが大きく扉を開け放つ。

荷台には人質たちが手首足首に枷を嵌められ座りこんでいた。迷彩服が解放してまわった。楊は平然とした面持ちだったが、理沙は泣きそうになっている。誰よりも激しく狼狽をしめすのは、文科省の芳野だった。

枷を外されてからも、芳野は泣きじゃくり、手足をばたつかせた。「なんなんだよ、こりゃいったい！　霞が関に電話させてくれ。役人にこんなことをして、日本政府が黙っちゃいないぞ！」

ノン＝クオリアが各国政府を制圧した事実について、芳野は知らないままらしい。

美由紀は荷台に乗ると、穏やかに話しかけた。「芳野さん。もう自由になった。心配しないで」

「岬さん……。なにが起きたんですか。どこのテロリストか知らないが、僕は空港でたったひとり捕らえられて……」

「ほら、見て。理沙もいるでしょう」

芳野が理沙に目を向けた。理沙がこわばった笑みを浮かべる。ようやく芳野は落ち着きを取り戻しつつあった。まだ大粒の涙を滴らせるものの、子供のように泣き叫ぶことはなくなった。美由紀は微笑してみせると、荷台から車外に飛び下りた。

ドライが美由紀に耳うちしてきた。「帰国前に彼の記憶を奪っておきますか。われわれなら対処できます」

「やめてよ。世間を混乱させないでいどに口止めしとくから、手をださないで」

「核ミサイルが複数発射されれば、その世間は消えてなくなります」

迷彩服がふたり歩み寄ってくる。ボスフェルト博士は伊瑞穂を用心棒のごとく引き連れていた。伊瑞穂の仏頂面からは心理が読めない。彼女はメフィストの正規メンバーにちがいない。

ボスフェルトが苦い顔でドライにいった。「李がついさっき外にでたのはたしかだ。だが発見できない」

美由紀は山頂を見渡した。凄惨な光景がひろがっていた。雪原はいたるところが鮮血に染まっている。ボディアーマーの死体がそこかしこに横たわる。黒煙も噴きあがっていた。雪上戦車の損傷した部分だけが、空中に浮かんで見える。

楊が駆け寄ってきて遠くを指さした。「あれだ。一キロ近く先」

美由紀は周りの迷彩服の装備に目を走らせた。双眼鏡を下げている兵士がいた。ドライが顎をしゃくると、兵士は双眼鏡を美由紀に手渡した。

双眼鏡で楊のしめした方角を注視する。雪原と枯れた木々しかない。だがよく見ると、降り積もった雪が埃のように舞いあがっている。雪上にキャタピラ痕らしき溝が延びていく。美由紀はドライに双眼鏡を引き渡した。「あれはメフィストの戦車?」

ドライは双眼鏡をのぞいた。「いや。インビジブル性能を備えていますが、もっと小ぶりのようです。李の専用車でしょう」

「行き先には核のスイッチが……」

「追うべきです」ドライが迷彩服らを振りかえった。「七号を起動」

迷彩服の群れがあわただしく駆けだした。近くの見えない戦車に搭乗していく。空中にいくつかの開口部が出現した。ボスフェルト博士と伊瑞穂が速やかに乗りこむ。

美由紀も楊とともに駆け寄った。拒絶されても強引に押しいるつもりだった。

異次元の扉のような開口部を入ると、直方体の小部屋に似た車内だった。全員がひしめきあいつつ、シートもない床にしゃがんだ。天井も壁も鉄製だが、側面にはふしぎなことに、強化ガラス製とおぼしき小窓がある。外からは不可視でも、内からの可視を実現している。メフィストのテクノロジーもノン＝クオリアと同じく、想像以上に進歩していた。車内には電子機器類を備えた制御パネルが設置されている。環境センサーやレーザー検知器、各種レーダー。そのわきは小型爆薬庫で、歩兵が持ちだせる爆弾の類いが収めてある。

短い悲鳴がきこえた。なぜか理沙までが転がりこんできた。

美由紀はいった。「降りて。ここでまってればいい」

「嫌！」理沙は叫びにも似た声で拒絶した。「へんな軍隊と頼りない文科省の役人しかいない。あなたと一緒のほうが安全にきまってる」

ドライが乗りこむと、側面のハッチが閉じられた。雪上戦車は急発進した。美由紀は体勢を崩しそうになった。アスファルトを踏みしめるタイヤ並みの加速だった。

伊瑞穂がホルスターから拳銃を抜いた。無表情ゆえ意図は読めない。だが伊瑞穂の視線は楊に向けられていた。美由紀はとっさに動き、伊瑞穂の手首をつかんだ。銃口が楊を狙い澄ますのを、寸前で阻んだ。

美由紀はささやいた。「緑いろの目でも、彼はもう兵士じゃない」

「甘い」伊瑞穂が冷ややかなまなざしで見つめてきた。「噂にきく以上に甘い女ね。岬美由紀。間もなく九割以上の確率で核戦争が起きる。わずかに残った人類に、ノン＝クオリアの脅威は要らない」

「核戦争を回避できたとしたら？」

「ノン＝クオリアとして生まれ育った人間が、社会に適応できるはずがない」

「メフィストに染まってるあなたもでしょ」

沈黙が生じた。張り詰めた空気のなか、伊瑞穂の顔にかすかな憤りの感情が浮かんだ。美由紀の手を振り払い、伊瑞穂が身を引く。楊はうつむいた。緑いろに光る目が床を眺めた。

ドライが落ち着いた声を響かせた。「堀伊瑞穂は優秀な人材です。でなければボスフェルト博士の護衛など務まりません。今後お見知りおきを」

美由紀はボスフェルトに目を移した。「あなたほどの権威がメフィストに加担するなんて」

ボスフェルトは顎髭を撫でながら応じた。「影響力のある者でなければ、世を変えていくのは不可能だろう。その意味で私はメフィストの理念に共感しとる。妻も賛同しとるよ。うちの家族はメフィストの特別顧問と仲がいい」

世には想像しえないプライベートもあるものだ。美由紀は醒めた気分になった。

「家族ぐるみでメフィストとつきあってたんじゃ、子供の教育にも悪いと思いますけど」

「私の息子はとっくに大人だよ。医学博士だ。重要な研究論文をいくつも発表しとる。私のほかにも、あらゆる分野の権威たちがメフィストの支持者だ」

「たとえば誰ですか」

「特別顧問の許可なしには明かせん」

「ドライが了承すれば教えてくれますか」

「はて？　ドライとは？」

するとドライが肩をすくめた。「私のことです」

伊瑞穂が鼻を鳴らした。

美由紀はドライを眺めた。「本当の名は？」

「今後ともドライとお呼びください」老紳士の目が怪しい輝きを帯びた。「私どもと手を結ぶ気がおありなら、喜んでお教えしますが」

またその話か。美由紀は黙って顔をそむけた。メフィストはみずからが犯した罪を忘れるのが早い。ノン＝クオリアと同類だという自覚もないようだ。

車内前方から報告の声が飛んだ。「接近しました。左斜め前方です」

迷彩服らがいっせいに身構える。美由紀も小窓から外をのぞいた。あいかわらず李(リー)の乗る車両は見えない。だが雪原には猛烈な速度でキャタピラ痕が刻まれていく。

ドライが冷静な面持ちでいった。「伊瑞穂」

伊瑞穂が制御パネルに向かう。ジョイスティックで照準を操作し、透明な砲塔を標的に向けた。手慣れたようすで砲弾の自動装塡(そうてん)を完了し、セーフティを解除、トリガーを引き絞った。

反動の振動とともに砲弾が発射された。至近距離で爆発が巻き起こる。爆風に雪上戦車が浮きあがった。黒煙が振り払われたのち、六角柱を横に寝かせたような敵装甲車の縁取りが、かろうじて見えるようになった。ひとり乗りゆえ、こちらの雪上戦車よりかなり小さい。伊瑞穂がさらに数発を発射した。敵装甲車の破損箇所がひろがっていく。インビジブル性能はほぼ剝(は)げ落ち、いまや全体が視認できる。

動いている標的を捕捉(ほそく)するのは、電子制御の援助があっても難しい。これだけの速度ならなおさらだ。だが伊瑞穂は難なく全弾を命中させた。陸上自衛隊の機甲科戦車部隊にも、こんなに腕の立つ者はいない。並外れた動体視力と集中力、反射神経の持ち主だった。

敵装甲車はキャタピラまで目に見えるようになった。伊瑞穂は車体下部を狙い、つづけざまに砲弾を浴びせた。しかし驚いたことに、走行にはなんら支障を生じない。

伊瑞穂がじれったそうにドライを振りかえった。「外からの攻撃じゃ駄目です。乗り移って内部から爆破しないと」

ドライが鋭い目で小窓をのぞいた。「敵車両の上部にハッチが見える。侵入できるか」

「無理です」伊瑞穂が首を横に振った。「ノン＝クオリアが用いる車体のロック機構は、まだ解明しきれていません」

どうせハッチは二重になっている。開けて爆薬を投げこみ、みずからが飛び下りるまで、無事でいられるとは思えない。二枚目のハッチを開ける前に、屋根にあいた銃孔から撃たれる。むろん銃孔は外から弾が撃ちこめない構造だろう。特攻など自殺行為だった。

ところが楊（ヤン）がすばやく動いた。制御パネルの下、小型爆薬庫からなにかをつかみとる。C４と時限式起爆装置からなるハンディタイプの爆弾だった。楊（ヤン）はスイッチをいれると、爆弾をベルトに挟んだ。車体側面のドアを開け放つ。冷えきった強風が車内に吹きつけてくる。

楊が身を乗りだした。「もっと寄せてくれ！」

迷彩服は誰も楊を阻止しようとしない。雪上戦車が徐々に敵装甲車との距離を詰めていく。楊が跳躍の体勢に入った。

美由紀は楊にしがみついた。腰から爆弾を引き抜き、外に放り投げた。後方の雪上で爆発が起きた。

敵装甲車には水平方向360度機銃が備わっていた。けたたましい掃射音が鳴り響く。雪上戦車は攻撃をもろに受けた。インビジブル性能が一部削られたかもしれない。敵との距離がひろがる。美由紀は右手で楊を床に押しつけ、左手で側面のドアを閉めた。

「馬鹿！」美由紀は怒鳴った。「やめてよ。命を粗末にしないで！」

楊の緑いろに光る目が、明確に驚きの感情をしめした。やがて哀感がのぞき、うっすらと涙が浮かびだした。「死なせてくれよ。世界じゅうの同胞たちと一緒に」

「あなたはもうノン＝クオリアの兵士じゃない」

「兵士として生まれ育ったんだ。人間性を求めてきたけど、いまだに理解できないことばかりだ。どうせ未来なんかない」

「育成施設にいた子供たちは？　あなたはひとりきりじゃないでしょう」

理沙が姿勢を低くしながら歩み寄ってきた。神妙な面持ちで理沙がささやいた。

「楊。わたし……。あなたに何度も助けられた。すなおになれなかったけど、いまはいえる。ありがとう。あなたがいてくれたから、わたしは生きてる」

美由紀は楊を見つめた。「カウンセラーとして多くの人に会ってきて、はっきりわかることがある。あなたは誰よりも人間性にあふれてる」

楊の美由紀を見かえす目に涙があふれた。声を押し殺しながら楊は泣いた。彼が初めてしめす、きわめて人間らしい感情だった。

迷彩服らは沈黙を守っていた。ボスフェルト博士がひとり吐き捨てた。「やれやれだ。世界が滅ぶかもしれないってのに、幼稚な愁嘆場を見せられるとはな！　メフィストが岬美由紀を危険視しとる理由が、これでわかった。とんでもなく子供じみた感情の持ち主だ。ノン＝クオリアの生き残りから、自害の機会を奪ってなんになる」

美由紀は平然とした顔を装った。しかしそれは一瞬にすぎなかった。忍耐の限界などとっくに通り越している。美由紀はボスフェルト博士の赤い顎髭をつかむと、力いっぱい突きあげた。禿げ頭がしたたかに天井に打ちつけられる。鈍重な音が車内に響き渡った。

すかさず美由紀は怒声を浴びせた。「たとえクオリア研究の世界的権威であっても、腐った心の持ち主は尊敬に値しない！　今度ほざいたらドアの外に放りだす！」

だが伊瑞穂が静かにいった。「美由紀。メフィストとノン＝クオリアばかり相手にしてて、腕力の加減を忘れてる。わたしたちなら平気だけど、その博士は一般人」

ボスフェルトはぐったりとしていた。半目を開き、口から涎を滴らせたまま脱力している。気絶したようだ。美由紀は手を放した。ボスフェルトは横向きにばったりと倒れた。

周りの迷彩服らは無反応だった。美由紀の隣りでドライがこぼした。「あなたは特別顧問に匹敵する能力の持ち主であられる。なのに、なにからなにまで、メフィストの理念と対照的ですな」

美由紀はぶっきらぼうにきいた。「誘うだけ無駄とわかった？」

「いえ。もし核戦争を阻止できたのなら、私はむしろ、岬様に……」

妙な気配が胸をかすめた。どういう意味だろう。美由紀はドライに目を向けた。ドライの皺だらけの真顔が、美由紀をじっと見かえした。

迷彩服のひとりが声を張った。「敵が針路を変えました！」

小窓の外に視線を転じた。敵装甲車は陥没地帯に下ると、崖の岩肌に向かいだした。

車幅ぎりぎりの洞穴に突っこんでいく。洞穴の入口は、美由紀らの乗る雪上戦車より、あきらかに狭かった。

ドライがきいた。「洞穴に対戦車砲を撃ちこめば仕留められるか」

別の迷彩服が制御パネルのモニターを睨(にら)みながら応じた。「いえ。音波探知によれば、空洞は約二十メートル先で折れています。敵はそこより深く潜りました」

砲撃したとしても、洞穴の崩落を招くだけだ。入口を塞(ふさ)ぎ、李(リー)を生き埋めにしたとしても、核のスイッチに手をかけるのは阻止できない。

雪上戦車が停まった。側面のハッチが開け放たれるや、美由紀は真っ先に飛びだしながらいった。「ドライ。理沙をお願い」

猛然と洞穴に全力疾走する。世界は終わらせられない。ノン＝クオリアとして育てられた幾千万の生命が犠牲になった。これ以上誰も死なせない。

## 29

国家の軍隊であれば、第一波攻撃隊が洞穴に突入するだろう。だがいまメフィストの迷彩服らはそうしなかった。美由紀は軍勢が左右に分かれ、雪上に散開していくのを見た。ほかの出入口を探りつつ、周辺の警戒にあたろうとしている。

こざかしくも真っ当な判断だった。群れをなし洞穴に踏みいったのでは罠にかかる。とりわけセンサー類が武器を探知し、自動的に抹殺を謀ろうとする公算が大きい。一網打尽にされ貴重な兵力を失う。メフィストはそんな愚行は犯さなかった。

それゆえ洞穴に駆けこんだのは、美由紀と楊だけだった。ふたりとも武器を持たず素手だった。敵装甲車のキャタピラ痕が奥へと延びている。エンジン音はきこえない。行く手はほの暗いが、まだぼんやりと見てとれる。内部の岩肌は凍てつき、いたるところに氷柱が下る。足もともやたら滑りやすかった。靴の裏全体で踏みきり、一歩ずつ跳躍するように走る。洞窟内部の角を折れた。行く手はしきりに蛇行し、起伏を繰りかえす。

しだいにかすかな明るさも失われ、前方は真っ暗になった。楊が歩を緩めた。緑いろに光る目は闇を見透かしているはずだ。美由紀は警戒心を強め、同じように前進のペースを落とした。

背後から靴音が駆けてくる。伊瑞穂は凍った地面をものともせず、異常なほどの速度で接近する。やはり武器は持っていない。追い抜きざま伊瑞穂が声高にいった。

「なにもできないのなら外でまってて」

美由紀は前方の闇に死の気配を感じた。とっさに伊瑞穂を追いあげ、背に飛びついた。「危ない！」

伊瑞穂を押し倒し、ふたりとも突っ伏すと同時に、背後で楊が身をかがめた。美由紀の頭上を見えない巨大な刃がかすめ飛んでいった。洞窟内を前から後ろへと、すべての氷柱を水平に斬り裂きながら、瞬時に飛び去った。

身体に感じる震えは、凍った地面に横たわったせいばかりではない。伊瑞穂が恐怖に全身を震わせていた。表情の隠蔽を忘れ、怯えたまなざしで美由紀を見上げる。

美由紀は黙ってうなずいた。メフィストによるノン＝クオリアの分析では、けっしてありえない罠の構造だったのだろう。だがメフィストの計算には往々にして粗がある。いまは野性的な勘に頼ったほうが生き延びられる。

洞窟内の前方がほのかに明るくなった。数十メートル先は巨大な空洞だった。しかも人の手が加えられている。鉄製の柱と梁が内壁を補強するなか、千インチを超えるサイズのモニターが高々と掲げられている。その画面表示が光源となり、辺りをおぼろに照らす。

プテオネ山に到着してすぐ、小規模施設内で目にした世界地図のグラフィックが、いま大画面に映しだされていた。表示される文字は判読不能だった。合成音声がこだまする。ノン＝クオリア語のようだ。意味は理解できない。

六角柱を横倒しにしたような装甲車は、空洞の端に乗り捨てられていた。モニターの真下にあたる地面には、コンクリート製の基礎が築かれ、制御用とおぼしきデバイスが並ぶ。機器類の中央に立つ人影があった。

李俊傑（リージュンジエ）がこちらを振りかえった。マイクとスピーカーを通じ、乾いた声を空洞内に反響させる。「雪山にもネズミは生息する。三匹侵入したな。ノン＝クオリアの裏切り者に、メフィスト・コンサルティング、一般人」

美由紀はいった。「ここにいる一般人はふたりでしょ。架空の教義を振りかざした詐欺師も含む」

距離があるものの、美由紀の声は李（リー）に届いたらしい。李（リー）は動じるようすもなく応じた。「架空の教義かどうか、その目で見るがいい。人類史の最期にあたる一ページを、いまから綴（つづ）る」

李（リー）の顔がデバイスを見下ろした。なんらかの操作をおこなった。

スクリーンの世界地図が真っ赤に染まった。核を保有する各国に複雑なグラフが躍る。今度の合成音声はノン＝クオリア語ではない、日本語だった。「ミニットマン、ヤルス、東風（ドンフエン）41、火星（ファソン）15、アグニV、エリコ3、全弾発射準備完了」

鳥肌が立った。米英中と北朝鮮、インド、イスラエルの弾道ミサイル。それらの全弾が発射態勢を整えた。

伊瑞穂が腹に据えかねたかのように、すばやく立ちあがるや駆けだそうとした。だが間髪をいれず風圧が迫った。美由紀は伊瑞穂の胸ぐらをつかみ、力ずくで地面に伏せさせた。

見えない巨大な刃が頭上を瞬時に通過した。髪の毛がいくらか降り注いだ。美由紀と伊瑞穂の頭髪の一部だった。伊瑞穂の顔が恐怖に引きつった。

「愚鈍だな」李（リー）の声が響き渡った。「フレキシブル・ペリスコープ繊維が覆う刃は、洞窟内を隈（くま）なく走る。ＡＩがノン＝クオリア以外の侵入者を感知し、切断するまで追いまわす」

美由紀は李（リー）に声を張った。「世界が滅んで、あなた自身は生き延びられると思う？」

「関係ない。人類を道連れにするだけのことだ」

モニターにデジタル表示が出現した。残り四分。カウントダウンが開始された。

「見ろ」李（リー）が両手を振りあげた。「人の悩みをきき、ささやかな助言をあたえるカウンセラー。歴史を司ると豪語するメフィスト・コンサルティング。なにもかも無駄な努力だったと痛感するがいい。あと三分四十秒で、人類は地上での役割を終える」

脈拍が果てしなく亢進する。焦燥に駆られながらも、美由紀は努めて落ち着いた声を響かせた。「クオリアの謎を解明しないまま、人類を滅ぼす気？」

「謎は謎のままでかまわない。岬美由紀。肌が痒いとき、なぜ掻きたくなるのかね。掻けば痒みがおさまり、一定の快楽を得られるのはなぜか。あれはクオリアかね」

「いえ」

「ほう。クオリアじゃないのか」

「痒みが生じたとき、脳の報酬系と呼ばれる部位、中脳や線条体が反応する。よって掻く行為の報酬として快楽を得られる」

「なぜ脳はそんなふうになってる？　犬や猫も身体を掻きたがるが」

「ノミやダニを排除するための生得的な機能。犬や猫にとっては健康や生命にかかわる」

「そうとも。おそらくクオリアに分類されるあらゆる概念も、科学的分析を突き詰めていけば、脳内物質が生じさせる複合的な反応にすぎないとわかる。どうせ深い意味など持たない」

「それらの感覚の集合体こそが人間性を形成してる。あなた自身もそれに気づいてるはず。仮に無意味さを強調したところで、あなたはクオリアを認めざるをえない。クオリアが実存すればこそ、完全なコピー脳は製造できない。不老不死は夢と潰える」

モニターの表示は残り三分を切った。李が声を荒らげた。「死を回避できないなら早めるだけだ」

「クオリアはあった。ゆえに人工の脳には生命が宿らなかった」

「ああ。認めるとも」李が居直ったようにうなずいた。「iPS細胞をゲルで包み、3Dバイオプリンターで完璧に構造を再現。血液を循環させ、メカニズム上は生命維持状態を達成した。だが命は宿らず、思考は芽生えなかった。感情も記憶もだ。科学で解明しきれない、クオリアなるものが残った。失敗の原因があるとすればそこだ」

「ノン＝クオリアなんて思想は、初めからありえなかった」

「いや。ノン＝クオリアなる新種の人類は誕生したよ。私が作りだしたんだ。マリーの部屋における育成の結果だ」

「誰がノン＝クオリアなのか、明確な判断基準は？」

「クオリアの実存を認めない者だ」

「曖昧ね。識別可能な生理学的特徴はあるの？」

「アップコンバージョン・ナノ粒子の溶液を目に注射している。緑いろに光る目を持つ兵士たちだ」

「もう全滅した」

「おまえのせいだ、岬美由紀。ともに地獄に堕ちろ」

「あなたはノン＝クオリアの母だったの？」

「いまもそうだ」

「認める者はもう誰もいない」

「世界じゅうに残るノン＝クオリアのＡＩが認識する」

「ＡＩはあなたの言葉に従う？」

「むろんだ。ＡＩにとって母の言葉は絶対だ。だからこそ世界を牛耳っている。見ろ、破滅のときまで残り二分を切った！」

美由紀は楊を振りかえった。楊の真剣なまなざしが見かえした。彼も理解したようだ。

「きいて」美由紀は立ちあがった。「死んだらわからないだろうから、いまのうちに伝えておく。人類は滅びない」

伊瑞穂が地面に伏せたまま、動揺とともに見上げてきた。風圧が急激に迫る。見えない刃が美由紀を真っぷたつにせんと襲いかかる。

瞬時に美由紀は伏せた。頭上を刃が通過した。背後で楊も立ちあがっていた。刃は楊（ヤン）を切断にかかった。

風がやんだ。楊（ヤン）は無表情にたたずんでいる。負傷はいっさいない。見えない刃（やいば）は楊（ヤン）に触れる寸前に静止したようだ。

ふたたび疾風が美由紀の頭上を駆け抜ける。今度は後ろから前へと飛んでいった。前方の空洞で、李（リー）がぎょっとして立ちすくんだ。眼球が転げ落ちそうなほど目を瞠（みは）る。大きく開いた口が驚愕（きょうがく）の絶叫を発した。

巨大な刃が到達するまで一秒。そのあいだに李（リー）の思考は働いただろうか。

ＡＩは母（マザー）の言葉を絶対ととらえる。彼自身はクオリアを認めてしまった。一方でノン＝クオリアは緑いろに光る目を持つ者と定義づけた。ＡＩの操る見えない刃は、ノン＝クオリア以外を排除する。

コンクリート製の基礎上に並ぶデバイス類が、いっせいに水平に斬り裂かれた。その中央に立つ李（リー）の身体も、上半身と下半身に分離した。すべては一瞬のできごとだった。機器の切断面に火花が散ると同時に、李（リー）の上半身は血を噴きながら飛び、下半身が崩れ落ちた。

鉄柱もすべて斬り裂かれたせいで、梁（はり）が落下し、モニターも前傾状態になった。背面に接続された無数のケーブルにより、かろうじて宙に留まっている。美由紀は駆けだした。伊瑞穂も起きあがり、楊とともに後につづいた。

破壊されたデバイスが小爆発を起こし、それぞれに炎を噴きあげる。モニターの表示は消えていなかった。残り一分。

三人はコンクリート製の基礎に乗った。伊瑞穂が茫然と辺りを見まわし、楊に怒りをぶつけた。「コントロール機器が使いものにならなくなった！」

楊が不服そうに反論した。「だからこそ見えない刃も飛んでこなくなったんだよ。防衛用のAIを破壊しなきゃ、ここまで来ることさえできない」

美由紀はデバイスの切断面から基板を引っぱりだした。「LANアダプターもプロセッサーも生きてる！　弾道ミサイルをハッキングしてるマザーコンピューターは別の場所にある」

伊瑞穂が床に落ちたケーブルを拾った。破壊されたデバイスへの接続をバイパスし、てきぱきとコネクターにつなぎだす。「通信が可能になれば、発射中止の信号も送れる？」

燃え盛る炎のなかから、楊がキーボードを奪いとった。焼け焦げたキーボードから延びるケーブルをちぎり、歯で噛んで銅線を露出させる。伊瑞穂の差しだしたケーブルの端と銅線を絡める。キーを叩き、楊がモニターを見上げた。「入力窓が開いた。

反応してる！」

キーに印刷された文字は、ノン＝クオリア語ではなくアルファベットだった。李専用のシステムだからだろう。

伊瑞穂が顔をしかめた。「パスワードは？」

楊はため息まじりにいった。「李しか知らない」

ふたつに分かれた李の死体を眺め、伊瑞穂が苦々しげに吐き捨てた。「脳の完全コピーが製造できるなら、いますぐ作りたい」

美由紀は焼け焦げたキーボードを眺めた。タンパク質が炭化したせいで、頻繁に触れたとおぼしきキーのみが、ひときわ黒ずんでいる。A、I、L、M、R、T、Y。なかでもI、M、Tが同程度に濃くなっていた。ほかに数字の0も使われた痕跡がある。

ノン＝クオリアではコンピューターのインターフェイスも先進的なはずだ。このキーボードは、ほとんどパスワードの入力にしか用いられなかっただろう。

人生訓となる単語の一部をいじる。李は以前、パスワードについてそうこぼした。あのとき彼の心は油断しきっていた。本音だったかもしれない。

伊瑞穂が頭上のモニターを仰いだ。「残り十秒を切ってる！」

両手の指をキーボードに這わせた。美由紀は目を閉じた。可能性をひとつに賭ける。I、M、Tがそれぞれ二回ずつ、ほかの文字は一回ずつ。指は自然に動いた。ひとつの単語を打ちこんだ。

IMM0RTALITY。意味は不老不死。Oを0に変えた。これぐらいのアレンジはパスワードの常套手段だ。

エンターキーを叩いた。なにも起きない。ひやりとしたとき、一瞬遅れて電子音が響き渡った。モニターの表示が変わった。意味不明なアイコンが無数に出現した。

楊が興奮をあらわに怒鳴った。「発射中止は赤いアイコンだ！　右から三列目、下から四段目」

美由紀は方向キーでアイコンを選択し、ふたたびエンターキーを叩いた。

静寂のなか、もういちど電子音が奏でられた。モニター上のカウントダウンは、残り二秒でフリーズした。

とまった。すべての核ミサイルの発射は阻止された。

沈黙がひろがる。三人は互いを見つめあった。しばらくのあいだ、誰もひとことも喋らなかった。

やがて伊瑞穂が肩を震わせ、弾けるような笑い声を発した。さも愉快そうに笑い転げた。それを眺めるうち、楊(ヤン)の口もとも歪(ゆが)んだ。彼もつられるように笑いだした。メフィスト・コンサルティングのメンバーと、ノン＝クオリアの元兵士が、顔を真っ赤にして笑いつづける。

美由紀も微笑せずにはいられなかった。喜びの感情とともに、視野が涙に揺らぎだす。最高に気分がいい。胸のなかが洗われるようだ。こんな感覚はなぜ生じるのだろう。いまは深く考えたくなかった。感じられることが実存の証(あかし)だ。クオリアに説明などいらない。

## 30

朝の薄日が射す一帯には、復興がいつしか進んでいた。阿佐ヶ谷駅の跡地を中心に、上りと下りの線路が敷設されつつある。元どおりの高架化は先送りになったようだ。ひとまず鉄道の開通を優先させるのだろう。中杉(なかすぎ)通りも未舗装ながら路面が均(なら)され、道端には建物の基礎が築かれている。仮設村が本物の住宅街に変貌(へんぼう)していく。

ひところは砂漠も同然の、ひたすら殺伐とした光景ばかりがひろがった。いま荒廃した土地に賑(にぎ)わいが戻った。工事があちこちで進んでいる。区役所の仮設テントを訪ねる人々の姿がある。露天商が連なる。児童養護施設暮らしの子供たちも、歓声をあげながら駆けまわる。

かつて駅前郵便局のあった辺りに、高さ十メートルほどの櫓が建っていた。復興工事を監督するための一時的な設備にすぎないが、けさはまだ建築業者の利用がない。無人の櫓に、美由紀はひとり上った。バルコニー状の手すりを前に立ち、眼下を眺め渡す。人の営みが復活していく第一段階、そんな光景をまのあたりにした。

微風が頰を撫でる。世界じゅうの都市部に、ここと似た状況がある。ノン＝クオリアに蹂躙された各国は秩序を回復した。いまはむしろ復興の特需に経済が活性化し、株価が上昇する傾向がみられる。メフィスト・コンサルティングの調整あってのことだろう。

混乱に乗じ、メフィストが闇の支配領域を拡大していく。ノン＝クオリアとの抗争に疲弊し、力を失いつつあったメフィストが、また息を吹きかえした。世界の安定ぐあいを見ればわかる。

メフィストが弱体化していたからこそ、ここ最近の国際社会は均衡を欠く状況にあった。世界的規模の必要悪は、またも各国に存在を容認された。結果、メフィストは遅かれ早かれ慢心し増長する。悪意ある統制が人権を軽視し、世に差別と不幸を生む。

櫓の階段を上ってくる靴音はきこえなかった。それでもいつの間にか、背後に人の立つ気配があった。ドライの声が穏やかに語りかけた。「必要悪は忌み嫌われて当然です。私どもはその宿命のもとに生きております」

美由紀は振り向かなかった。脅威は感じない。ただため息まじりにいった。「表情を見なくても心が読めるの？」

「岬様の背中がすべてを語っておられますので」ドライの靴音が歩み寄ってきた。黒いスーツにネクタイを締め、白髪頭に中折れ帽をかぶったドライが、美由紀に並んで立った。「いい眺めですな。この辺りは再開発の機会を得たことになる」

神経を逆撫(さかな)でするような物言いは、メフィストの特別顧問に特有といえる。美由紀は踵(きびす)をかえした。「大勢が犠牲になった」

階段に向かおうとし、ふと足がとまった。櫓の上に現れたのはドライだけではない。堀伊瑞穂は、初めて会ったときと同じレディススーツを纏(まと)い、階段の下り口付近に立っていた。美由紀が見つめると、伊瑞穂は目を逸(そ)らした。心理を隠蔽(いんぺい)する無表情に、なんらかのいろがのぞいた。

ドライはなおも街並みを眺めていた。「メフィスト・コンサルティング・グループ世界本部は、いまを日本支社創設のチャンスととらえております」

「でしょうね」美由紀は冷やかにいった。

「私は世界本部に上申しました。無謀だと」ドライの視線が美由紀に向いた。「支社を設けるより、もっとましな案があるといったのです」

美由紀は歩きだした。「メフィストに入れだなんて、誘うだけ無駄」

「お入りになる必要はありません。岬様。あなた自身がメフィスト・コンサルティング日本支社の代わりとなられるのです」

また立ちどまらざるをえない。美由紀はドライを振りかえった。

ドライが穏やかな表情で眼下を見渡した。「あなたが強硬にメフィストの進出を阻止なさって以降、実質的にそうなっております。本来メフィストが果たすべき役割も果たされた。岬様が蟹垣の蛮行に終止符を打ったのですから」

「わたしはメフィストの代打を務めたつもりはない」

「でも常に危機を乗り越え、民衆の心に安らぎをあたえてこられたではないですか。手段と目標は異なっても、あなたはメフィストの理想を実現なさってる。しかもたったひとりで」

「メフィストの理想って？」

「人類を正しい方向へ導く道標（みちしるべ）でありつづけることです」

「自由を踏みにじるメフィストとは根本的にちがう」

「ならそれを学ばせていただけませんか。岬様。ノン＝クオリアを壊滅させたあなたを差し置き、メフィスト・コンサルティングなどありえません。今後メフィストは、あなたの意に沿うことをお約束します」

美由紀はドライを見つめた。歳相応に深い年輪を刻みこんだ、ドライの顔が見かえした。感情を隠してはいない。真摯で愚直な思いだけが表情に浮かびあがる。

世界本部なるものの意向は手にとるようにわかる。ノン＝クオリアの消滅は喜ばしいが、友里佐知子の弟子にこれ以上、メフィストの策謀を阻まれるわけにいかない。排除できないのなら、懐柔策にでるほかない、そんな考えだろう。

だが説得のため派遣された特別顧問は、世界本部といささか異なる心情の持ち主のようだ。

美由紀は静かにいった。「ドライ。わたしの意見を尊重してくれるなら……」

「なんなりとどうぞ」

「……あなたはしばらく休暇をとればいい。伊瑞穂も。どこの国だろうと、そこに住む人々の力にまかせうる局面ではまかせること。それにより、あなたたちに見えていなかったものが見えてくる」

「私どもに見えていなかったものですか？」

「そう。ノン＝クオリアは労働力にならない人々の抹殺を命じたけど、どの国も従わなかった。民衆も生き長らえるための知恵を絞りつづけた。人は案外、自力で不可能を可能にしていく」

「メフィストの導きが必要ないとおっしゃるのですか」ドライが渋い顔で首を横に振った。「ありえませんよ」

いまにかぎってのことかもしれないが、敵愾心（てきがいしん）が薄らいでいくのを自覚する。美由紀はささやいた。「どこかの貸別荘でひと月ほど過ごして、下町をドライブしたら？　あなたには似合いそう」

ドライはしばし驚きのまなざしを向けていたが、ほどなく和んだ表情でいった。

「岬様がそうおっしゃるのなら」

美由紀は階段に歩きだした。伊瑞穂は依然として顔をそむけている。

けれどもすれちがいざま、伊瑞穂が小声で告げた。「休暇があたえられるなら、岬美由紀と過ごしたい」

沈黙が生じた。美由紀は伊瑞穂に目を向けず、ただ静かに応じた。「自分の時間をたいせつにして。わたしみたいに迷走したり、汚れたりしなくていい」

伊瑞穂のなにかをうったえるようなまなざしが美由紀をとらえた。美由紀は見かえさず、階段を下りていった。ドライと伊瑞穂の視線を背に感じる。美由紀は振りかえらなかった。そのうちふたりとも姿を消すだろう。

まだ地平線が見える復興半ばの大地を、美由紀は歩きだした。新たな信念が胸に宿る。人の幸せを願えばこそ不可能などない。できないと誰かが否定しようと、自分にできないときまったわけではない。その誰かができないだけだ。

# 解説

朝宮運河（書評家・ライター）

「千里眼」シリーズ十二年ぶりの完全新作となった『千里眼の復活』からわずか三か月、松岡圭祐の『千里眼　ノン＝クオリアの終焉』が刊行された。前作ではメフィスト・コンサルティングの離脱者と死闘をくり広げた臨床心理士・岬美由紀（みさきみゆき）だが、今作では中国でさらなる大事件に巻きこまれることになる。

「千里眼」は「万能鑑定士Q」「探偵の探偵」『シャーロック・ホームズ対伊藤博文』などの作品で知られる人気作家、松岡圭祐が一九九九年以来書き継いでいる現代ミステリー・エンターテインメントだ。

シリーズは大きく二つのシーズンに分けられる。第一作『千里眼』から『千里眼　背徳のシンデレラ』（二〇〇六年）まで十二作が刊行されたファーストシーズンと、二〇〇七年に『千里眼　The Start』で幕を開けたセカンドシーズンだ。後者は第十巻『千里眼　キネシクス・アイ』（二〇〇九年）において一応の完結を見たが、今年四月に待望の新作『千里眼の復活』が刊行され、岬美由紀の物語がまだまだ継続中であることをファンに印象づけた。

ちなみに当初小学館より刊行されていたファーストシーズンは、現在「千里眼クラシックシリーズ」と銘打たれ、加筆修正を施したうえで角川文庫に収録されている。社会状況の変化に合わせ、内容的にも大幅なアップデートが施されているので、これからシリーズを遡ろうという方は角川文庫版「千里眼クラシックシリーズ」を手にするのがいいだろう。

物語の主人公・岬美由紀は、千里眼の異名をもつ元航空自衛官の臨床心理士。自衛官時代は女性で初めて戦闘機F-15のパイロットに選ばれたほどの身体能力の持ち主で、並外れた動体視力と心理学の専門知識により、相手のわずかな心の動きも見逃さない。文武両道を地でいくようなスーパーヒロインだ。

そんな彼女はこれまで、日本転覆を目論むカルト教団〈恒星天球教〉、歴史を陰から操る〈メフィスト・コンサルティング〉など、社会秩序をおびやかすさまざまな勢力と戦ってきた。本書のタイトルとなっている〈ノン=クオリア〉も、美由紀の前に立ちふさがる宿敵のひとつである。

ノン=クオリアは人間性を否定し、巨大な機械的システムによる支配を是とする狂信的なグループだ。全世界で活動するメンバーは赤ん坊の頃から特殊な閉鎖空間で育てられ、ロボットのように組織の命令に服従している。彼らが崇（あが）めるのは母（マザー）と呼ばれる謎の存在のみ。

クオリアとは、さまざまな感覚的経験にともなう質感を表す概念のことで、たとえば晴れた空を見たときに感じる清々しさ、イチゴを見たときに感じる赤さなど、言語化しにくいが誰もが経験したことのある独特の質感である。脳科学や哲学の分野で研究されてきたクオリアを否定するノン＝クオリアは、人類全体と対立する存在であるばかりか、心理操作に長（た）けたメフィスト・コンサルティングとも敵対関係にある。

本書のあらすじを簡単に紹介しておく。前作の空爆テロ事件によって焦土と化した東京都杉並（すぎなみ）区。児童養護施設の常駐カウンセラーとして保護者を失った子供たちのケアにあたっていた美由紀のもとに、英文の手紙が届けられる。差出人は香港にある国際クオリア理化学研究所。クオリアの実存を科学的に証明したとされるこの研究所を、美由紀は見学したいと思っていたのだ。日本政府の働きかけによって見学許可を得た美由紀は、文科省の職員・芳野庄平（よしのしょうへい）とともに香港に飛んだ。

海沿いの丘陵地帯に建つ研究所で、クオリア研究の世界的権威である李俊傑（リージュンジェ）所長、日本人職員の磯村理沙らと対面した美由紀は、国連から派遣されてきた著名な医学博士エフベルト・ボスフェルトとも言葉を交わす。もし李所長がクオリア実存を証明したとしたら、人類史に残る発見だ。それをノン＝クオリアが見過ごすはずがない、と美由紀は内心危惧していた。その悪い予感はほどなく的中してしまう。

夜の埠頭で小さな光が明滅するのを目撃した美由紀は、突如SPの銃撃を受ける。その直後、海と空から大量の兵士たちが研究所に攻撃を仕掛け、SPたちと激しい撃ち合いを始めた。鳴り止まない銃声、最新のボディアーマーで武装した兵士たち。研究所はたちまち銃声と炎に包まれた戦場と化していく――。

ここから先は本編を読んでのお楽しみだが、扱われている事件のスケールは間違いなく「千里眼」シリーズでも最大級だろう。圧倒的な物量で迫りくる敵と戦いながら、美由紀は事件解決の鍵を求め、香港から中国本土を移動する。その先に待ち受けるさまざまな危機と罠。ミリタリー知識を満載したハードなアクションと、抑制されたタッチで描かれる人間ドラマ。そのふたつの要素を織りまぜた緩急あるストーリーは、まさに一気読み必至の面白さである。

興味深いのは世界規模で進行するノン＝クオリアの陰謀に、一定のリアリティと現代性が感じられるということだ。科学的ファクトよりも自らの盲信する世界観を優先する人びとが引き起こす事件を、私たちはいくつも目撃してきた。あの二〇二一年一月のアメリカ連邦議会議事堂乱入事件を目の当たりにした今となっては、ノン＝クオリアの存在も絵空事と切り捨てることができないだろう。このあたりの絶妙なさじ加減は、デビュー以来常に〝現在〟と対峙し、作品内容をアップデートさせてきた著者ならではといえる。

『ノン＝クオリアの終焉』というタイトルが示すとおり、本書ではノン＝クオリアとの戦いに終止符が打たれる。しかしそこにいたる道のりは決して平坦ではない。クオリアの実証データはどこに消えたのか？　美由紀の周囲にノン＝クオリアの内通者はいるのか？　見え隠れするメフィスト・コンサルティングの目的は？　クライマックスにおいて事件の全貌が明らかにされ、意外な黒幕と美由紀の対決が描かれる本書は、ミステリーとしても読み応え十分だ。

そしてもうひとつ、本書には触れておきたい特徴がある。脳科学と哲学にまたがる思想史上の難問・クオリアを扱ったことで、この作品は〝人間とは何なのか〟という普遍的テーマをあらためて問い直すものとなった。人間性を一切認めないノン＝クオリアと、大衆を意のままに操ろうとするメフィスト・コンサルティング。美由紀はそのどちらの立場にも与しない。本書のラストで美由紀が口にする台詞は、彼女の人間観の表れであると同時に、「千里眼」シリーズを貫いている力強いメッセージであるように感じられた。

数々の人気シリーズを抱える松岡圭祐は、二〇二一年前半だけでも『千里眼の復活』の他、「特等添乗員αの難事件 Ⅵ」、ハイスクール・ポリティカル・アクションの第十弾『高校事変 Ⅹ』と合計三冊を角川文庫より発表している。その執筆ペースには驚かされるばかりだが、三月にはさらにノンフィクション『小説家になって億を稼ごう』（新潮新書）も上梓、読書界の話題をさらった。

いかにもセンセーショナルなタイトルをもつ同書だが、実際にはどうすれば読者の興味を惹きつけてやまない物語を生み出せるかを、自らの経験をもとに伝授したエンタメ小説執筆の手引き書であり、ハイペースで生み出される松岡作品の創作舞台裏を初めて明かした好著であった。

著者が〝億稼ぐ〟ほどの人気作家となったのは偶然ではない。それはたゆまぬ創意工夫と勤勉さの賜物だ。「千里眼」シリーズ屈指の快作である本書にも、読者を楽しませるために自らをイノベーションし続ける作家・松岡圭祐のスタンスがはっきりと刻印されている。

それにしても今後「千里眼」シリーズはどうなるのだろう。ノン＝クオリアとの戦いに一旦の終止符が打たれたとはいえ、美由紀を取りまく世界にはいくつもの脅威が残っている。おそらく彼女の戦いはまだ終わらない。美由紀の新たな活躍が読める日を、ファンの一人として楽しみに待ちたいと思う。

本書は書き下ろしです。

この物語はフィクションです。登場する個人・団体等はフィクションであり、現実とは一切関係がありません。

# 千里眼　ノン＝クオリアの終焉

松岡圭祐

令和3年 7月25日　初版発行

発行者●堀内大示

発行●株式会社KADOKAWA
〒102-8177　東京都千代田区富士見2-13-3
電話　0570-002-301（ナビダイヤル）

角川文庫 22747

印刷所●株式会社暁印刷
製本所●本間製本株式会社

表紙画●和田三造





●お問い合わせ
https://www.kadokawa.co.jp/（「お問い合わせ」へお進みください）
※内容によっては、お答えできない場合があります。
※サポートは日本国内のみとさせていただきます。
※Japanese text only





ISBN 978-4-04-111629-6　C0193


◇◇◇

# 角川文庫発刊に際して

角川源義

第二次世界大戦の敗北は、軍事力の敗北であった以上に、私たちの若い文化力の敗退であった。私たちの文化が戦争に対して如何に無力であり、単なるあだ花に過ぎなかったかを、私たちは身を以て体験し痛感した。西洋近代文化の摂取にとって、明治以後八十年の歳月は決して短かすぎたとは言えない。にもかかわらず、近代文化の伝統を確立し、自由な批判と柔軟な良識に富む文化層として自らを形成することに私たちは失敗して来た。そしてこれは、各層への文化の普及滲透を任務とする出版人の責任でもあった。

一九四五年以来、私たちは再び振出しに戻り、第一歩から踏み出すことを余儀なくされた。これは大きな不幸ではあるが、反面、これまでの混沌・未熟・歪曲の中にあった我が国の文化に秩序と確たる基礎を齎らすためには絶好の機会でもある。角川書店は、このような祖国の文化的危機にあたり、微力をも顧みず再建の礎石たるべき抱負と決意とをもって出発したが、ここに創立以来の念願を果すべく角川文庫を発刊する。これまで刊行されたあらゆる全集叢書文庫類の長所と短所とを検討し、古今東西の不朽の典籍を、良心的編集のもとに、廉価に、そして書架にふさわしい美本として、多くのひとびとに提供しようとする。しかし私たちは徒らに百科全書的な知識のジレッタントを作ることを目的とせず、あくまで祖国の文化に秩序と再建への道を示し、この文庫を角川書店の栄ある事業として、今後永久に継続発展せしめ、学芸と教養との殿堂として大成せんことを期したい。多くの読書子の愛情ある忠言と支持とによって、この希望と抱負とを完遂せしめられんことを願う。

一九四九年五月三日

日本の「闇」を暴くバイオレンス文学シリーズ

卒業か死か
本土最終決戦へ――

# 高校事変XI

松岡圭祐

2021年9月25日発売予定
発売日は予告なく変更されることがあります。

角川文庫

# 角川文庫ベストセラー

クラシックシリーズ
千里眼完全版　全十二巻　松岡圭祐

戦うカウンセラー、岬美由紀の活躍の原点を描く『千里眼』シリーズが、大幅な加筆修正を得て角川文庫で生まれ変わった。完全書き下ろしの巻まである、究極のエディション。旧シリーズの完全版を手に入れろ!!

千里眼
The Start　松岡圭祐

トラウマは本当に人の人生を左右するのか。両親との辛い別れの思い出を胸に秘め、航空機爆破計画に立ち向かう岬美由紀。その心の声が初めて描かれる。シリーズ600万部を超える超弩級エンタテインメント!

千里眼
ファントム・クォーター　松岡圭祐

消えるマントの実現となる恐るべき機能を持つ繊維の開発が進んでいた。一方、千里眼の能力を必要としていたロシアンマフィアに誘拐された美由紀が目を開くと、そこは幻影の地区と呼ばれる奇妙な街角だった——。

千里眼の水晶体　松岡圭祐

高温でなければ活性化しないはずの旧日本軍の生物化学兵器。折からの気候温暖化によって、このウィルスが暴れ出した! 感染した親友を救うために、岬美由紀はワクチンを入手すべくF15の操縦桿を握る。

千里眼
ミッドタウンタワーの迷宮　松岡圭祐

六本木に新しくお目見えした東京ミッドタウンを舞台に繰り広げられるスパイ情報戦。巧妙な罠に陥り千里眼の能力を奪われ、ズタズタにされた岬美由紀、絶体絶命のピンチ! 新シリーズ書き下ろし第4弾!

# 角川文庫ベストセラー

千里眼　キネシクス・アイ　(上)(下)　松岡圭祐

突如、暴風とゲリラ豪雨に襲われる能登半島。災害はノン＝クオリアが放った降雨弾が原因だった!! 無人ステルス機に立ち向かう美由紀だが、なぜかすべての行動を読まれてしまう……美由紀、絶体絶命の危機!!

ジェームズ・ボンドは来ない　松岡圭祐

2003年、瀬戸内海の直島が登場する007を主人公とした小説が刊行された。島が映画の舞台になるかもしれない！　島民は熱狂し本格的な誘致活動につながっていくが……直島を揺るがした感動実話！

ヒトラーの試写室　松岡圭祐

第2次世界大戦下、円谷英二の下で特撮を担当していた柴田彰は戦意高揚映画の完成度を上げたいナチスに招聘されベルリンへ。だが宣伝大臣ゲッベルスは、柴田の技術で全世界を欺く陰謀を計画していた！

催眠完全版　松岡圭祐

インチキ催眠術師の前に現れた、自分のことを宇宙人だと叫ぶ不気味な女。彼女が見せた異常な能力とは？臨床心理士・嵯峨敏也が超常現象の裏を暴き、巨大な陰謀に迫る松岡ワールドの原点。待望の完全版！

カウンセラー完全版　松岡圭祐

有名な女性音楽教師の家族を突然の惨劇が襲う。家族を殺したのは13歳の少年だった……彼女の胸に一匹の怪物が宿る。臨床心理士・嵯峨敏也の活躍を描く「催眠」シリーズ。サイコサスペンスの大傑作!!

# 角川文庫ベストセラー

## 後催眠完全版　松岡圭祐

「精神科医・深崎透の失踪を木村絵美子という患者に伝えろ」。嵯峨敏也は謎の女から一方的な電話を受ける。二人の間には驚くべき真実が!!「催眠」シリーズ第3弾にして『催眠』を超える感動作。

## 万能鑑定士Qの攻略本　編／角川文庫編集部　監修／松岡圭祐事務所

キャラクター紹介、各巻ストーリー解説、新情報満載の用語事典に加え、カバーを飾ったイラストをカラーで一挙掲載。Qの世界で読者が謎を解く、書き下ろし疑似体験小説。そしてコミック版紹介付きの豪華仕様!!

## 万能鑑定士Qの事件簿 0　松岡圭祐

舞台は2009年。匿名ストリートアーティスト・バンクシーと漢委奴国王印の謎を解くため、凜田莉子がもういちど帰ってきた! シリーズ10周年記念、完全新作。人の死なないミステリ、ここに極まれり!

## 万能鑑定士Qの事件簿（全12巻）　松岡圭祐

23歳、凜田莉子の事務所の看板に刻まれるのは「万能鑑定士Q」。喜怒哀楽を伴う記憶術で広範囲な知識を有す莉子は、瞬時に万物の真価・真贋・真相を見破る! 日本を変える頭脳派新ヒロイン誕生!!

## 万能鑑定士Qの推理劇 I　松岡圭祐

天然少女だった凜田莉子は、その感受性を役立てるすべを知り、わずか5年で驚異の頭脳派に成長する。次々と難事件を解決する莉子に謎の招待状が……面白くて知恵がつく、人の死なないミステリの決定版。

# 角川文庫ベストセラー

万能鑑定士Qの推理劇 II　松岡圭祐

ホームズの未発表原稿と『不思議の国のアリス』史上初の和訳本。2つの古書が莉子に「万能鑑定士Q」閉店を決意させる。オークションハウスに転職した莉子が2冊の秘密に出会った時、過去最大の衝撃が襲う!!

万能鑑定士Qの推理劇 III　松岡圭祐

「あなたの過去を帳消しにします」。全国の腕利き贋作師に届いた、謎のツアー招待状。凜田莉子に更生を約束した錦織英樹も参加を決める。不可解な旅程に潜む巧妙なる罠を、莉子は暴けるのか⁉

万能鑑定士Qの推理劇 IV　松岡圭祐

「万能鑑定士Q」に不審者が侵入した。変わり果てた事務所には、かつて東京23区を覆った〝因縁のシール〟が何百何千も貼られていた！　公私ともに凜田莉子を激震が襲う中、小笠原悠斗は彼女を守れるのか⁉

万能鑑定士Qの探偵譚　松岡圭祐

波照間に戻った凜田莉子と小笠原悠斗を待ち受ける新たな事件。悠斗への想いと自らの進む道を確かめるため、莉子は再び「万能鑑定士Q」として事件に立ち向かい、羽ばたくことができるのか？

万能鑑定士Qの謎解き　松岡圭祐

幾多の人の死なないミステリに挑んできた凜田莉子。彼女が直面した最大の謎は大陸からの複製品の山だった。しかもその製造元、首謀者は不明。仏像、陶器、絵画にまつわる新たな不可解を莉子は解明できるか。

# 角川文庫ベストセラー

万能鑑定士Qの短編集　I　松岡圭祐

一つのエピソードでは物足りない方へ、そしてシリーズ初読の貴方へ送る傑作群！　第1話 凜田莉子登場／第2話 水晶に秘めし詭計／第3話 バスケットの長い旅／第4話 絵画泥棒と添乗員／第5話 長いお別れ。

万能鑑定士Qの短編集　II　松岡圭祐

「面白くて知恵がつく人の死なないミステリ」、夢中で楽しめる至福の読書！　第1話 物理的不可能／第2話 雨森華蓮の出所／第3話 見えない人間／第4話 賢者の贈り物／第5話 チェリー・ブロッサムの憂鬱。

特等添乗員αの難事件　I　松岡圭祐

掟破りの推理法で真相を解明する水平思考に天性の才を発揮する浅倉絢奈。中卒だった彼女は如何にして閃きの小悪魔と化したのか？　鑑定家の凜田莉子、『週刊角川』の小笠原らとともに挑む知の冒険、開幕!!

特等添乗員αの難事件　II　松岡圭祐

水平思考―ラテラル・シンキングの申し子、浅倉絢奈。今日も旅先でのトラブルを華麗に解決していたが……聡明な絢奈の唯一の弱点が明らかに！　香港へのツアー同行を前に輝きを取り戻せるか？

特等添乗員αの難事件　III　松岡圭祐

凜田莉子と双璧をなす閃きの小悪魔こと浅倉絢奈。水平思考の申し子は恋も仕事も順風満帆……のはずが今度は壱条家に大スキャンダルが発生!!〝世間〟すべてが敵となった恋人の危機を絢奈は救えるか？

# 角川文庫ベストセラー

**特等添乗員αの難事件 Ⅳ**　松岡圭祐

ラテラル・シンキングで0円旅行を徹底する謎の韓国人美女、ミン・ミヨン。同じ思考を持つ添乗員の絢奈が挑むものの、新居探しに恋のライバル登場に大わらわ。ハワイを舞台に絢奈はアリバイを崩せるか？

**特等添乗員αの難事件 Ⅴ**　松岡圭祐

〝閃きの小悪魔〟と観光業界に名を馳せる浅倉絢奈に1人のニートが恋をした。男は有力ヤクザが手を結ぶ一大シンジケート、そのトップの御曹司だった‼ 金と暴力の罠を、職場で孤立した絢奈は破れるか？

**グアムの探偵**　松岡圭祐

グアムでは探偵の権限は日本と大きく異なる。政府公認の私立調査官であり拳銃も携帯可能。基地の島でもあるグアムで、日本人観光客、移住者、そして米国軍人からの謎めいた依頼に日系人3世代探偵が挑む。

**グアムの探偵 2**　松岡圭祐

職業も年齢も異なる5人の男女が監禁された。その場所は地上100メートルに浮かぶ船の中！（「天国へ向かう船」）難事件の数々に日系人3世代探偵が挑む、全5話収録のミステリ短編集第2弾！

**グアムの探偵 3**　松岡圭祐

スカイダイビング中の2人の男が空中で溶けるように混ざり合い消失した！　スパイ事件も発生するグアムで日系人3世代探偵が数々の謎に挑む。結末が全く予想できない知的ミステリの短編シリーズ第3弾！

# 角川文庫ベストセラー

**高校事変**　松岡圭祐

武蔵小杉高校に通う優莉結衣は、平成最大のテロ事件を起こした主犯格の次女。この学校を突然、総理大臣が訪問することに。そこに武装勢力が侵入。結衣は、化学や銃器の知識や機転で武装勢力と対峙していく。

**高校事変 II**　松岡圭祐

女子高生の結衣は、大規模テロ事件を起こし死刑になった男の次女。ある日、結衣と同じ養護施設の女子高生が行方不明に。彼女の妹に懇願された結衣が調査を進めると暗躍するＪＫビジネスと巨悪にたどり着く。

**高校事変 III**　松岡圭祐

平成最悪のテロリストを父に持つ優莉結衣を武装集団が拉致。結衣が目覚めると熱帯林の奥地にある奇妙な〈学校村落〉に身を置いていた。この施設の目的は？日本社会の「闇」を暴くバイオレンス文学第３弾！

**高校事変 IV**　松岡圭祐

中学生たちを乗せたバスが転落事故を起こした。過酷な幼少期をともに生き抜いた弟の名誉のため、優莉結衣は半グレ集団のアジトに乗り込む。恐怖と暴力が支配する夜の校舎で命をかけた戦いが始まった。

**高校事変 V**　松岡圭祐

優莉結衣は、武蔵小杉高校の級友で唯一心を通わせた濱林澪から助けを求められる。非常手段をも辞さない公安警察と、秩序再編をもくろむ半グレ組織。新たな戦闘のさなか結衣はあまりにも意外な敵と遭遇する。